历史与我的瞬间

梁鸿 著

南方出版传媒

花城出版社

中国·广州

图书在版编目（ＣＩＰ）数据

历史与我的瞬间 / 梁鸿著. -- 广州 ： 花城出版社，
2020.9
ISBN 978-7-5360-9145-0

Ⅰ．①历… Ⅱ．①梁… Ⅲ．①随笔－作品集－中国－
当代 Ⅳ．①I267.1

中国版本图书馆CIP数据核字(2020)第053763号

出 版 人：肖延兵
责任编辑：文　珍　周思仪　周　飞
技术编辑：薛伟民　凌春梅
封面设计：

书　　名　历史与我的瞬间
　　　　　LISHI YU WO DE SHUNJIAN
出版发行　花城出版社
　　　　　（广州市环市东路水荫路11号）
经　　销　全国新华书店
印　　刷　佛山市迎高彩印有限公司
　　　　　（佛山市顺德区陈村镇广隆工业区兴业七路9号）
开　　本　880 毫米×1230 毫米　32 开
印　　张　10.375　1 插页
字　　数　221,000 字
版　　次　2020 年 9 月第 1 版　2020 年 9 月第 1 次印刷
定　　价　38.00 元

如发现印装质量问题，请直接与印刷厂联系调换。
购书热线：020－37604658　37602954
花城出版社网站：http://www.fcph.com.cn

修订前言

　　这本随笔集曾于2015年出版，汇集了当时我所写的随笔、书评、阅读札记等。这次重新出版，做了非常大的调整。

　　第一辑"归来与离去"仍然是关于家、关于成长。我很着迷于人在时间洪流中那一点点自我的发现，着迷于人在某一瞬间所产生的万千滋味。增加了三篇文章：《一次回家》，再次回到梁庄，逛街赶集看大河，有时光流逝之感，竟也有欢乐；《"在地"农民》，做一个"在地"人，意味着要把目光投向你所在的山川河流、大地人生；《黑洞与灰烬》，也是关于离去。

　　第二辑"文学在树上的自由"以经典文学为起点，谈谈爱、情感与死亡，其实，也是谈我们如何思考生命及人性。删掉一些原来的文章，增加了七篇文章。三篇较长的随笔：《爱的形式》（分析文学中的重要主题"爱"），《你没事吧，妈妈？》（分析以色列作家奥兹小说《爱与黑暗的故事》），《死亡的维度与关于世界的想象》（分析艾柯所谓的"诗性的清单"所具有的魅力），我个人非常喜欢；三篇《小说的写法》，从小说结构、语言、风格或某一有趣的角度进入文学，比较随性，是自己在阅读过程中最鲜活的感受。

第三辑"千江有月，万里无云"也删去几篇，增加了六篇新的文章，有三篇关于女性的：《沉默之海》《性别意识是一种基本的社会意识》《"塑造"乳房》，算是对当代文化及文学中的女性问题进行某种回应。

几乎可以说是一本新书了，字数增加将近三分之一，文章篇目也改变许多，但因为第一辑在，又不能算作新书，还是"修订"。

梁　鸿

2020.5

此　刻

（导言）

　　此刻，阳光穿过乌云，照在满是灰尘的窗玻璃上，又斜映在书桌上。从外面隐约传来压抑的车流声，极具穿透力的工地敲打声，高亢而杂乱的对话声。我背对着室内，阳光之下那飘浮着的灰尘让人心烦意乱，虽每天打扫，灰尘仍然铺天盖地，落在每一件物品上，一切都黯淡且眉目不清。但是，当凝视并倾听这一切时，仍有莫名的踏实的愉悦感从神经末梢传导入心脏中央。是的，这是你自己的日夜，与爱国、民族和那些宏大的词语都无关，而与你自己相关。或许，重要的不是你爱不爱国，而是你无法选择，最终才生成某种类似于"爱"的历史感。

　　这是一种颇具先验性的愉悦感，或者，悲怆感？你无法选择最初的历史瞬间……历史是活生生的"在"，热闹与喧腾，灰尘与阳光，黑暗与光明，都与你相关。如果没有这一相关性，你又是谁呢？梁庄、家人，从出生起就看到的天空、大地，你所读的每一本书，所感受到的每一种情感和思考都是你的"在"。如果一个人在此地没有"在"的感觉，那么，这风景、历史就与你无关，你也无法从这里的时间和空间得到真正的拯救。

T.S.艾略特在《四个四重奏之四》中这样写道：

> 玫瑰飘香和紫杉扶疏的时令
> 经历的时间一样短长。一个没有历史的民族
> 不能从时间得到拯救，因为历史
> 是无始无终的瞬间的一种模式，所以，当一个
> 冬天的下午
> 天色晦暗的时候，在一座僻静的教堂里
> 历史就是现在和英格兰。

我想，艾略特想说的是历史、时间和"我"的关系。一个没有历史的民族，不能从时间中得到拯救，一个没有历史的人，也无法从有限的人生中得到救赎。

时间并非只是线性的存在，它具有并置性和空间性。历史并非只是过去，人并非只生活在现在，而是活在传统的河流之中。你的一滴眼泪、一个动作或一次阅读，所蕴含的都有你的过去与未来。所以，现在即过去，未来即历史。

这样，无论生于哪一年代，身处哪一时空，都是一样的，因为历史赋予了我们一个个瞬间。能够对这瞬间所包含的形式及与世界产生的关联进行思考，我们就汇入了过去、现在和未来的洪流。

梁 鸿

2014.12

目　录

1

第三辑 千江有月，万里无云

第一辑　归来与离去

家的地理

夜晚黑黢黢的。天空一动不动，乌青的蓝色，没有星星，没有月亮，连空气都是黑暗的。房屋后面那棵高大的毛构树，四处张扬的枝条覆在房屋的顶部，似一只正向房屋内部窥探的怪兽。凝神盯视，屋顶从黑暗中显露出来，然后是倾斜的屋架，青瓦在黑暗中泛着一点微光。接着，长长的房屋的轮廓冲破阴影，矗立在我面前，笨拙而严肃。房屋是灰黄的土的颜色，除了青的瓦，木的门，一切都是灰黄的。即使在黑暗中，那颜色依然存在。万古长存。

我似乎站在另一个空间，充满迷惑而又清晰地看着这房屋慢慢呈现，看那房子里的人在活动。父亲和他的一个朋友，坐在堂屋昏暗的灯光下，抱着腿，整夜整夜地聊天；母亲躺在后墙的阴影中，永远躺着；姐姐们相互拥抱着躺在那张唯一的大床上，做着不知什么颜色的梦；而我，因为麻疹，被幽闭在由被单围成的狭小空间里。足足一个月时间，不能见光，不能被风吹，不能见任何人。我学会了在黑暗中识别事物，在黑暗中想象生活，在黑暗中，把一面墙壁涂满了字符。

黑暗逐渐褪去，弥漫在我眼前心中的那团雾慢慢消失，我看到了房屋旁边的那个小厨房，看到了院子，院子里的枣树、椿树、苦楝树，看到院子前面那更土色的房屋和正在醋

3

睡的邻居。然后，我看到了村庄、坑塘、湍水与更大的空间和时间。在这广大的时空中，那笨拙而严肃的房屋是我的家。

那是我第一次看到自己的家，第一次意识到家的地理位置。

八岁那年，好吧，也许是九岁，我离开家，到父亲的朋友那里，另外一个村庄的一户人家住了一段时间。那个村庄离梁庄有十来里地。我不知道这是不是我第一次离开家，第一次较长时间在外生活。我不曾记得。

在那个村庄，我过了一段幸福的日子。我记得那些温柔。那家母亲，非常瘦弱，勉强对我笑着，每天在厨房里忙碌。那家姐姐，同样瘦弱，大大的眼睛里却是倔强的神情，闪着火花，仿佛就要把自己或什么东西燃烧掉，让人莫名害怕。那个姐姐经常出现在我家，和我父亲商议着什么，一连几个小时，一连几天。有一次，那个姐姐晕了过去，父亲俯身抱着她，我看见了父亲的脸，我有些不理解，但却很受震动，有点慌乱。我不喜欢那个姐姐、她身上的强悍和脆弱，还有她和父亲在一起时的那种气息。那家哥哥，一个沉默的年轻人，时刻关注着我，给我找小伙伴，带我到村庄外面玩，给我拿不知从哪儿来的发皱的水果。我忘了是什么水果了，但那发皱发黑的表皮的形状却记得很清楚。我记得他忧愁的黑眼睛，和他黑色的眉毛几乎连在一起，像一片海，能让人淹死在里面。也许是时间过去太久，而那黑又太鲜明，眉毛和眼睛之间的空间消失了，记忆里只有那片海。

是晴朗的春天。三间狭小低矮的土屋，房顶中间的瓦已经下陷，好像大波浪一样，游动到另一端，有点倾斜，但仍然没有丧失安全感。灰黄色的院子，有几只鸡在地上啄食，一边悄声"咕咕"地互相叫着。几株月季长在墙根，开着深红的花，怯生生的。隔着低矮的院墙往外看村庄，好像是一连片灰色的梦，同样的房屋，房前屋后是几棵歪脖柳树、榆树或槐树，田野是平的，只有树和屋顶形成空间的起伏的形态。空气轻清上扬，我无端觉得有些孤独。像往常一样，我让自己陷入定格状态。站在一个地方，呆呆地盯着某个事物，一片被风卷起的树叶，一粒上下飘游的灰尘，一只摇晃脑袋快速啄食的鸡，我盯着它们，好像在理解它们，但实际上也只是盯着而已。这是我从很小就开始玩的游戏，我喜欢让自己沉浸在一种状态里面，外表呆滞寂静，心里却在不断抓住，失去，再抓住，再失去。

那家哥哥清晨起来就在院子的两棵槐树间忙碌，拿着一根很粗很长的麻绳，爬到树干的中间，绑上，下来，然后，拿着绳子的另一端，绑到另一棵上。试了试，再爬上去，再往高处绑。他沉默地忙着，有时候看一眼在发呆的我，继续忙碌，好像带着一股子决心，一定要完成这项工程。

他邀请我去坐。那个简陋又结实的秋千架，中间那块厚实的木板被牢牢地捆住，他已经试坐了好几次。我不记得自己是否喜悦，但肯定是喜悦的。从来没有人这样专门为我做过什么，一个清晨和一个上午的专心巴结，迟钝的我虽然还不会特别感动，但看着渐渐成形的秋千和那个哥哥的眉毛，我应该是喜悦的。

我坐了上去，那个哥哥在后面推我。越推越高。连那家母亲也出来看了，脸上的笑容似乎更开了些。风呼呼地吹着，春天越来越近，房屋越来越低，我越过了房顶，似乎看到了更高的远方，无边的空间，无尽的连绵的平原。在天旋地转之中，我似乎看到了即将面对的未来，我的双腿僵硬，双手死死地拽着绳子，心脏倏忽来去，像不断被挖去又不断装上，身体忽轻忽重，恶心、难受、烦躁，我觉得自己要死了。然后，我听见自己发出长长的可怕的尖叫声。

我不记得那家人如何安慰我，那个哥哥是怎样地惊慌。我只记得睁开眼的瞬间，看见那槐树上即将绽开的白色的花，一串串的，绿色的胚，珍珠白的花蕾，害羞又耐心地等待着时日。它们和地上那连绵的灰色形成反差，却又有一种奇怪的一致。

那家寡言的人，充满内容地看着我。我吃到了从来没有吃过的槐花饼、炒鸡蛋、土豆、鱼，我受到前所未有的注视。在一种安静得怪异的气氛中，我安静地吃着。我很快乐，我记得我笑啊，笑啊，不知道为了什么事，在风中后仰着头笑着，像是飘了起来，浮在不知道什么地方的空中。八九岁的我不会想到其他，我浑然不觉地享受着这一切。浑然，不是意识不到，而是那种不知道时间流逝及其意义的空白状态。生命还没有发育到那一地步，概念还没有形成，我根本没有感知到我，还有那家人在经历黑洞、时间和贫穷。但安静与温柔，我却是意识到的。一家人如此紧密地待在一起，像是劫后存活一样，相依为命，不需要说话，互相一个眼神就知道对方的心思。我被这密码一样的眼神感动，也为之困惑。在我的家里，没有这种眼神。来不及有这种眼神。船还在摇晃着向前走，船身、船舷、各个零件都已撕裂、腐朽，但却仍然向前走着。每个人都疲惫不堪，不知道这日子什么时候是终点。每个人沉浸在自己的世界里，挣扎着寻找光亮，有时候暴怒，有时候背叛，更多的时候把自己封闭起来，暗自哭泣。那黑暗的阴影无处不在，是我们生活中一道深深的、无法逾越的诅咒。

我不记得我在那家住了多长时间，一星期，十天，还是半个月，也不记得是谁决定送我走的。我的记忆从黑暗中的行走开始。我，还有那家的姐姐和哥哥，浮在黑暗中，仿佛被层层浓雾笼罩着，深一脚浅一脚，在路上走着。看不到路，看不到方向，也看不到周围的人和物，我们就那样飘浮着。我不知道我们要到什么地方，虽然我知道我是要回家。

但是，如此陌生啊，我从来没有见过这些地方。那家姐姐不断提醒我，这是吴镇、街北头、那个杀羊的地方、那个清真寺、村南头的菜园，但是，我一点也没有印象，我觉得从来没有见过。我不认识吴镇，不认识回家的路，周边的一切我都很陌生，但又有点怪异。它们好像在很远的地方存在着，离我很远很远，又好像很神秘，有某种启示。黑暗如此广大，把所有的标识都遮蔽了，取消了，或者它们仍在那里，但我一点也不认识。所有的事物都飘浮着，与大地、记忆和真实毫无关系。

那家的姐姐说，到了，到家了。到了？我还没有一点准备，我一点都不认识。我睁大眼睛去看那黑暗，和黑暗中的若隐若现的房屋。

那三间房子慢慢浮现出来，陌生而亲切，古怪又安然。

再次凝神盯视。我看到土墙上那块不规则形状的破玻璃，我和妹妹每天都要在那里照上几次；我看到玻璃旁边土墙上那错字连篇的涂鸦；看到了那紧闭着的木门后面的父亲、母亲和我的姊妹们。突然间一切有了归属。万物各自归位。黑暗褪去，院子里的枣树，门前的道路，村头的槐树，吴镇的清真寺，都清晰真实地呈现在眼前。是的，世界明朗起来。我的脚下有了确定的位置。

那是我的家。仿佛一个概念升起，我第一次感觉到了家，从感性到理性，从经验到知识，从陌生的地理空间到心的深处。如果说此前的九年只是一种感性的积累，"家"是浑然不觉的存在，时间只是朝着空间拓展——认识越来越多的事物，色彩、植物、土地、灰尘、人，而非线性的、替代性的、不可逆的存在，而此刻，时间不再无知无觉。它在流逝，如一条河一样，不断流走，抓不住它，之前的生活变成了过去，清晰的过去，而不只是模糊蔓延于某处某地。

因为离开，我发现了家，感受到了时间的分界和转瞬即逝，感受到了地理空间与家的紧密依存。

父亲迎了上来，但并不是看我，而是和那家的姐姐和哥哥说话。他似乎从来都没有注意到我的存在。他们竟然说起了秋千的事情，说起了我的害怕和昏倒。父亲扬声笑了起来，那家姐姐也跟着笑，而那家哥哥也居然咧开了嘴，应和着笑声说了一些当时的情形，提到他们如何担心我，照顾我，脸上还有些说不出来的神情。然后，大家又哈哈大笑起来。

他们在嘲笑我。我在黑暗的角落站着，面红耳赤，羞愧难当，同时也慢慢愤怒起来，我感到一种背叛。我觉得那应该是我和那家哥哥，甚至和那家姐姐的一个秘密，难以启齿的、必须保守的秘密，他们应该早就知道我的心思。

泪水顺着我的脸颊流了下来。没有一个人看见。我就这样迅速被抛弃了。泪眼模糊中，我看到了光秃秃的地面，凹凸不平，丑陋异常。它和那家人的院子一起，并列在我脑海的空间里，具有惊人的相似性。悲伤第一次来临。生活露出狰狞的面容，你试图往里面窥探，但却无法看透，只隐约感受到其中腐朽的和让人窒息的气息。它开始发挥威力，不断进攻、侵蚀、伤害你，因为你窥到了它的秘密。但它又是如此诱人，你看到了自己的位置，你还试图看得更远，你想和它作战、博弈，以寻找其中的光亮。而家庭，是这场战争最原初的载体。

就像所有离家、离乡的人一样，回家并非有明确的目的和价值，而是为了不断确定自己，确定自我生命的物理空间和时间，把生命的半圆重新拉回到家的位置，以扩张自己，以再次回到童年的那次离家，重新寻找家、存在的感觉。

所以，梁庄在哪里？吴镇在哪里？许多时候，我们对面而不相识，但一旦你意识到它时，你就无法再忘掉它。你会穷尽一生，去追寻它，想象它，完成它。

多年之后，我才知道，几乎那一年的时间，父亲在帮那家人打官司，和那个村庄的村支书。那家人把所有的希望都放在了父亲——这个乡村能人——的身上，也许还因为是父亲怂恿他们去打官司，父亲似乎是在发泄自己对权威的恨意和不满，而忽略了这场官司会给那家人带来什么。或者是作为一种回报，我去的那段时间，那家人竭尽全力让我快乐，从而制造了安静温柔的假象。当然，官司失败了。那家人几乎倾家荡产。两条摇摇欲坠的船，靠在一起，并不能互相取暖，相反，却为对方增加了速度，各自坠入自己的深渊。那家的姐姐得了一种好昏厥的病，稍微有点紧张，不管是悲伤还是高兴，都会晕倒。我再也没有见过那个哥哥，他的面容已经模糊，消失在时间深处。我完全忘了他，如果不是此刻坐在春日里，回想那个晚上，寻找第一次"家"的感觉，他可能永远不再存在。他是在"家"浮现出来之后才出现的。此刻，想起他，想起他几乎连在一起的黑眼睛黑眉毛，我马上觉得忧愁得要死，也温柔得要死。那个秋千还在春日里晃动，阳光让人目眩，我迎着风，高高地往上飘，浑身战栗，心脏失控，长长的尖叫声仍在空气中游荡。

生命的内部到底有多深，有多远，有谁知道？也许，在某一天，在城市的某条街道，某个路口，那个仍然沉默的人就是当年的那个哥哥。可是，有谁知道，他曾经那么温柔又忧愁地注视过一个女孩，满怀着希望，满怀着他作为一家唯一男性的强大和脆弱，希望这个女孩就是他的希望。

吴镇，梁庄，还是一个未曾开启也永远无法穷尽的空间。那所有生活在中国村庄，或任何一个地方的人们，也都正在经历着难以言说但却值得不断探究的情感和人生。

我们吴镇

二十岁的外甥女初来北京，很不适应，嘟囔着说，"北京啥也没有，吃没吃，喝没喝。"

我说："胡扯，北京是全中国的中心，哪一种吃的没有？"

外甥女拿一双天真无邪的眼睛看着我，说："我们穰县韩家糊辣汤、油条和油旋馍有没有？王小女板鸭、烩面有没有？卫生路的窝子面、牛肉汤，文化路的灌汤包，丁字口的米线，西寺的水煎包，有没有？丁老二的鱼块，吴老三的白羊肉，小西关的板面、牛羊肉煨菜，方城扯面、王家蒜汁凉面、李家芝麻叶糊涂面、张家羊肉糊汤面，有没有？没有啊，四姨，这哪是叫人活的节奏？"

她的话里含油带汁，携带着酸甜苦辣，沿着一个个小馆子，攀爬到穰县的四面八方，形成一幅详细、周密的穰县吃饭图。这幅图，只有生活在穰县，一天天浸在穰县的空气、水、植物和食物中，经历了无数个早晨、中午和傍晚的人，才能够懂得。他们知道它指向哪个地方，通向哪一种幸福，它在穰县人心里闪闪发光。但是，外地人来看它，就是乱糟糟的一团线符，毫无吸引力。

想象一种吃，就是在想象一个世界和一种生活方式。我的世界和外甥女的世界又不一样。她在河南穰县县城长大，我在穰县吴镇梁庄长大，版图缩小了很多，但图的清晰度和深刻度却一点不比她差。

她说的穰县三贤路黑楼边的韩家糊辣汤，是穰县吃饭图的核心，也是穰县人一天开始的起点。清晨六点钟，韩家门口，就排出几口三尺大锅，一锅锅赤酱色、透亮又黏稠的汤汁，里面放有不规则形状的羊肉、黄花菜梗、小碎黑木耳、方形面筋（这面筋极为讲究，和面一遍遍地揉，几百遍后才能揉出松软又有力道的面筋），最诱人的是厚厚的、滑溜的几片粉皮（那是向合作几十年的老商户定做的，绝不能有沉渣）。盛出一碗来，年轻的、打扮得油光水滑的韩家媳妇会快速拿起旁边的香油瓶，瓶塞上被透开几个极细小的洞，滴上几滴，再撒上一层切得细碎的碧绿香菜，大功告成。汤中有辣味，但不见辣椒，喝上一碗，不管多冷的天，额角准会出一层细细的汗，整个胃都暖起来，像有一小罐小火在微微地、持续地燃烧，一天暖洋洋。然后，穰县的一天开始了。上班的上班，回去补觉的补觉，妇女带着孩子逛公园，那些从十几里外的乡下专门起个大早来喝的人心满意足地开始一天的采买。

喝韩家糊辣汤，地位一律平等。没有包间、散座，不管是县长局长处长科长，还是普通的、有着粗糙双手的老农，都得排队等汤自己端走，都得坐在外面那个崎岖不平的大空场里，坐在低矮的凳子椅子上，几乎半蹲着"呼噜噜"地喝汤。要是你是局长，有你的属下在吃，叫嚷着要给你让位，你不会去坐，因为左右前后几十双眼睛盯着你。你脸上讪讪地笑着，也得站在那里，左张右望，等着别人吃完。县里有尊贵的客人来了，想着找出本地特色饭来，第一个想的就是韩家糊辣汤。要是哪天早晨，你看到县委书记带着几个威肃严整的人，正襟危坐地半蹲着喝糊辣汤，那很正常。穰县人不会因此多看一眼。

如今，韩家糊辣汤老一辈已经去世，三个儿子分家，各自找了一个地方，起了新房，房屋、凳子、台面都干净了许多，品种也多了，可人们最爱的仍是三贤路黑楼那里的老韩家。

可真要说糊辣汤，还是我们吴镇的最地道、最好喝。这一点，外甥女肯定不同意。但我百分之百肯定，并且，只要是吴镇的人，都会同意我这一点。为什么？呵呵，很简单，因为我们是吴镇人。

对吃的判断和喜好，最霸道，也最无道理。它与记忆、成长、离开、归来、故乡等等一切生命中最重要的东西都相关。就像父亲爱吃的生萝卜丝拌辣椒。那是贫穷时代冬天唯一能够用来拌饭的菜，到了深冬，辣椒吃完了，沙里埋的萝卜无论如何节约也吃完了，就把辣椒梗弄碎，撒在糊状的玉米粥里，也吃得满头大汗、津津有味。现在，年老的父亲、梁庄的亲人们，包括吴镇人，几乎每天早晨都要吃这道凉菜，它已经成为一种饮食习惯。

还有面条。穰县是河南的小麦区，主要的食物也是小麦，于是，就有了各种各样的面食，面条、馒头、面饼、面疙瘩等等，五花八门。其中，面条最为普遍。但对于普通农家来说，最常吃的不是捞面条，那太浪费了，不只费面，还得需要额外的油、菜、蛋或肉，成本太高。所以，一大海碗顶着少量浇头的冒高白面条是只有夏收前后才有的现象，那是短暂的享受期。之后就是长年的稀汤面，春夏放在面条汤里的是在田野里挖的野苋菜、野芹菜、红花草、灰灰菜，秋天则在地里掐一些红薯叶子，滴上几滴油，炒一炒放进锅里，也算有菜了。夏天芝麻秆上的芝麻叶被掐下来，煮上几锅，放在地上，揉匀，晒干，储存起来冬天吃。深秋则把霜打过的红薯叶子腌制起来，放在大缸里，能供应整个冬天。整个冬天，胃都是酸的，打一个嗝，连周围的空气都是酸的。试想，早晨吃的是玉米糁煮红薯块，中午吃的是酸红薯叶稀面汤，晚上可能又是红薯块煮玉米糁，能不酸吗？但如今，这些东西都是农家乐的最好菜品，极受欢迎。每次回梁庄，如果奶奶婶婶们告诉我，家里有腌酸红薯叶或干芝麻叶，我也会毫不客气地坐下来吃中午饭，一吃两大碗。我对外甥们不喜欢吃芝麻叶糊涂面愤怒无比，那种干菜和芝麻的特殊香味，怎么吃也吃不够，可我的外甥们一看见面条里黑黑的叶子，就愁眉苦脸。

日子稍好的人家会做糊涂面。下少量面条，炒点萝卜、青菜，如果有点猪油渣放进去那就再好不过了，等面条和菜滚得差不多，味道全部浸到一起的时候，用水搅点面粉或玉米糁和进去，再煮一段时间，让汤糊起来。饭好之后，一定要稍晾一会儿，汤面凝结一点，喝一口，油香、面香和菜香混合而成的特殊香味儿，让人心驰神往。这样的饭，既节省面菜油，又能够增加全身热量。这就是吴镇、穰县，或者说河南最普通人家都喜欢吃的糊涂面。它是精心衡量后的饮食，是无数农民设法度过艰苦岁月时所实验出来的基本方法，食物的搭配，营养的多少，季节的寒暖，不同时节田野里生长哪些植物，都被考虑在内。它与这一方土地的气候、地理、植物相一致。

不过，且慢，话还得再说回来，吴镇的糊辣汤真的是一绝，这可不是耍赖或偏心。吴镇北头是回民聚焦地，他们杀的羊肉最好，煮的羊汤最鲜，卖糊辣汤的那几家也都是回民，戴着白色的"回民帽"，不苟言笑，盛汤称馍，随意自然，又不卑不亢，仿佛这活儿与他们的尊严有关。穰县韩家糊辣汤的香是大香，敞开着香味，任人评说，好像一个成熟得要透的姑娘。吴镇的糊辣汤，尤其是街中那家吴姓老字号，那香味是收敛的，你得细细品尝，一小口，一小口，那汤慢慢滑进嘴里，羊汤的膻香，面筋的面香，粉皮的粉香，羊肉的腻香，辣末的辣香，一层层进到你心里，犹如归乡。恰如普鲁斯特在《追忆似水年华》中吃到"小玛德莱娜"饼干时的感觉，"只觉人生一世，荣辱得失都清淡如水，背时遭劫亦无甚大碍"。

　　要说吴镇，一年最大的盛会是农历"三月十八庙会"。街上的生意人家最盼这一天，早早把各种货贮备足，坐等客来。清晨五点多钟，十里八乡的人就陆续赶过来，即使最吝啬最节省的老农，也会庄严地坐在糊辣汤铺的油黑长凳上，要一碗糊辣汤三两油条，仿佛那是给自己一年辛劳的最大奖赏。不过，我怀念"三月十八庙会"，不是因为在那一天，我能够脚不沾地从街南头被拥到街北头，也不是因为那一字排开的各种小吃，糊辣汤、油条、粉条汤、菜合子、炒凉粉、油旋饼（在不断揉面的过程中，往面团里一遍遍撒上葱末和香油，吃的时候筷子一挑，饼一层层地自动分离，每一口都是焦香）、炕火烧（有肉馅的饼放在火炉里面烤熟，咬上一口，肉香扑鼻而来，那真叫喷喷香）、羊血汤（几块羊血在清亮的羊汤里，上面漂着碧绿的香菜，八分钱一碗，诱人无比）；也不是那内容丰富的大烩菜，里面烩着各种炸食

（豆腐、鱼块、羊肉，这些炸品通常只在春节、喜事待客和庙会的时候才会有），等等等等，而是因为，我在那一天，吃到了让我最回味无穷的面——板面。这是真的"回味无穷"，因为直到今天，我的舌尖上、胃里还保留着那震惊的感觉和复杂的味道。

这得回顾一下我的家庭历史。1986年是我们家最快乐的一年。那一年，似乎真的要发财了。南方小贩在村庄间走来窜去，撺掇着人们种麦冬，说是麦冬要大涨价，一斤可以卖几块钱。父亲在家里算了一笔账，要是种上五亩麦冬，我们家不但可以还了积欠十几年的旧债，还可以把已经漏风泻雨摇摇欲坠的厨房翻修一下。于是，一家人被发财梦鼓舞着，过上了提前预支的幸福生活。当时我读初中一年级，"三月十八庙会"的早晨，要上学的时候，父亲突然叫住我，给我一块钱，说，中午别回来了，太挤，在街上吃碗板面算了。在一种迷惑之中，我接过了钱，父亲那悲苦已久的脸上夸张的快乐，让我很不适应。而板面，在这之前我并没有吃过，那是根本想都不会想的奢侈。

迫不及待地等到放学，随着拥挤的人群，走过一家家板面馆，看那师傅在门前案板上甩着面。面团上下翻飞，伴随着清脆的"啪啪"声，一会儿，就从一个厚厚的面团变成一条条长长宽宽的面条。后面稍进店面的地方并排摆过去的几口锅，大锅面汤，中锅羊肉臊子，小锅辣子油，都翻滚着，蒸腾着，充实着这街道喧闹的味道。选了一家偏僻人少的板面馆，我用蚊子一般羞涩的声音给师傅说"一碗板面"，师傅却回头高声喊道："来了，一碗板面。"张扬热烈，让人莫名喜悦。

青菜和豆芽是板面必须要有的两样，事先煮好，放在碗底，然后，甩面，煮面，用长长的筷子捞起，放进碗里，舀上一勺清汤，浇上羊肉臊子（那臊子是用瘦肉、五香、花椒、肉桂等等多得数不清的作料炒出来的），最后，浇上一勺汪汪的辣子油，辣香扑鼻而出，一切畅通。那个少年的我，吃上第一口面、喝上第一口汤的瞬间，就被那复杂多义的和高调的香辣味包围了。那种香，是惊心动魄的香。我只想偷偷地告诉你，我又要了一碗，那时，板面四角钱一小碗。

说起板面，它和烩面并不一样。烩面是一种醇香。郑州有合记烩面、萧记烩面、汇丰园烩面等各种烩面，各有偏好和秘方。区别主要在汤，合记烩面的汤浓面匀，萧记的面厚料多，汇丰园的面薄，汤里放当归枸杞等。面是醒过的面，一根根面在香油和盐里浸过几个小时，富有弹性，可以甩得很长，在汤里煮透后，筋道香浓。我们吴镇也有烩面，汤里面放有芝麻酱，有特殊的香味，也非常好吃。

板面则是辣香。煮面用的是清汤，羊肉臊子和在炉子上一直翻滚着的辣子油是关键，羊油、辣椒末、佐料的比例要适当。如果一勺辣子油泼到面上，没有散发出高高的辣香，如果吃的时候，没有多重细腻滋味，没有羊油沾到嘴唇上鲜香滑溜的感觉，那么，这碗面就是失败的。

可惜，欢乐时光不常在。很快，父亲的发财梦破产了，那年种麦冬的人太多了，家家把麦冬收完炕好，等着小贩来收的时候，小贩却不再来了。父亲重又恢复了悲苦的神情，一家人看着满炕的麦冬一筹莫展。那以后的好几年，我才再次吃到板面。

说真的，如果你要去吴镇，一定要吃吴镇的板面，体会体会那惊心动魄的味道。也许，你能吃出怀乡的感觉。

　　当我们在谈吃的时候，其实在谈一种情感、一种生命体验和一种时间的流逝方式。关于吃的体会，就我而言，其实非常单调，不是那种富贵家庭，没有精心的制作，也没有机会经常去各色馆子品尝，所以，说不出更为高档复杂的饭菜，但仅有的记忆，也已经涵盖了生命和家的全部意义。

　　童年的时候，感冒并不是一件特别让人不愉快的事情，特别是重感冒，因为如果病重到得躺到床上的地步，那我的三姐就必须得给我做一碗辣面叶儿了。那可是大家都期待的小灶，尤其是小妹。在锅里放上三碗量的水，切上细细的葱丝和姜丝，再搁上两个红红的尖椒，最辣的那种，开始烧火煮，直到葱姜煮化，辣椒煮软，再放进手擀的极薄极薄的宽面叶，薄到透亮，如果有鸡蛋，再打上一个碎鸡蛋花，滴上两滴香油，一碗"病号面"就成了。躺在床上，三姐把热腾腾辣乎乎的饭端过来，格外温柔，自己也格外可怜软弱的样子慢慢地吃着，辣汤、薄面，喝到心里，辣到、烫到、香到眼泪都出来了，心里却乐开了花。出一头大汗，捂上被子，舒舒服服地睡一觉，真的就好了。有一次，在我感冒之后不久，小妹也感冒发烧，躺到床上，遥遥地喊着也让三姐给她做碗辣面叶儿，结果吃一口就吐了，她烧得太高，什么东西都吃不下了。今天，这些小的事情已经成为一家人非常宝贵的回忆。春节回家，坐在一起，聊起往事，想起小妹那天真无赖的样子，想起三姐那忙碌的身影，想起父亲那很快就化为泡影的乐观，都忍不住一谈再谈，一笑再笑。

　　就这样，春节一年年来了又去，去了又来。每年的春节都是一次嘉年华，是吃的狂欢节。穰县歌谣云：

二十三，炕火烧

二十四，扫房子

二十五，磨豆腐

二十六，炸油锅

二十七，祭灶鸡

二十八，发面发

二十九，蒸馍篓

三十（儿），捏鼻（儿）

初一（儿），供祭（儿）①

尽管许多风俗已经遗忘或转换了形式，但是，大致的时序、规矩还都在遵守。人们按照古老的历史轨迹生活，安然又踏实。

农历腊月二十三儿的晚上，梁庄人吃了火烧，就算开始过年了。然后，开始赶集添置年货。买几斤粉条和肉挂在墙上，割几块豆腐放在背阴处，买几斤干菜、藕、菠菜在塑料袋里扎好。腊月二十六清晨起来就开始下锅，炸豆腐、鱼块、鸡块、羊肉、藕合、丸子，各种炸，贫穷时还拿干萝卜条、茄子条炸了充数。待客的时候，它们被摆在小碗里，

① 发面发：二十八那天揉面，放酵头，二十九要蒸一锅锅的馒头，够整个春节吃。捏鼻儿：包饺子。供祭儿：把煮好的猪头，或煮好的大猪肉块，插上筷子，再放一碗饺子，或一盆水果，敬神，祭祖宗。具体供什么视家庭境况而定。敬完神，这些肉都是可以吃的。

在蒸笼里蒸透，俗称"扣碗"。一般的客人会摆四个扣碗，两荤两素；尊贵客人，譬如亲家，会摆八个，四荤四素。还要洗萝卜剁萝卜，煮一大锅"萝卜菜"。这"萝卜菜"里通常会放几大块肥猪肉，熬上几个小时，放起来，供整个春节用。"萝卜菜"放几天略有点酸味儿，烩菜特别好吃。那几天每家都忙着杀鸡剖鱼洗菜晒菜、蒸馒头包饺子，我们家有自己晒干的枣子，会在馒头两头塞上几个，蒸出来就是所谓的"灶卷儿"。整个村庄，都是深深浅浅、高高低低的"梆梆"声，都在剁饺子馅，它们会合在一起，如交响乐，在梁庄的上空回响。那无数方向的香顺着炊烟在梁庄上空弥漫，仿佛格外殷实和富足。

所有的食物都做好，从正月初一这天开始，人们不再劳动，只是串亲访友，尽情吃、喝、打牌、嬉闹、玩耍，一年的紧张、背井离乡、痛苦都在这短短十几天内得到最大的弥补。

我记得那些微的欢乐和幸福，偶尔的一件新衣，一盆带肉的饺子，满满一碗肉的扣碗，南方而来的清甜的甘蔗，和长辈给的珍贵的压岁钱。它们穿越黑暗，一次次来到我面前，为岁月流逝提供真切的证据。

但说起春节、年货、吃，我还必须交代，我最幸福的一次经历是春节里的偷吃。

记不清哪一年了，腊月二十九的下午，父亲不知从哪里带回来几块钱，想着家里肉太少，就决定再去吴镇北头买几斤熟羊肉、熟羊血和馒头以充实年货。也许因为太冷，或者其他人太忙，我和二姐被指派干这个活。吴镇的回民在每年春节时都会杀羊、煮羊血卖给大家，我们拿着盆子去的时候，那一家正在煮肉。肉香弥漫在空气中，熏得我们头晕眼花、饥肠辘辘，几乎难以自持。等到肉熟，羊血也煮好的时候，天已经完全黑了。

走在回家的路上，不知谁先撕了一小块羊肉，掰一小块馒头，然后，偷吃开始了。在黑暗中，我们两人配合着，一次次准确地伸向那大块羊肉，撕掉一点，又准确地填到嘴里，轻轻地咀嚼。说出来你不相信，那羊肉是甜香的，没有放盐，就是白煮，吃起来没有任何腻味，只有纯粹的肉香，再配上馒头，简直无与伦比。我和二姐边吃边笑，想着回到家里，大家看到那羊肉缺角的情形，想着他们因偷懒而没来的后悔，笑得眼睛都睁不开。

那时候的夜还是黑的，完全的黑。眼睛睁不开也没有关系，我们不会走错路，也不会摔倒在沟里。在乡村的黑夜里，你是自由的、安全的。只需凭借本能，你就可以丝毫不差地走在路上，你熟悉通往村庄的每条小路、每个拐弯、每块石头、每棵树，那方位、空间和气味就在你心里，不需要眼睛，只用随心而行，你便可以到达村庄，到达那有着微弱光亮但却温暖的家。

我始终怀念那个夜晚，那因自由广大的黑暗而突然意识到的自我，意识到的田野、存在和家的感觉。双脚交替奔跑，耳边呼呼生风，眼睛里的笑意，嘴里那羊肉和馒头的馨香，它们携带着你跑进岁月的深处，并沉淀为一种永远的记忆。

是的，我们穰县，我们吴镇，我们家。

历史与"我"的几个瞬间

　　此刻，我坐在美国杜克大学图书馆。从高大明亮的窗户向外看去，是庄严静穆的杜克大教堂。蓝天之下，那不规则的赭彩色石头如同呼吸，使整个建筑充满生命，而修直高耸的尖塔在极细处与天空相接，仿佛把视线和灵魂引向那无限的辽阔处。你感觉到你的意识在内部慢慢浮升起来，生命的庄严和辽阔，"在"的清晰和逼视，你必须要思考你自己。

　　从来没有如此意识到天空、大地、白云、地球与人的一体关系。"天似穹庐，笼盖四野"，目之所及，天如盖，包裹着你，白云恒久地在，人既是孤零零的，因为你于如此辽阔之中，但又有所归属，因为你看到你所在的空间位置。

　　一个人如何与历史发生关系？就像这教堂、天空与人的关系。哪怕仅仅是一种形态，教堂的尖顶，如盖的天空，逍遥的白云，也会在不自觉中塑造着你——你的气质、性格和命运。

　　那最初的形态是什么？对我而言，毫无疑问，是灰尘、贫穷和村庄整体的封闭。寂静、暗淡、沉默，好像处于涣散状态，但又似乎在酝酿着新的躁动的力量。父亲和村支书之间的斗争是童年最清晰的记忆，它是我对恐惧的最初体验。村支书那双犀利、威严的大眼控制了我好多年，每次走过他家门口，甚至是看到那个朱红大门、那座院墙都会让我莫名

22

颤抖。我不知道父亲的勇气从何而来，但我却看到这恐惧压倒了母亲，还有我们这些孩子的内心精神。

多年之后，我才明白，在我的童年时代，1970年代末至1980年代初期，村庄其实正处于大浩劫之后的死寂阶段。"文革"处于尾声，农村生产力严重下降，斗争思维还没有过去，联产承包责任制刚刚实施，父亲所讲的乡绅、前政府官员、基督教徒、小业主在不断的运动中都逐渐消失。但是，村支书家里的热闹及在村庄的权威，普通百姓的卑微和狡黠仍然延续千百年来的模式和思维，村支书与父亲的斗争既是"文革"力比多的剩余物，也是获得生存权利的基本形式。这战争总是以不同的面目延续着。历史的阶段性重复和折腾，其实就像人一样，所谓"好了伤疤忘了痛"，不断愈合，再重新制造新的创伤。无论如何，我并不知道"反右""大跃进""三年严重困难""文革"，我所记忆的童年只是一些碎片式场景，争斗、播种、收割、春天、夏天、上学、成长，它们嵌入平静日常的生活中，带来并不深刻的伤心、害怕和欢乐。

1987年，香港的电视连续剧《射雕英雄传》在内地电视台上映。那一整个夏天，每到傍晚，梁庄的大人少年就一群群地到吴镇去，寻找有电视机的家庭，站在人家门外等着电视开始，也不管人家是否愿意。所有人都看得如醉如痴，每当片头那两个骷髅出现并交错放出两道彩色光柱时，大家会发出一片惊叹声，而俏皮的黄蓉头一歪，逗她的靖哥哥时，又都发出会心的哄笑。

我也是那群人中的一个，那两道光柱，在我心中闪烁了好多年。对于当年那个十四岁的内地少年来说，"香港"，就是《射雕英雄传》，它是工业文化和传统文化完美结合的化身；就是充满某种温柔和哀伤情感的"流行歌曲"，它们突然让你体会到一个人原来可以有如此丰富的情感，那应该是现代个体意识的初次萌芽吧；就是充满动感的"迪斯科"，它让你震惊，一个人原来可以这样放肆、自由地舒展自己的身体。在当年的内地，这些来自于香港的事物，都有很深的"解放"意味，虽然今天看来，这里面蕴含着更复杂的也更难以判断的文化意识形态。

似乎有一个通道慢慢打开，世界还有新的方式，身体还有更多感应，生命还有更多情感，它是无穷尽的。我记得十四岁的我，在看完郭靖黄蓉之后，和一个小伙伴，坐在暗夜的河坡上，在虫鸣中，羞涩地谈我们似是而非的暗恋对象。"射雕英雄传"、费翔和"恋爱"到底有什么关系，这还需探讨，但由那色彩和身姿而起，却是毋庸置疑的。但它离我仍然遥远，我当时为之痛哭的却是另外一件事。

我和一个女生上自习课的时候在走廊聊天，被学生会干部发现，在被严词批评的时候，我嘟囔了一句：又不是在搞同性恋。那几个学生会干部大惊失色，迅速离开。晚上，我的班主任把我叫出了教室。那时刻大家正在上晚自习。班主任是一位五十多岁的讲马列的老教师，方形脸，黝黑呆板，严肃正义。我刚一站到走廊，班主任就狠狠地推了我一把，愤怒地嚷道："你知道那是啥吗？你还要不要脸？"我一个大踉跄，整个身体撞到了栏杆上，又向前扑倒，在倒地的一瞬间，我看到教室里那几十双惊诧的眼睛。我羞愧至极，不只是因为我在全班同学面前被羞辱，还因为他语气中那强烈的愤怒和羞耻感，他眼睛里仇恨的、禁欲的、教条的目光让我震惊和害怕。

围绕着这一事件，我被连续批判了六天，我的头越垂越低，错误越来越多，也越来越清楚地认识到"同性恋"是一个来自于资产阶级社会的、不道德的、罪大恶极的词语。至今我都不明白，在那时，不只是我，学生会干部、学校领导、我的班主任可能比我更不知道"同性恋"到底是什么，但是，那正义感、羞耻感及想象力从何而来？在这背后，有一个洪水猛兽般的"西方"：色情的、无耻的、变态的世界。"西方"就这样以一种奇异的纠缠状态出现在1980年代后期的中国日常生活中，关于爆炸头、喇叭裤、接吻等的争议和政治升华在今天看来甚至有点滑稽，但是，它突然丰富起来的身体和情感，以不合时宜的复杂、柔软、多元冲击着坚硬的中国心灵。外面的世界正在轰轰烈烈地行进，十六岁的我，却因为这懵懂的出轨而被不断规训。

可以这么说，当"60后"知识分子在如醉如痴地吸收学习西方思想并借以批判中国政治与社会现实时，还只是少年的"70后"则如醉如痴地阅读来自于港台的琼瑶、三毛、金庸，并沉湎于一种自我营造的感伤和对传奇的向往之中，或因模仿港台剧中的英雄人物而成为小镇的不良少年，或如我这样，被像拔刺一样把叛逆的因子一点点拔掉。对于"历史""社会"这两大名词，"70后"是通过学习而得来的，是书本上的知识和家人的闲谈，哪怕并不遥远的"大跃进""文革"，也只存在于支离破碎的话语之中，与现实的生活与情感都无关。没有跟得上战场（虽然这战场只有在叙事时才有意义），没有经历宏大场景，没有荣耀、炫耀和言说的资本，没有被安排继承历史遗产，也没有来得及领悟新的历史规则并投入之中，却总是被历史的琐屑、生活的边角料所击中，这些碎屑是如此琐细、不重要，以至于根本不值得被提起，但却仍然实实在在地影响着一代人的人生。

规则和惩罚一直伴随着我的整个成长过程。我常常有一种无所适从的感觉，不知道该如何处理自己的表情（就好像不知道如何面对这个世界），不知道该如何表达自己的观点（我对那些有鲜明政治观点和历史观点的人总是敬佩不已），我讨厌自己的道德感和某种保守的倾向——这一保守并非一种有意识的文化选择，而是长期被规训后的结果。有时，我觉得这种保守是一种有益的坚守，但一想到它来自于当初那狠狠的"推搡"，又觉得有些诡异。规则与惩罚沉重地黏着在心灵深处，不敢张扬，不敢冲破任何一种哪怕最简单的成规。在历史的河流里，我无从捉摸自己，无法真正投入任何一件事情。没有迷失过，因为没有选择过；没有忏悔过，因为没有行动过；没有狂欢过，因为没有自由过。我只是一个看似冷静、实则不知道如何处理自己的旁观者。

也许并不只是我。关于"70后"，在当代的文化空间（或文学空间）中，似乎是沉默的、面目模糊的一群，你几乎找不出可以作为代表来分析的人物，没有形成过现象，没有创造过新鲜大胆的文本，没有独特先锋的思想，当然，也没有特别夸张、出格的行动，几乎都是一副心事重重、怀疑迷茫、未老先衰的神情。

即使"怀疑"，也并非都是有效的表情。没有经历过"迷失""行动"或"激情"，或者，更确切地说，没有清晰的历史意识，怀疑或者只是一种置身事外的虚妄。"50后"深沉地谈论"饥饿"，"60后"热烈地讨论"文革"和

26

追忆"黄金八十年代"，"80后"悲愤而又暧昧地抨击"商业"和"消费"，这一切，"70后"似乎都没有确切的实感，面对这样的话题和隐在话题后激动的面孔，你会有强烈的被抛出之感。这是先天不足。碎片之感、隔离之感清晰地印在我们的言行举止中，以至于无从知道自己如何与历史发生真正的关系。

无关主义，也无关立场，而是不知道从何开始。

怎么办？如果找不到历史的契入点，你将无法找到存在的理由和价值感；如果无法感受到问题和矛盾之源，你就如进入无物之阵，陷入四面空虚的困境。难道因为我们生活在历史的琐屑之中，就不配拥有进入历史并寻找自我的机会和权利？

在进入大学教书并成为一名研究者之后，这种被架空的感觉日益强烈。并非研究本身没有意义，而是你，研究者主体，无法从研究中寻找到与历史共在的感觉。这并不是在否定学院生活和纯粹思考的价值，而是害怕过早的平静，过早的隔离和过早的夸夸其谈。我听到很多这样的夸夸其谈，看似非常有道理，但一当与正在行进中的生活相联系，你立刻就发现其中的可笑和苍白之处。更为致命的一点是，成为学者，也即确立一种阶层和一种生活方式。它意味着你再次被隔离开来。当学者仅仅是某种知识生产和一种职业的时候，它所蕴含的内在破坏力和启发价值就逐渐消退。我害怕自己再次未老先衰。

重返梁庄，最初或者只是无意识的冲动，但当站在梁庄大地上时，我似乎找到了通往历史的联结点。种种毫无关联的事物突然构成一个具有整体意义的网络呈现在我面前。那早已遗忘的个人记忆——我走过的坑塘，经过的门口，看到的树木，那随父亲长年征战的铁球，百岁老人"老党委"家那个神秘而又整洁的庭院，童年与小伙伴决裂的瞬间，1986年左右全村、全镇种麦冬的悲喜剧，所有的细节都被贯通在一起，携带着栩栩如生的气息，如同暗喻般排阵而来。

在那一刻，个人经验获得历史意义和历史空间。从梁庄出发，从个人经验出发，历史找到了可依托的地方，或者，反过来说，个人经验找到了在整个时间空间中阐释的可能。两者相互照耀，彼此都获得光亮。

我看到村庄的坍塌。那座空荡荡的小学，它曾经是全村的文化中心和政治中心，我们在这里上学，父亲在这里被批斗，也在这里领取一年的口粮；那个像孤魂一样移动的老人曾经是全镇乃至全县的基督教长老，我曾被他的自信和光亮所震慑，如今他信徒满座的家早已倒塌，而他显赫的家族，早在1949年前后已经开始分崩离析。是的，村庄一直处于坍塌之中，只不过，不同的历史阶段，面目不同而已。

我发现，当把目光有意识地投向与"我"相关的事物时，你会很容易察觉到它内在的生长性和历史性。1986年，几个来自南方的贩子在吴镇走过，吆喝着收麦冬，一斤麦冬两块多钱。那一年，种麦冬的人家都"发财"了。光亮突然照耀在梁庄的上空，天开了，云散了，暗淡的乡村变得欢快、辉煌，所有人都忙碌起来。麦冬，金光闪闪的、圆滚滚的"南方"，第一次进入梁庄的生活空间。父亲把小麦地、玉米地全毁了，也种了五六亩麦冬，收获的时候，雇了二十多个人。一时间，家里家外，欢声笑语，父亲每天计算着能挣多少钱，还多少债，剩多少钱，怎么花。我清晰地记得那一年，是因为，父亲脸上盛开的花朵，那流溢出来的快乐实在诡异；还有，那一年，全家人，包括来帮工的人，都长了疥疮。我的手缝里、胳膊上、屁股上、腿上，全身上下，都长满了疥疮，奇痒无比。那半年时间，我只能站着上课，至今，腿上仍有铜钱大的深深的疤痕。但奇怪的是，这些痛苦都被忽略了，大家都被"挣钱""南方"鼓舞着，对眼前的困窘视而不见。每晚睡觉前，我们的功课是互挤脓疱，看哪一个成熟了，按下去，看黄色的脓液飙出去，彼此取笑着。

那欢快从何而来？发财、南方、城市、经济、生意、贸易、广州，这些词语具有强大的魔力，封闭已久的乡村为之神魂颠倒。当然，父亲的发财梦破灭了。吴镇的许多人家因为麦冬而破产，抵押房产、跑路、逃避债务，有熟识的人家一再筹措路费到广州去要债，但是，每次都凄惨而归。冬天再次来临。在"改革"的第一次博弈中，乡村以惨败而告终。城市与乡村、南方与北方，彼此之间的二元性、对立性和残酷性也立马呈现出来。

2011年，追寻梁庄的足迹，我走遍中国的大小城市，西安、南阳、青岛、内蒙古、北京、广州、厦门、东莞等等，我想了解我故乡的亲人们的生活，我想看到那短暂的"欢快"是否再次出现在他们的脸上。当然，在经历了多年的学术思考之后，我也希望，能够在"实在"的生活中找到与之相对应的东西。肮脏拥挤的城中村，尘土飞扬的高速公路边，如地狱幻影的电镀厂，一双双眼睛投向我，一个个场景震撼着我，他们高度对抗性的生活，对自我命运的认知，以及种种无意识选择背后所折射出的深远的历史空间都让我意外。我意识到，1986年的命运仍在延续，而学术和政治话语

29

中的阶级、差异、资本、金钱、发展、乡村、城市，知识分子口中的虚无、忧郁、叛逆等等司空见惯的词语是怎样的大而无当和华而不实。那油污背后的一双眼睛，那电镀厂里移动的幽灵足以动摇一切理论和那些斩钉截铁的、宏大的结论。

如果你笔下的术语、心中的情绪和现实生活、历史之间没有构成真正的对话，就不会产生真正有效的思考。是的，即使是"虚无"——我们经常会拿它作为一种批判和思想的起源，也是某种姿态的标榜——如果我们对"虚无"的对象一无所知，如果没有实在的所指，它就只是肤浅的伪饰而已。

对于中国人而言，悲欢离合从来都不是自然的生活进程，而是随着政治、制度的变动而被迫改变。一种生活和传统如潮水般迅速消退，虽然这种消退或许并不值得怀旧，但它的速度及留下的疮痍却实实在在地让人惊心。我看到了激进主义的破坏性、保守主义的虚妄之处，也真切感受到自中国被迫进入"世界史"以后，与"世界""西方"及"现代"之间的复杂联系。从梁庄的命运中，我看到，"现代性"的道路还很遥远，而如果不对密布于时代空间的诸如"乡村""城市""现代"等词语及彼此的相互关系做观念史的梳理的话，那么，梁庄、无数个梁庄，中国的心灵，还将继续无所归依。

这是一场战争。我们随时都处于"大时代"，战争并非都是流血的革命，这几亿人如大军般的迁徙、流散及由此带来的社会矛盾一点也不亚于一场战争。所谓的"小时代"，个人化的、小资产阶级的、物质的"小时代"，只是一个假象。裂隙无处不在，我们被锁定在特定的场域中，被围困在真空之中，探讨着言不及义的话题，对同属于一个生活场景的另一面视而不见。那些鲜亮的术语、概念就像那疥疮，密布于身体，吸噬你的精气神。或者，其实从来如此。

历史意识的生成与其所处的历史阶段无关，重要的是"我"与历史的联结方式。历史存在于其与"我"的关系之中。历史就是你自己。以"我"——既是个人的"我"，也可以是大的集体的"我"——为原点，以经验世界为基点，向过去和未来辐射，并不都导向主观和偏差，相反，它能使得我们的思考更有切实的基础。对于处于尴尬位置的"70后"而言，摆脱无历史的空虚之感和历史阶段论，也就摆脱了那种无谓的自恋式的感叹。无论何时何处的生活，都如阳光下的灰尘一样丝缕可辨，历史纷繁而又清晰异常。

大历史和大事件为后人的反思提供最基础的内容，但也很容易传奇化、浪漫化和概念化，就像今天许多人在重新谈起"民国""解放战争""文革""知青"，多是"激情燃烧的岁月"，在溢美与否定之间走钢丝，却对认知真正的历史毫无帮助。能粉碎大历史框架的恰恰是个人的记忆，是历史空白处的琐屑和不引人注意但却又久远的伤痛，它影响甚至制约着历史的运行。1986年的"麦冬"在我身上留下永远的痕迹，而父亲和吴镇的许多人也因此一蹶不振好久。和广州做生意的那家人，原是吴镇最早的万元户，在麦冬神话传来之前，正准备兴土木，盖"豪宅"。之后，丈夫出去避债多年不归，老婆在家做种种零活挣钱还债并养活三个儿女。多年之后，在走过一个地方时，年老的女人仍然忍不住说，这就是当年我们看好的房子处，两层，十四间，砖瓦都买好了。她的手横着，大力地划过去，划出了一道虚空。麦冬，这个椭圆的、乳白的小果实，附着在"南方""改革"身上，结结实实地改变了他们一生的轨迹。

对我而言，"西方"的概念来自于"郭靖黄蓉"，而"同性恋"事件对我更直接，所产生的思想震动更大。阐释历史的通道并不只来自于大的政治事件，也可能仅来自于一个词语。

与此同时，回到梁庄对我而言是一种激活，重新找到思考的起点和支点，并激活自己的生活——学术生活和实在生活。它是一种学术实践，我从来不认为它只是创作实践。这四年多的田野调查、阅读和写作给我的锻炼和启发不只是最终的那两本书，而是我似乎越来越接近问题的源头，我注意到由生活实践所折射出的观念冲突，由观念冲突所引发的生活实践的种种反应。我意识到"乡土中国"这一概念的生成性——自晚清以来它一直处于被塑造中，以及这一生成背后的社会意识的变迁、时代精神的分裂和利益驱动的巨大作用，它们互相生成，并且正塑造着新的中国形象。我想我会重返书斋进行学术研究，并且，我会把这一学术研究看作我的生活实践的一部分——它不再只是无关任何风月的书斋生活，而是历史的一部分。"生活实践"，即与正在行进中的历史相结合的能力，从正在行进中的生活场域寻找理论的起点和依据，最终达到一种及物的思考和结论。从这个意义上讲，我反对过早的专业化，反对过早的平静，我崇尚某种行动、冲突，甚至自相矛盾（包括思想上的），哪怕它可能偏激，可能错误，也比四平八稳要更有启发性。当然，从另一方面来看，偏激和愤世嫉俗是一个可以向上的词语，但如果没有扎实的考察和思考支撑，也会流于某种狡诈的圆滑和为虚名寻租的屏障。

文章还没有写完，我又回到国内。十一月初下午四五点钟的北京，雾霾满天，天空灰暗，高楼飘浮在空中，如同末世纪的魅影。灰尘阻塞着呼吸，我不由得在内心发出许多人都发出过的感叹。

　　而此刻（又一个"此刻"，这是又一个历史瞬间，和我坐在杜克大学的图书馆看大教堂，在出租车上看北京的天空时一样），阳光穿过乌云，照在满是灰尘的窗玻璃上，又斜映在书桌上，从外面隐约传来压抑的车流声，极具穿透力的工地敲打声，高亢而杂乱的对话声。我背对着室内，阳光之下那一屋的灰尘让人心烦意乱，虽每天打扫，灰尘仍然铺天盖地，落在每一件物品上，一切都黯淡且眉目不清。但是，当凝视并倾听这一切时，仍有莫名的踏实的愉悦感从神经末梢传导入心脏中央。是的，这是你自己的日夜，与爱国、民族和那些宏大的词语都无关，而与你自己相关。或许，重要的不是你爱不爱国，而是你无法选择，最终才生成某种类似于"爱"的历史感。

　　这是一种颇具先验性的愉悦感，或者，悲怆感？你无法选择最初的历史瞬间。美国的蓝天、白云像梦一样，没有真实感。这种感觉真的非常奇怪，仅仅十来天而已，那几个月的生活已经在你意识中遁去，就好像从来没有经历过。它对你的观点、逻辑思考，甚至对美的感觉都产生过影响，它也成为你经验的一部分，但却没有形成历史感。我似乎明白了"离散"这一词背后的含义。历史是活生生的"在"，热闹与喧腾，灰尘与阳光，黑暗与光明，都与你相关。如果没有这一相关性，你又是谁呢？梁庄、家人，从出生起就看到的天空、大地，你所读的每一本书，所感受到的每一种情感和思考都是你的"在"。如果一个人在此地没有"在"的感觉，那么，这风景、历史就与你无关，你也无法从这里的时间和空间得到真正的拯救。

T.S.艾略特在《四个四重奏之四》中这样写道：

> 玫瑰飘香和紫杉扶疏的时令
> 经历的时间一样短长。一个没有历史的民族
> 不能从时间得到拯救，因为历史
> 是无始无终的瞬间的一种模式，所以，当一个冬天的下午
> 天色晦暗的时候，在一座僻静的教堂里
> 历史就是现在和英格兰。

我想，艾略特想说的是历史、时间和"我"的关系。一个没有历史的民族，不能从时间中得到拯救，一个没有历史的人，也无法从有限的人生中得到救赎，哪怕你坐在庄严的杜克大教堂里，聆听高亢而清澈的歌声。

时间并非只是线性的存在，它具有并置性和空间性。历史并非只是过去，人并非只生活在现在，而是活在传统的河流之中。你的一滴眼泪、一个动作或一次阅读，所蕴含的都有你的过去与未来。所以，现在即过去，未来即历史。

这样，无论生于哪一年代，身处哪一时空，都是一样的，因为历史赋予了我们一个个瞬间。能够对这瞬间所包含的形式及与世界产生的关联进行思考，我们就汇入了过去、现在和未来的洪流。

书斋与行走

回首自己是一件让人特别容易虚幻的事情。你过往散浮着的东西，你写的文字，你走的路，你经历的时日，突然要被某种逻辑归纳起来，这本身就是可疑的。但是，又好像很有意思。当散浮着的东西被收拢起来，具有某种逻辑的时候，你才突然发现，原来你的人生如此简单，又如此不可说。

现在想来，从一个文学青年到进入文学研究，这其中不知不觉中产生了巨大的错位。顺着学生的被动性和学科的惯性，十几年下来，你变为一名文学研究者，但是，你却并没有尝到文学研究的快感和充实，也没有感受到这一研究的内在价值和尊严。这大概是许多文学博士的心路历程。

就我自己而言，从1997年进入郑州大学中文系读硕士研究生算起，至今已经从事研究将近二十年。在这些年间，我出版了三本学术著作《外省笔记——20世纪河南文学史》《新启蒙话语的建构：〈受活〉与1990年代以来的文学与社会》《灵光的消逝：当代文学叙事美学的嬗变》，一本和作家阎连科的文学对话《巫婆的红筷子》，两部长篇非虚构著作《中国在梁庄》和《出梁庄记》，一本随笔散文集《历史与我的瞬间》，于2015年出版的类小说《神圣家族》，以及散发于各个期刊的学术论文。罗列这些，不是为了显示自己写了多少东西，而是想郑重地看看自己做了什么。

我曾经在《中国在梁庄》前言中写道："我对自己的工作充满了怀疑，我怀疑这种虚构的生活，与现实，与大地，与心灵没有任何关系。"这并非是否定文学研究本身的意义，而是自己无法找到意义的通道。

你清晰地看到，许多时候，你的评论语言只是在虚空中缠绕，华丽而无所指。拼命地阅读、摘抄各种理论和思想，但这些理论和思想只不过成为你阐释一个文本的大帽子，不具备实在的意义。或者说，它们并没有转化为你自己思想和认知的一部分。在写作博士论文《外省笔记》（原题目为《外省文化空间的嬗变与文学的生成》）时，有一段时间，我对这种一百年的宏大的线性文学史的梳理有点厌倦，一个最直接的原因就是，我突然发现，我所总结的河南作家写作特征与时代的关系其实也是文学史中普遍作家与时代的关系，我对作家作品与地域文化、政治时空嬗变之间的关系并没有真正形成一种判断。我没有自己的观点。或者说，我怀疑这一论题是否是真正的论题。但是，这样的疑问很容易被自己忽略过去，它被无数的资料、被形成一种线索的喜悦、被自己的自圆其说和必须完成的决心所遮蔽。

这并不是说这一研究毫无价值，也不是自己毫无所得。如果不是硕博期间大量阅读中西方名著和各种理论，如果不是几年期间对各类哲学、历史和思想的涉猎，如果不是重新回到文化母体审视自身的语言、地理和精神内部的嬗变，也许，就没有今天这样总体的我。但即使这样，那一微微的厌倦和空洞之感始终埋伏在那里。一有机会，它就会反扑过来。

而在写作家论时，我发现，我特别容易陷入某种高义之中，飘浮感特别强。某一判断和指述拿到哪一种作品那里都可以。有许多时候，甚至只是一种词语游戏，辞藻用得更好，修辞更巧妙一些，因为它与这一世界、与世界的内心无关，只是词语的循环，而无真正的所指。说到底，面对一部作品，批评家很难建构出自己的一个世界。我很难说，这是中国当代作家作品的问题，还是我作为一个批评家自身素质的问题。

如果你不满足于自己的学术思考只是知识的累积或角度的变化，不满足于自己的批评文章仅仅是一种阐释，或只是附着于作品的次生品，我想，一种反思就必然会开始。这一反思可能也是每一个严肃的批评者的必经之路。

在这一反思过程中，我无意间选择了一个更曲折弯曲，也更暧昧的方式。重回梁庄，重回故乡。不管是因为学术，还是因为创作，重回梁庄的这几年成为我思想生命中最重要的几年。

对梁庄的书写，在梁庄和出梁庄的行走，犹如一个铅砣把我从不着边际的摸索和困顿中拖了出来，找到了可能的通道。游走、探索、进入一种生活的内部，这是之前想过，但却又不知从何做起的事情。

从创作角度来看，写作梁庄是一个不断修正和学习的过程，寻求合适的文体，琢磨用什么样的语言精准地描写一个人的表情，排哪种序能够把屋内的场景更富有画面感地呈现出来，情感控制到什么程度以不破坏你所书写的内部生活，这都需要反复琢磨。从总体来看，过往的思想和认知都参与进来，阻碍或帮助你去塑造一个村庄、一种生活。许多之前在研究文学时没有注意到的问题都呈现出来，譬如说你会注意到前辈作家、社会学家和人类学家在塑造村庄时所使用的词语、所建构的场域及背后的选择倾向。

其实，从更深远的层面来看，我把梁庄的行走和书写看作一种学术行为，或者说，是学术生活的拓展和延伸，虽然它不是以学术的面目出现。

"细心考察社会的实在形态"（胡适语），对行进中的生活的研究和思考，不管是哪一种生活或哪一个群体或哪一个层面的问题，城市、乡村、政治或文化，都会使你对生活内部和文化内部的逻辑有更为深入的了解：它的纠结点在哪里，它最微小的肌理是什么样子，它和时代、历史及与政治的冲突表现在什么地方。它会纠正，或让你反思你原来在书本中看到的只是结论的东西，它让理论重新还原为纷繁琐细的生活，使理论有了附着。这样，不管你更确定还是怀疑，也都有了扎实的依据。

必须承认，这两本"梁庄"使我重新获得了学术研究的勇气和信心，也重新感觉到它内在的意义和尊严。实践的层面和学术的层面相结合，使我的精神有了某种较为实在的支撑。

语言。就学术方式而言，我对语言的花活、对热烈而直接的观点、对鲜明的态度越来越质疑。这是一个言说的时代。不管是小说、诗歌或散文创作，许多文本内在是空的，实实在在的空。不是那种指向人性、人生的某种虚无的空，而是语言指向的空洞无物。当词语的内部无法超越其自身而达到与世界的联结时，它是无效的。

观点和态度。铿锵的、确定无疑的东西总是鲜明而容易兴奋，也能够达到淋漓尽致的效果。我想，真理在握的感觉是人类最美好的感觉和梦想。但是，你又隐隐约约觉得，在宣讲、告知的同时，它们隐蔽了很多空间。

我会回避这些，并且，这是一种基于理性思考后的回避。

就创作而言，我始终希望自己能创造出那么一个空间。它柔软、暧昧、丰富，有无数条交叉小径，你走你的，我走我的，各自拥有风景与空间。这是文学的空间。创造这样一个空间，它里面有生活的脉络，有一个个人的生命，有来自于家庭内部的痛感，也有整个社会给予的动荡与不安。

与之相对应的，则是对这样一个空间形成的文学文本的研究。如前所言，作家论往往沦为一种虚空。说实话，很多关于文学与艺术、社会及现实关系的争论，都是废话和套话。很多总体概念都容易是废话，套来批评、表扬、阐释谁的文本都可以。另一方面，却缺乏扎实的、基于文本而来的思考。

一个好的文本总指向某个方向，一篇好的批评文章应该能够读出这个方向并能够把这个方向背后所涉及的复杂肌理说清楚，它不只深化这个文本的内部空间，并且，从中可以看到批评者本人对文学及这一相关世界的认知。

这意味着，好的文学批评应该是基于一种限定性之上的阐释和批评。"限定"非常重要。批评者不是拿一个理论来套某个文本，而是先理解文本所设定的或所想要到达的空间和方向，在这一设定空间的基础之上，再讨论文本可能到达的高度和限度，由此，再去谈相关的问题。这样，空间是真空间，问题是真问题，你的思想也就可能是真的思想。

我们不妨把它命名为"限定性批评"。

当然，我可能会更侧重于研究某种关联性，而不是文本本身。研究文学与作家，作家与时代，政治与人，它们之间回环往复的关系。回到时代的内部，分析各种话语的生成、撞击和游移，研究各种人生、思想和事件的交叉及最后形成的空间。

有一种非常奇怪，但却又非常强烈的感觉，我想我以后会重新回到历史之中，回到"故纸堆"之中。我仍然会研究文学，但却会较少参与当下创作形态，而更多地去研究文学以何种方式与时代、思想发生联系，从此出发，研究文学背后的文化场域和思想场域的生成。

我希望有那样安静的时刻。坐在图书馆，或某个只有自己的房间，为某个问题、某种思想的生成，耐心翻阅昔日的报纸、书籍，行走在历史之中，和历史、故人对话，考察彼时彼刻思想的交锋，寻找蛛丝马迹，并试图构架出一个实在的时空和网络。外面骄阳似火，这里却清凉安然，有脉络正在形成。这既是实在的温度反差，也是一种与外部世界关系的想象。

其实，随着这几年的学习、思考和行走，我反而对胡适当年的态度有了点理解。胡适在《多研究些问题，少谈些主义》里面认为，"研究问题是极困难的事，高谈主义是极容易的事。比如研究安福部如何解散，研究南北和议如何解决，这都是要费工夫，挖心血，收集材料，征求意见，考察情形，还要冒险吃苦，方才可以得一种解决的意见。又没有成例可援，又没有黄梨洲柏拉图的话可引，又没有《大英百科全书》可查，全凭研究考查的工夫，这岂不是难事吗？

高谈'无政府主义'便不同了。买一两本实社《自由录》，看一两本西文无政府主义的小册子，再翻一翻《大英百科全书》，便可以高谈无忌了！这岂不是极容易的事吗？"

在今天这样一个混杂的时代，当人人都在发表观点，当激情、理想、正义都被裹挟进一个更大的话语之中时，当你自身作为一个个体被政治架空之时，作为一名研究者，不妨回到历史空间之中，去寻找问题之内在脉络。研究者需要某种冷却和与社会之间的疏离。对这个时代需要一种免疫力和超越力。但是，我想，这种超越是你在深入了这个时代和生活之后又穿越了它，这样，才有更切骨的体验。否则，只是一种虚样的话语和姿态。这是这五年来行走梁庄给我最大的体验。

譬如说，接下来的几年，我可能会做一个概念的或观念史的考古研究。这恰恰是我这几年在乡村行走和思考过程中产生的问题。我发现，今天我们所使用的"乡土中国"，无论是政治层面（在具体政策实施过程中所依赖的理念）、文化媒介层面、民众思维层面，还是在学者的逻辑思维中，都具有固定的含义：一个前现代的、农业的、愚昧的、落后的、无法在现代化过程中生存的观念体和象征体。即使我们谈起乡村、乡愁，也多是在怀旧意义上，而非现实主义上而谈的。

但是，在翻阅晚清留日学生于1900年代所创办的杂志时，会发现，大多以地域为名，《河南》《四川》《云南》《江西》《开陇》《滇话》《粤西》《晋乘》等，留学生们以省域为对象，谈的也是"乡土""地域""地方性""方言"等等，讨论的问题却是"自治""开放""平等""民主"等。

鲁迅等一批留日学生都在杂志上发表文章回应这些问题。每一期后面还有国内的各种反馈，它与国内的自治运动、乡村改造相互呼应。

而1930年代在中国内陆，"乡村自治"运动也如火如荼，如河南的土皇帝别廷芳、涪陵的卢作孚，这些自治运动以中国传统道德秩序为纲，结合西方的政治、经济理念，创造出一个"生机勃勃"、具有实际运作能力的新乡村形象。总体来说，在民初时代，"乡土""乡村"是具有某种开放性和活力的，对于未来的历史发展来说，当时的"乡土""乡村"似乎还具有多种可能性，还没有后来的完全封闭的概念。

我想要考察的是，"乡土中国"是如何逐渐被塑造成为一个过去的事物？这中间经历了怎样的概念流变？晚清一代的知识分子经历了怎样的思想嬗变？这一思想嬗变和当时的中国政治命运、与个人的生活经验、与当时所接受的西方话语之间是怎样的关系？我想重回晚清时期，重回现代性追求之初，回到各种观念、概念、实践的碰撞和纷争的语境之中，梳理脉络。尤其是，回到整体概念形成之初，看知识分子各种思想体系和话语体系形成之初内部所包含的"前视野"。再具体一点，我可能会从鲁迅入手。我想研究的并非是鲁迅小说中的乡村图景、乡村模式是什么，而是想研究鲁迅小说中为什么会呈现出如此的乡村图景，他接受了怎样的思想，经受了怎样的冲击，在这背后，蕴藏着怎样的传统与现代、民族与世界等概念的冲突。

也许，隔了几年，我还是回到学术研究，还是回到了纸张之中，但是，对现实的相对深入和宽阔的理解必然会贯注到纸张背后的历史时空。

当然，就总体而言，这样一种"重回历史"的研究难免有消极的成分，尤其是在这样一个每天有无数新的现实、思想和文本产生的时代，这样一种疏离难免不被看作是逃避或借口（也可能确实是一种借口）。但从另外的角度来说，也不妨看作是一种参与形式。但反过来，我对那些能够积极投身于一种运动，或以实际行动争取政治空间和言论空间的人，始终持一种非常庄重的敬意。

我发现，当在试着梳理自己的研究之路、所遇到的困惑和内心的想法时，我好像脱离了一个纯粹文学研究者的身份，我的想法似乎有些偏离了通常的文学研究。我是作为一个知识分子，作为一个试图打通文学与社会学、人类学和历史学的学者在说话？或作为一个社会实践者在说话？或作为一个生活者，一个始终陷于困顿、无法自解的生活者在说话？我不清楚。

其实，有许多亟待澄清的问题。道路漫长。没有一劳永逸的学术、实践和方法，就像没有一劳永逸的人生一样。

归来与离去

回　家

北方的冬天，一切都是土色的。刮过的风，闻到的味儿，看过去的原野，枯枝横立的树，青瓦的屋顶，都是土黄色的。万物萧条，但因其形态多样，村庄、院落、树木、河流、坡地、炊烟、人，却也不显得枯寂。乡村的房屋和炊烟仍然是一种温暖的形态，引领着远在异乡的人们回到家中。

梁庄洋溢着节日的气息。车突然多了起来，走在村里，一个随意的空地，就停着黑色的、白色的或绿色的小轿车、面包车或越野车。大众，比亚迪，奥迪，三菱，什么牌子的都有。它们屹立在那里，显示着主人钱财的多少和在外混得如何。

平时空落落的村庄，忽然有些拥挤了。从某一家门口经过，会看到里面来回走动的很多人，听到此起彼伏的划拳声和叫嚷声。村中的各条小道上，居然出现了错不开车的现象。大家各自下车，看到了彼此，惊喜地叫着，顾不得错车，点支烟，先攀谈起来。在村庄里，绝对不会出现错不开车相互大骂的情形，因为大家都知道，那车里的是自己熟识的，按辈分排还要叫什么的人。然后，就有几个乡亲凑过来，又惊喜地叫着，哟，原来是你这娃子，混阔了，不认识了，啥时候回来的？开车的年轻人一边忙着递烟，一边回答，昨天。人们哄地一下笑了，他旋即醒悟了过来，脸红了，换成了方言：夜儿早①。

在中国各个城市、城市的角落，或在城市的某一个乡村打工的梁庄人都陆续回到梁庄过春节。花钱格外大方，笑容也格外夸张，既有难得回来一趟的意思，但同时，也有显摆的意味，借此奠定自己在村庄的位置。整个村庄有一种度假般的喜气洋洋的感觉，"回梁庄"是大的节日时才有的可能，不是日常的生活形态，因此，可以夸张、奢侈和快乐。

福伯的大孙子梁峰腊月初十就回来了，他和五奶奶的孙子梁安都在北京干活。梁安开着他的大面包车，载着梁峰夫妻，父亲龙叔，老婆小丽、儿子点点和新生的婴儿，一车拉了回来。福伯的二孙子，在深圳打工的梁磊回来已有月余，他把工作辞掉，带着怀孕的妻子回梁庄过年，过完年后再去找工作。福伯在西安蹬三轮的两个儿子，老大万国和老二万立，和在内蒙古乌海的老四电话里一商量，全家所有成员都回梁庄，春节大团圆。

其实每年都有很多人不打算回家，买票难、开车难、花钱多、人情淡，等等等等，但是，又总会找各种理由回家。回与不回，反复思量，最后，心一横，回。一旦决定回，心情马上轻松起来，生意也不好好做了，开始翻东找西，收拾回家的行李。

在内蒙古的韩恒文一大家子回来了。说是给爷爷做三周年的立碑仪式，这是恒文的提议。恒武和朝侠也没多说什

①　夜儿早：yèr zǎo，意指"昨天早上"。

45

么，立马放弃年前的好生意，三姊妹开着三辆车，浩浩荡荡地从内蒙古开往梁庄。

在湖北校油泵的钱家兄弟回来了。黑色的大众车停在他家大铁门外面，霸气十足。他们的父亲，梁庄小学优秀的前民办教师，现王庄小学的公办教师，每天骑着小电瓶车来回十几公里去上班。他们的奶奶，瘫痪在床已经将近二十年，由他们的母亲经年服侍。现在，那个强壮的女人也胖了、老了，站在门口，看着来来往往的梁庄人，开朗地和大家打招呼。

韩家小刚回来了。我们在老屋后面院子里给爷爷、三爷烧纸，他从围墙外经过，站了下来，与父亲打招呼。他胖了，白了，穿着深蓝色羽绒服、西装裤，很是整齐。他在云南曲靖校油泵，韩家有好几家人都在那边干活。他们几家各开几辆车，一天一夜，中途稍作休息，直奔梁庄。

在北京开保安公司的建升回来了，说被中央电视台忽悠了。电视台每天放着回家的节目，看着看着，他哭了，说，走，回家。开着车长途奔突回来。回来了，也不激动了，但也不后悔。

万义的孩子和侄儿清生从新疆回来了。他们两个在一家修车店里做修车师傅，管吃管住，年薪将近四万元。万义解释说，现在不能开店，形势不好，当师傅钱是稳拿，开店就不一定赚钱了。

在福建的万生也回来了。他家临着公路的老房子看起来仍然不错，透过半开的大门，可以看到院里砖砌的花坛、水井和四面的房屋。当然，还有院子里两辆鲜艳的红绿颜色的小轿车。他们一家孤僻，不爱交往。早年在村庄，我们就不敢去他家玩。现在，仍然没有人进他家的院门。

在广东中山市周边一家服装厂打工的梁清、梁时、梁傲都回来了。这些梁庄的晚辈，我都打过电话，彼此联系过，但是，至今我还没有见过他们。

做校油泵的清明从西宁回来了，在梁庄广撒英雄帖，约请大家腊月三十那天到他家喝酒。

"尽管一百次感到失望和沮丧"，尽管梁庄"像采石场上的春天一样贫穷"，但是，每年，他们都还是像候鸟一样，从四面八方飞回，回到梁庄，回到自己的家，享受短暂的轻松、快乐和幸福。

时序与葬婚

农历腊月二十三，小年夜，梁庄家家都吃了火烧。所不同的是，很多家是在吴镇买的，就连年龄稍长一点的人也不愿意再去一个个在锅里炕了。不过也有例外。二堂嫂的儿媳妇怀孕，她不愿去街上买，怕不干净，就自己盘了一碗纯肉馅儿，发了面。晚上，二堂嫂把煤炉搬到堂屋，坐在煤炉旁，这边一个个地炕，那边一个个地吃。掰开滚烫焦黄的面饼，里面突然冒出来的肉香能让人无限陶醉。犹然记得小时候，在昏黄的煤油灯下，扒在锅台边，眼巴巴地看着姐姐炕饼时的情景。那是冬天温暖和充实的记忆。我们知道，吃到火烧，春节就正式来了。

"二十四扫房子。"即使在北京，在腊月二十四那一天，我也会大动干戈，把整个家大动一次，里里外外打扫一遍。我相信，很多从农村出来的人都有这一习惯。嫂子挽着袖子，用围巾包着头，把床、家具用报纸或旧床单蒙着，指挥哥哥打扫天花板上的灰尘和蜘蛛网。他们两人在屋里院子里来回忙碌，清理出尘封一年的藏在房间各个角落的垃圾，捡出一个个已经消失一年的还有用的东西，抱出一堆堆的衣服。

傍晚时分，突然传来消息，邻村的一位大娘，走在乡间公路上，被一辆飞驶而来的小轿车撞飞，人直接就死了。

人们放下手中的活计就都往邻村跑。我到的时候，大娘已被抬回到家中院子，身上蒙着白布，白布下面还有隐隐的血迹。院子里三层外三层围满了人，人们纷纷议论，不时发出"啧啧"的惋惜声。据说老人的儿子闺女也是今年特意回家过年，一是全家团聚，二是商量老寡母的赡养问题。这年还没过，老母亲却没有了。

村中的男人们很快进行了分工，有围着轿车司机谈判的，负责通知亲戚的，去镇上订棺材并订酒席的，去定做死者要穿的六套老衣的，组织妇女们去帮忙家务的，等等，各项事务，忙碌但有序。大娘的两个女儿正从各自的村庄迅速赶来，人未进村庄，就听到了那女性的长长的号哭声："妈啊——"大娘的大女儿，四十多岁的样子，穿着很时髦，身上还围着做饭的围裙。她匍匐着瘫坐在母亲的脚边，扬着胳膊，扑打着地上的灰尘，双脚不停蹬地，头一扬一仆，开始了唱哭：

> 你一把屎一把尿把我们拉扯大，我的老亲娘啊——
> 可该你享福的时候，你走了，我可怜的老娘啊——
> 你叫俺们咋活啊，我的亲娘啊——
> 爹走得早，这你又走了，我的亲娘啊——

俺们还没让你吃上好的，穿上好的，你可走了，我
的亲娘啊——

你走了，俺们可咋活啊，我的亲娘啊——

你自己不吃不喝，供我们上学啊，我的亲娘啊——

那个天杀的，他要遭雷劈啊，我的受苦受难的亲娘
啊——

…………

哭者灰尘满面，任眼泪在脸上划出一道道浑浊的河流。
听者为之着迷，又为之迷惑。大家围在院子里，倾听着，仿
佛被这直抒胸臆的叙事诗和巫婆一样的表演带入一个古老而
神圣的世界。年轻的孩子觉得不好意思，想笑，但又笑不出
来，也被这长篇的无休无止的抒情弄得不知所措。

这古老的唱哭，也许平时从来没有出现在这位妇女的
心中，也许平时她听到这些还会有所嘲笑，可是现在，悲伤
来临，她不加思考地选择了历史的场景。她张口就会，因为
她生活在这样的河流之中。唯有此，才能纾解她心中的悲
伤。在这样的河流中，以这样的姿态，她才能充分表达对娘
的感情。

年三十的早晨，飘起了小雪，气温骤然下降为零下十
来度。整个穰县都没有暖气。我这样在北京过惯有暖气日子
的人，冻得腿抽筋，腰打弯，抽着头，袖着手，在屋里转
圈。父亲生气地看着我，骂，有多冷，你没冻过啊，腰给
我直起来！

嫂子搅了半锅糨糊，拿着一个大刷子，在家里的各个门

上刷糨糊，里屋外屋，诊所内外，哥哥拿着对联，在后面一张张地贴。

十点左右，清明就打来电话，让去他家喝酒。清明性格活泼、毛躁、爱搞怪，总是咋咋呼呼，高声大调。年三十喝酒的事儿，已经嚷嚷了好多天，见人就说。

那几天在村庄来回走动，各家串门，发现这些回乡的男人们每时每刻脸都红扑扑、醉醺醺的。他们也在各家串着，相互约着，东家喝完西家喝。万国大哥有严重的胃溃疡，总是在一开始嚷嚷着不喝不喝，结果，坐到酒场上，就不起来。而每次见到四哥，他总是涨红着脸。当年他在家时，和我哥哥关系很好，也曾在梁庄小学当过短暂的民办老师。四哥英俊，剑眉大眼，方脸直鼻，头发遗传了他母亲的卷发，垂过耳边，优雅洋派。看见我，他总是一把搂过我的头，说，妹子，你说我们多少年不见了？看见小孩，就问，这是谁家的小孩？一说是本家的，就从口袋里掏出一百元的红票子，往人家怀里塞。有时四嫂站在旁边，又不好拦，就眼斜着看他，他也只装着看不见。

清明家的院子已经站满了人。大哥、二哥、四哥都在，已处于微醉状态，还有万峰、万武和韩家一些他们同年龄段的人。清明老婆和其他一些媳妇们在厨房、院子、客厅之间来回穿梭，拿菜，洗菜，摆碗具，忙个不停。这些梁庄的青年媳妇，个个穿着洋气，高跟长筒靴，黑色紧身裤，过膝羽绒服，头上扎着各种发夹、头花，进进出出，招摇飘摆。一顿饭几个小时下来，她们得不停地来回跑，让人很担心那高跟筒里面的脚是否受得住。

清明家的两层楼居然还没有装门，敞开着，门边框还露着青砖碴子。风直进直出，大家就像直接坐在野地里，比野地还要冷，因为这是一道风进来，一个方向吹人。

梁庄的男人们已经进入状态，这将是又一次不醉不归，这些长年不在家生活的男人们仿佛要把这兴尽到底，要撒着欢儿、翻着滚儿释放自己所有的情绪。

将近十二点的时候，我偷偷溜了。我要去参加清生的婚礼。

过梁庄小学，上公路，公路的右边就是清生的家。清生家门口早已搭起一个塑料花编成的拱形花门，一簇簇的粉红气球挂在门前。

院外屋里都放着宽大的圆桌，一桌能坐十二个人还多，总共有十四五张桌子。后院里，一个新盘的大灶正冒着滚滚热气；万生围着围裙，周边长长的门板上放着大大小小盛满菜的盆子、盘子，已经切好摆好的凉菜等。万生站在中间，像一个镇静自若的将军，把几个帮手指挥得团团转。在自己熟悉的领域，万生不结巴了，也不内向了，眼生精光，威严十足。

新人马上就要到，接到电话的清生爹拿着手机跑前跑后，紧张得不知道干什么好。清生，一个白净、腼腆的小伙子，穿着一身深色西服，打着红色领带，锃亮的皮鞋，站在门口，笑眯眯的，手却紧紧攥着，像要捏出汗来。

十二点整，一个车队从吴镇那边缓缓过来，头车是一辆挂着红绸、扎着花的白色宝马车。一阵"噼噼啪啪"的鞭炮声响起来，屋里、周边、村子里面的人都被这鞭炮声惊动，纷纷往这边来。鞭炮声停，碎屑落下，车停稳，清生疾步过去，打开宝马车门，穿白色婚纱、套红色毛外套的新娘低着头，红着脸出现在大家面前。

新娘抬起头，一个大眼圆脸的姑娘，微胖，头发拢一个高高的发髻，后面箍着长长的白纱，婚纱前面开得很低，露出胸前性感的弧度。年纪大的婶嫂们有些不太习惯，脸上的表情很不自然，一个围观的小伙子"嗷"地叫了一声，大家都哈哈大笑起来。

几个年轻人簇拥着新郎新娘，嚷着让瘦瘦的清生抱胖胖的新娘进去，清生笑着，不敢回应。他们就更大声音地叫，抱啊，抱啊。被围在中间的清生没有办法，用探询的眼神看了看新娘，得到了首肯。清生弯腰下蹲，却是去背新娘。新娘不易觉察地进行了配合，踮着脚，轻轻趴在清生背上。清生脸涨得通红，背着新娘，憋着一股劲，一口气跑进了新房。大家都相跟着，去闹新房。新房里堆着新娘娘家陪送过来的高高一摞被子、丝绸被单、毛巾被、七件套被罩等等，还有立柜、梳妆台、沙发，这都是娘家在前一天送过来的。床上的四角、被子上扔着一些红枣、花生、核桃，寓意早生贵子。新娘坐在床边，清生站在旁边，激动着，不知道是坐好，还是站好。和他相好的同村年轻人把他们往一块拉扯，要让他们亲吻，啃苹果，喝交杯酒。

这边厢，和新娘一块儿来的五辈家人，从老到少，都被作为贵客让进了单间，清生家也派出了相应的长辈作陪。新娘新郎拜天地、拜长辈，客厅里都摆满了桌子，没地方拜，清生的爹和娘被请进了新房，老两口拘谨地坐在新娘新郎的床边，接受了年轻人的跪拜。新娘给自己的婆婆端上一碗荷包鸡蛋，请她吃。清生娘点了一下，算是吃了。

不管是青屋瓦房，还是红砖楼房，这些古老的程序也在自然地延续。

年三十的下午，是给逝去的亲人上坟烧纸的时间。人间过年，阴间的亲人也要过年。鞭炮响起，惊醒亲人，让他起来捡亲人送来的钱，也好过一个丰足的年。

在老屋的后院给爷爷、三爷烧完纸，放过鞭炮，我们又朝村庄后面的公墓去。我没有再到老屋去看。老屋的院子被已有点疯傻的单身汉光虎开成一畦畦菜地，房顶两个大洞，瓦和屋梁都倒塌了大半，雨、雪直接泼到屋里。已经没法再修了。枣树也死了，夏天的时候，我回去看，只有一个枝丫长出嫩弱的叶子，并且，没有开花结果，其他枝干全部枯死了。

通向村庄公墓的路越来越窄，没人管理，大家都各自为政，拼命把自己的地往路上开垦。上坟的时候，那些开车的人也只好碾压在绿色的麦苗上了。

许多人都朝着公墓那边走，大人，小孩；开车的，骑自行车的，走路的。大家边走边说，并没有太多的悲伤，就好像也是在回家。

烧纸，下跪，磕头，放鞭炮，四处看看，发发呆，聊聊天，拔拔坟上的杂草。有爱喝酒的，家人会带一瓶酒，把酒洒在燃烧的纸上，让火烧得更旺些，让死去的人闻到那酒的香味，把剩余的酒放在坟头上，下面垫一张黄草纸。喝吧。

我看到了福伯家的男人们，大哥、二哥和四哥，堂侄梁平、梁东、梁磊，正按照长幼依此在新坟和旧坟前磕头。梁磊、梁东、梁平走到坟园另一边矮点的一座坟上，烧纸，磕头，提着燃烧着的鞭炮，在坟边绕了两圈，大声喊着："小叔收钱啊。"

这是我第一次看到小柱的坟。小柱，我少年时代最好的朋友，离开家乡，就在半路上死掉了。他的坟在墓园地势较低的地方，几乎淹没在荒草之中，坟头有新培的土。小柱的女儿小娅也跟着过来给小柱磕头，她是拜她的叔父，她已是三哥的女儿。四哥十来岁的儿子，拿着打火机，点那密密的、枯黄的荒草。"轰"的一声，火苗蹿了起来，瞬间，那一排排草就倒下去，变为了灰烬。小柱。小柱。我站在坟边，在心里默叫了两声。

站在高高的河坡上，看这片平原。浅浅绿色的麦田里，一个个坟头零落在其中，三三两两的人，来到坟边，烧纸，磕头，然后，拿出长长的鞭炮，绕坟一圈，点燃，捂着耳朵飞快地往一边跑去。淡薄的青烟在广漠的原野上升。鞭炮声在原野上不断响起，这边刚落，那边又起，广大的空间不断回荡着这声音。

又一年来了。

大年初一

"初一（儿）供祭（儿）"，就是敬神。三十晚上已经把猪头或肉摆好，插上一双筷子，再放一碗饺子。初一早晨，插上香，全家拜一拜，大功告成。然后，穿着新衣服，端上碗，跑遍全村，各家相互端饭。最后，各家锅里的饭都是全村人家的饭，一碗饭也是百家饭。然后，就是全村人相互串着，各家跑着拜年。现在，饭早已不再相互端了，拜年却没有中断过。

吃过早饭，我们把父亲敬到沙发上，让他坐好，我们给他磕头拜年要压岁钱。父亲大笑着说，你们就来骗我钱吧。哥哥、嫂嫂、我和侄儿依次给父亲磕头，张着手向父亲要压岁钱。父亲左右挡着，晃着他那花白的头说，不行，你们都大了，不给你们了。我们仍然张着手，父亲假装抗不过去的样子，从口袋里掏出早已准备好的红票子，一张张仔细数着，很得意地说，今年一人两张。我们一个个把钱抢过去，兴高采烈地在口袋装好，嘴里也得意地嚷嚷着："爹给的钱，一定得保存好。"父亲已然老去，大家都想着法子让他开心。他能给我们钱，我们还要他的钱，他依然在养活我们，我们依然是仰赖他成长的小孩。这种感觉，对他对我们，都是幸福又伤感的事情。

年初一的上午八九点钟，梁庄喧闹无比。昨晚下了一层薄薄的小雪，早晨太阳金光万丈，照射在村头的枯树上、房屋上，仿佛温暖普照大地。雪却丝毫未化，干的、细的雪粒随着微风贴着地往前飞卷着，一会儿，就扬起来，扑到人的面前来。气温很低，阳光遥远。我把带回来的行头——两件毛衣，一件厚毛裤，全部穿在里面，又借嫂嫂土头灰脑的厚绒靴穿上，才略微感觉到点暖意。我的侄儿兴奋地在屋里屋外跑，放了几次鞭炮之后，已经满头大汗了。

拜年开始了。父亲、我、哥哥、侄儿，这是我们一家出行的人。年长的老人一般都会等在家里，让那些晚辈先过来拜年，到中午的时候，才到事先约好的那一家，坐下喝酒。父亲为了陪我，破例出行。

村里的各条小路上都走着人。以家族为单位，中年夫妻带着年轻的儿子、儿媳，儿子、儿媳又抱着、拉着自己的孩子，都穿着崭新的衣服，喜气洋洋地走在路上。见到另外一群，就停下来，寒暄一会儿，问对方都去了哪家，如果之前没有在村庄里碰过面，就会再问什么时候回来的，什么时候走，然后扬着手分别，说"一会儿在××家见啊"，各自往自己要去的方向走，或者就并到了一块儿，一起往哪一家去。

有许多熟悉而陌生的面孔。熟悉是因为大家彼此都还认识，当年的相貌轮廓还在。陌生却是岁月留下的各种痕迹。住在村后的万民一家，当年万民婶粗糙衰老，现在看上去却很年轻，她的儿子梁明比我小有七八岁，当年一个瘦弱文静的小男生，现在身边却站着他的媳妇和十来岁的儿子，俨然一个成熟的男人。他看着我，微微笑着，又很矜持。他和弟弟都在浙江一带校油泵，万民婶这几年也跟过去照料他们的孩子。去年，梁明回村盖了房子，就再也没有出门。

万生一家四口，万生弟弟一家五口，昨天的新媳妇也出来了。我们在村口的坑塘边碰到。新媳妇低着头，站在旁边，不好意思面对大家好奇和盘查的眼光。万生的大儿子长得结实帅气，看起来也挺活泼青春，比清生还大，但还没有找到合适的对象。他们刚走过去，就有人说，都是他妈把他的婚事耽误了。万生老婆小气，不会来事，得罪了村里很多人。其实还有一个根本原因：现在的农村男孩女孩根本没有机会自由恋爱。他们很小就远离家乡，无法在本土本乡交往女孩，在城市又被悬置。再帅气优秀的男孩，也得等待别人给他介绍，以速配方式完成自己的婚姻。

人群里有很多年轻的、陌生的面孔。这几年的调查、访问也只认识到三十岁左右的梁庄年轻人，二十岁以下的男孩女孩我几乎都不认识。他们平时也很少跟着父母一起出来，要么出去打工，要么在城里寄宿学校读书。

我们先从村头五奶奶家开始串。五奶奶家里已经站满了一屋子人。客厅的一个方桌上摆着四个盘子、炸麻花、凉拌藕片、牛肉和小酥肉，一把筷子、一摞小酒杯、小酒碟放在旁边。五奶奶张着嘴，笑着，迎来送往，一定让着人家："坐一会儿，坐一会儿啊，吃个菜，喝口酒再走。"大家笑着，说："一会儿再来，一会儿再来，还没有转过来圈儿呢。"然后，出院门，再往另一家去。五奶奶看见我，惊奇地拍着手迎过来，"四姑娘来了啊。"她可能很意外，平时老在家就算了，年初一，这出了嫁的姑娘还在娘家村里胡跑，可就不对了。龙叔拉着父亲的手，往桌子边扯着，说："二哥，别走了，上午就在这儿，咱哥俩儿好好喝一杯。"

梁安带着媳妇和梁欢也出去转了。我们到里屋看了看梁安新生的小婴儿，粉白水嫩的一个孩子，躺在大红的被子里，黑黑的眼睛骨碌碌地转着。这是五奶奶家族特有的黑眼睛。光亮叔家那个十来岁的姑娘一直拉着五奶奶的衣襟，不放手。五奶奶不停地打她的手，让她过去，过一会儿，她又拉上。我看到她眼神里的孤独和可怜。在这个春节和以前的许多个春节，她都好像是个孤儿。身在青岛的光亮叔和丽婶此刻在干什么？他们有没有想梁庄，想梁庄的这个女儿和五奶奶？

我们往村里走，到坑塘旁边又看到了钱老师夫妻站在大门口和大家打招呼说话。我总是在他家大门口看见他们。慢慢地我有点明白，他们是要在门口完成礼仪，爱面子的钱老师不想让别人看到他母亲的凄凉形态，不想让别人尴尬。

到光明叔家的院子里，几个小女孩儿正在院子里跳皮筋儿，嘴里还唱着歌谣，她们跳的还是我们小时候跳过的样式。我过去跳了几跳，却感觉腿脚僵硬，难看之极。进得屋来，只看见正屋两面墙上都贴着奖状，一溜过去，从这边到那边，各三排。这是光明叔孙儿的奖状。这是梁庄人的习惯，孩子的奖状一定要贴在正屋，让所有人看到。这是家庭最高的骄傲。果然，大家都在赞叹这些奖状，光明叔不断地就其中重要的奖项进行解说。然后就有人问，孩子在哪儿？光明叔喊一声："强娃儿——"一个白净微胖的男孩应声过来，看了爷爷一眼，知道他要干什么，又跑了。我看到另外一个高个大眼的年轻人在屋里忙碌，就悄悄问父亲那是谁，父亲说："那是傲啊，光明叔的儿子。"傲也听到我的问话，往这边看过来。我过去对他说："我是你四姐啊。"傲恍然大悟，不好意思地笑起来："四姐啊，我不知道是你。"是啊，他不知道，我和他的二姐同岁，非常要好，小时候经常在他家玩，他长大后我就再也没有见过他。他在中山打工，我也跟他联系了好多次。他昨晚刚从中山回来。那白净的成绩优秀的男孩就是他的儿子。

又到李家朝胜那儿去，他的母亲马上就要过一百岁生日，是村里名副其实的老寿星。朝胜家刚盖了三间平房，门前那旧屋的木梁还没拆掉，倒塌的土墙，孤零零的屋梁，和新房映衬着，有强烈的时空错位之感。朝胜的儿子刚本科毕业，在浙江一个公司上班，也回来过年。老寿星坐在门口，晒着太阳。她坐在那里，颤巍巍地听我们的问候。她的身体还不错，头脑也很清楚，能够听明白我们的话并能够准确地回答出来。大家都围着她，一边感叹着。这样一个老人健康地活着，这是梁庄的宝贝。

我们从梁家，转到李家、韩家，见了许多老人、熟人和陌生的年轻人，又转回到我们的老屋旁边，老老支书家里。老老支书的院墙已经坍塌了一半，站在外面能看到院子里的活动。

看到我们进院子，老老支书的大眼一瞪，连声说，屋里坐，屋里坐。屋里的摆设仍然是几十年如一日，他的一个高大的孙儿坐在正屋一角看那十几英寸的闪着雪花的电视。这是他家老三的儿子。老三长期在荥阳一家工厂卖饭，去年送儿子回来到吴镇高中上学。

待转到二嫂家，十二点已过。梁磊、梁平他们正围着煤炉打牌，看到我们进了院子，赶紧扔了牌，摆桌子，上茶。一会儿，二哥风风火火地进来了，嘴里叫着："二叔，咋才来，我还说跑哪儿去了。中午哪儿都别去了，我已经给老大、光义叔几个说好了，都到我这儿喝酒。娇子（二嫂，我才知道她还有这样一个俏的名字）早就准备好了。"我问二嫂去哪里了，二哥不屑地说："哈，和几个女的去街上拜土地庙去了，一会儿就回来。"

梁庄已经没有土地庙，但是，在梁庄通往吴镇的路上，不知道是哪个村庄什么时候建了一个小的土地庙。每年正月初一，梁庄的女人们就会去拜一拜，烧烧香。

话刚落音，二嫂回来了，笑着说："你们可来了。"二嫂端出早已备好的四个凉菜，让男人们先喝着。大哥、三哥、四哥来了，龙叔也一扭一扭过来了，他是找父亲来的，也是找酒场来的，来了当然就不走了。万民也来了，清明也来了。

正月初一的大酒开始了。

江 哥

　　春节第一次见到江哥，他正开着一个机动大三轮车往吴镇去，风把他的头发吹成一个大背头形状，配着他紫棠色的脸和肥胖宽阔的躯体，还颇为气派。在巨大的"突突突"声中，我们打了个招呼就分手了。江哥是我母亲的干儿子，梁庄王家人。1958年"大跃进"吃食堂期间，作为梁庄的新媳妇，我母亲在梁庄幼儿园做保育员。江哥当时三四岁，送到幼儿园时，话不会说，路不会走，严重营养不良。半年过去，江哥会说话也会走路，人又活过来了。江哥的父母认为是我母亲救了江哥，一定要让江哥认我母亲作干妈。两家就成了干亲。每年都要走动，每次都要把这个故事讲一遍。江哥结婚有孩子以后，他的孩子们每年跟他一块儿到我家走亲戚，就又会把这个故事给孩子们讲一遍。在乡村，认干亲很普遍，每家都因为这样那样的缘故结好几门干亲。母亲去世以后，江哥和我家慢慢断了走动。

　　记忆中的江哥是沿街叫卖豆腐的形象。上小学、中学的时候，他的叫卖声几乎是我们的起床铃，早晨五点多钟准时在梁庄上空响起：

　　"卖豆腐啊——豆腐——"

　　悠长、单调，然后，声音也越来越远，往吴镇方向去。当时，母亲还卧病在床，偶尔碰到我，江哥会问我："清啊，妈身体最近咋样？"后来我出去上学，就好多年不见了。

　　快走的前几天，江哥给哥哥捎信说想见我，他有事给我说。正月初七的晚上，我到江哥家去找他。江哥住在大儿子盖的新房里。大儿子一家已经好几年没回来了。二儿子没有结婚，但是因为要看机器，也没有回来。两层小楼，上三下三，江哥的大机动车停在院子里。屋子里摆设简单，家具也很少，一个二十几英寸的电视机开着，江哥夫妇在看电视。我喊了几声，江哥才从电视剧的对话中挣脱出来，扭过头看到我，高兴地叫起来："清啊，你可来了。"

"江哥，吃饭了没有？"

"吃了。你吃了没？"

"刚吃过。你现在干啥啊？豆腐也不卖了。"

"还是力气活儿，给人家拉砖。"

"能挣个多少钱？"

"百十来块吧。"

"一趟都挣百十来块？那可不错啊。"

"憨女子，那咋可能？一块砖两分钱。一天来回得多少趟，总共下来能挣个百十块。"

"我说呢，不过也不错，总比闲着强。"

"小清啊，我问你个事儿，俺们王家保生找过你没有？"

"没有。保生是谁？我不认识。他找我干啥？"

"没有？咋我听人家说，他找过你，说你在写啥东西哩，怕写住他了。"江哥语气犹豫了一下，又问我，"那咱们公路边煤厂的地那事儿你听说过没有？"

"听说过一点儿，地不是你们王家队上集体的吗？后来被煤厂租去了。"

"你不知道别的事儿？"

"不知道啊。啥事？"

"保生家在那儿盖了十二大间房，十来亩地呢。"

"哦，哦，我咋说走那儿经过时感觉不一样了，我还想

61

着谁家房子盖哩可气派。我没想到地的事儿。那咋回事？地不是集体地吗？咋他能盖房？"

"这说来话长啊，说不清，复杂得很。"

"你慢慢说，我听着。"

"那得从头说。咱煤厂的地，原来就是俺们王家的庄稼地。九几年时国家说开煤建公司，要租王家的地，当时都想着是国家的事儿，它用了之后还是咱的，另外，要是在这儿开公司，王家人可以搞点副业挣点钱，就同意了。把地毁了。我到会计那看过合同，煤厂就交一年租金，就不交了。后来煤厂破产了，这块地就闲了。中间有一个姓何的，手里有点钱，看中了这块地，非要买下来，找到县煤厂公司，把钱给了他们，回梁庄宣布说地是他的了。咱们王家不愿意，要打官司，姓何的就找公安局，来压咱这儿的人，说我掏的钱，凭啥不是我的。这个时间，保生出头了，他当时在公安局上班，外头人事也广，他说，他们弄这不行，是咱们祖宗地，不能叫别人占去。煤厂也没有权力卖咱这儿的地。可人家那儿钱也交了，交给煤厂了。保生也找了公安局、法院。后来，咱这群众也起来了，双方就闹起来。还打伤过人，法院的车还逮住过人，咱这儿的人还去县里游过行、示过威。二翻身，等于把他们打输了。过来没人来说这个地的事了，成咱自己的了。

"现在的情况是，保生家侄儿前两年占住这个处儿，说，他从姓何的那儿把地买过来了。盖了十几间房子，前面都是门面房，往外卖。你不知道多少钱？一套都卖到二十四五万！王家人都是好，没人敢吭气。肯定他伯在背后出过力了。保生帮过大家忙，现在都是敢怒不敢言。"

"江哥，你的意思是保生侄儿在煤厂上盖房子，说是这块地又从姓何的那儿买回来了。可不是说当时那个人官司打输了吗，这块地不属于那个姓何的，是属于你们王家的？"

"是啊，谁知道这中间咋弄的。再说，当时打官司的时候，保生说他为王家出力了，还花钱了，王家每个群众又收了十几块钱，给他了。现在是等于他又把煤厂霸占了。"

"这有点不对头啊，江哥，是保生侄儿盖房，又不是保生自己盖房，与人家保生没有关系。"

"清啊，你还不清楚，这背后肯定是保生支撑，他侄儿哪儿恁大胆？"

"那当时闹恁厉害，应该是所有王家人都清楚，这煤厂地是集体的，咋保生侄儿在那儿盖房子，都没人吭？"

"是没人吭。原因是啥？人家在外面年代多，有势力。另外，当时人家也帮过王家。只要王家出事，人家都办。化肥紧张了，人家也给办，谁家有啥事，去找人家，人家都可热情。人也周到，从外地回来你不去看人家，人家还到你这儿坐坐。名声可好。这个煤厂，当时争啊吵啊，王家人去告状，前后都是保生跑的，名誉上都是为王家了。可到最后，等于是王家替他一个人出力了。现在，大家都衡量着，谁敢跟人家对抗？没钱没势。再说，保生的娃儿在县里也是个干部，谁去惹人家？"

"那你们队队长都不会去说？大队支书都不管？"

"队长说等于零。大队支书谁管这事儿啊。那大队支书算个啥呀，啥也不是。"

"江哥，我还不理解啊，这个事儿，他谁也没说，说盖就盖了？"

"那你说去！"

"农村盖房不是需要这许可那许可吗？他不经过同意，哗啦就竖起一排房？"

"那你说去！人家就是恶。"

"恶就行？那我也盖去！"

"咱干不出来这事，咱没这个势力。"

"江哥，那你咋现在想起来说这事？人家都盖十来座房子了。咋想起这事了？"

"你侄儿在云南开的校油泵点儿，我去快一年，等回来时人家房子都盖好了。你不知道，梁庄现在没有一个盖房的地处了。清是没地了。路边都盖满了。现在就煤厂还有两座门面的处儿，人家保生们还没来得及盖。咱两个娃儿，一个娃儿房子已经盖了，另一娃儿还没房子，找不来地了。我就想着，他要是找你，是他求着你了，给他说说，看能不能让咱盖一处。"

江哥在村中是一个谨慎、老实的人，一心一意为生活操劳，他目光所及之处，只有儿子和自己的家庭。他很少参与村中的这类议论，我猜想他肯定还有其他想法。果然，他有自己的心事。梁庄就剩那一块公路边的地了，保生家霸占那么多，他自己的儿子还没有地方盖房。于是，他想到了那片地。

"是这样啊。保生没找过我。就是他找过我，估计也不行。江哥你想，那都是钱，咋可能说给你就给你，他不会让的。江哥，你可以联合王家人去找他说啊，当初你们王家不也反过姓何那个人吗？"

"那不一样。这是自己人。现在说等于是得罪他了。全村人都没人说，咱去说，等于是没材料事，咱也没有力量告人家。确实是生气。我认为他这个事是违法的，听有人说他找过你。他求着你呢，要是没找过你，咱也不好弄。你哥也是没能耐，想着你们都干起来了，看能不能帮忙。不能就算了，咱们是姊妹们，说说也算是冒冒气。"

"那王家人都没有背后议论他？可以去和他论理，这是明摆着的事，看看他的手续。"

"咋不议论？都说他弄得可不像话得很。论理谁知道能论过人家不能？谁知道有没有人来给你当这个清官？这个社会都是金钱社会，人家外面也有人，咱只能硬是论理，一个地方的事儿又黑，咱论不过，就不论了。我现在要是有所房子，说个儿媳妇，我就没事了。"

"那咱们村里面也没有地方盖房了？"

"你都看见了，村里就没有个趟。走都走不出去。没有说五丈一条路，十丈一条路，规划得清清楚楚。要是到处都通，非要在路边盖房子干啥？都是各顾各。农村的规划，国家出钱，干部不好好弄，把这钱给贪了。村里为啥盖不成房？乱得很，谁都去找规划员，给他喝喝酒，送个礼，说，行啊，你说在哪儿盖就在哪儿盖，都行。到最后，乱得不行。你看李营，规划多好，行是行，趟是趟，从哪儿都能出去。俺们出去跑，有些村的干部给家家户户修的路可好，国家出的钱，为啥不修好？咱梁庄还是穷，他自己口袋没装满，哪管群众？没得到实惠的还是群众。按这个腐败劲儿，应该给他们说说。"

"那都没人管了？按说规划是国家定好的，有具体要求的。"

"唉，清啊，你还是没明白我的意思。"江哥对我执拗于"按说是什么样子的"这种语调很着急，"那根本都没人管，都是乱的。国家今儿这样，明儿那样，政策可多、可好，没人管还不是白搭？"

"这倒也是。"

"我的意思是，煤厂现在还有两个房子的处儿，他保生要是找你了，你给他说一下，看行不行，他求你呢，应该会看你面子。你们现在外面干大事了——人家都说你在干啥呢——在调查啥事？"

"我主要是在写一本书，写农村的事儿。也调查一些实际的事儿，可不是为告状，不是为管实际的事。我不想那样写，要是因为咱这本书，让村里的谁谁出啥事了，咱心里也不美。毕竟咱出去这些年了，要这样，以后都没法回家了。"

"说的可是，我可理解你。我就是想问问你。"

"我要是管了，也成私心了。你说是不是？再说，这里面也弄不清楚，不知道牵扯住谁？"

"没事儿，我不能妨碍你的工作。你江哥还不糊涂呢。我以为他找过你，那还可以说。"

"要不然，咱也直接在那儿挖地基盖。他都在那儿盖了，没经过谁同意，咱为啥不能盖？"

"我气急了，也想过。那非得恶打一场。咱祖祖辈辈要在这儿生活，我的意思也是不愿意把这个事儿弄到死地里去，结住死仇很麻烦。"

…………

"江哥，你好好的，想开点儿。咱不能在一棵树上吊死。"

66

"唉，你不知道，我走到那儿，我心里就气，成心病了。娃儿没地方盖房子啊。"

"不行还先在村里盖，不能光瞅着那个地儿。"

"那咋办，还是老鳖一啊。咱得想得开阔。唉，说起来，那年你结婚，我没去，心里一直可不美。那时候我在开食堂，正晌午呢，去了两桌客，走不开，你嫂子去了。你想，咱开食堂哩，不能把客人扔下不管了。后来，为这，爹还说过我。我现在连你家相公还没见过。"

"我都不知道这事，江哥，这些年了，你记这干啥？今年暑假我还回去，到时专门带着他到你家里去坐坐。"

"好啊，好。可别光说说不来。"

…………

离　开

冬去春来。又是出门的日子。仅十来天时间，阳光给人的感觉已经有所不同，年三十的寒冷已经远去。稀薄的暖意弥散在空气中，虽有些凄凉，但毕竟还预示着未来的希望。

梁庄的喜庆如潮水般迅速消退。院子里的小轿车后备厢都打开着，老人往里面塞各种吃的东西，春节没有吃完的炸鱼、酥肉、油条，家里收的绿豆、花生、酒，还有春节走亲戚收到的各种礼品，后备厢怎么摆也摆不下了。老人还要不断往里塞，儿子媳妇则不耐烦地往外拿，嚷嚷着说吃不了，会坏的。老人生气了，回到屋里袖着手不说话，儿子媳妇只好又把东西塞进去。然后，一辆辆车往村外开，上了公路，奔向那遥远的城市，城市边缘的工厂、村庄，灰尘漫天的高速公路旁，开始又一年的常态生活。

路边到处是拎着大包小包等公共汽车的人。他们站在路边，心不在焉地和送别的家人说着话，因为等得太久，该说的都说了，也不知道如何填充这应该表达感情的离别时刻。老迈的父母站得太久，腿有些站不住了，十几岁的孩子则急着回去看电视，扭着身子不愿意和父母多说话。等到上了车，大家才突然激动起来。在车里的母亲噙着眼泪，扒着车里拥挤的人往车窗边移，往窗外张望，找自己的孩子。已初为少年的孩子手插在裤子口袋里，背对着公共汽车远去的方向。他不愿意让母亲看到他的不舍。

这个春节，万明三兄弟分别从北京、广州、云南回来过年。正月初四那天，兄弟们叫来了两个老舅舅和几个表哥，商量如何赡养老母亲的问题。结果，怨气集中爆发。万明的两个孩子都留给母亲照顾，万峰家的孩子在城里上寄宿学校，一个月回来一次，万安则自己带着孩子。按说万明应该多给母亲一点钱，但是，该多给多少呢，这是很重要的问题。都喝了一些酒，兄弟三个打了起来。舅舅和表哥们一气之下走了，不管这事了。正月初五清晨，万安装车，把春节所收的礼都装走了，方便面、酒什么的，大小东西全塞进车里。这让万明很不屑。三天后，万明、万峰也走了。他们的老母亲流着泪说："都走都走吧，我还死不了，还能给你们干两天。"

在西安的万国大哥和万立二哥正月初十走了；去乌海的四哥正月十一走了，在村庄的这十几天，他一直处于醉的状态；梁安一家、梁峰夫妻和三哥夫妻又坐上梁安的车，于初九出发，走时把一直处于迷失状态的梁欢也带上了，五奶奶站在村口，对着他的大儿子、大孙子，千叮万嘱，一定要把梁欢照顾好；一直在村庄活跃的清明初六走了，到西宁他那孤零零的校油泵点儿，在家的十来天，他似乎要把憋了一年的话说完，忍了一年的酒喝够；梁时正月十六去中山，留下怀孕的老婆，走之前他再次交代父亲万青，不要管那么多村里的事，他回来的十来天，女儿一直不跟他们睡，她只要她的继奶奶巧玉；在云南的、贵州的、浙江的，各个城市的梁庄人，在某一天黎明时分，也都悄悄离开村庄，以便当天夜里能够赶到那边的目的地。

离别总是仓促，并且多少有些迫不及待。

犹如被突然搁浅在沙滩上的鱼，梁庄被赤裸裸地晾晒在阳光底下，疲乏、苍老而又丑陋。那短暂的欢乐、突然的热闹和生机勃勃的景象只是一种假象，一个节日般的梦，甚或只是一份怀旧。春节里的梁庄人努力为自己创造梦的情境。来，来，今天大喝一场，不醉不归，忘却现实，忘却分离，忘却悲伤。然而，终究要醒来，终究要离开，终究要回来。

一次回家

老　屋

　　站在老屋面前，我有些羞愧，甚至，羞耻。这是我第一次以外部视角来看它。似乎已经不能用"破败"来形容它，用"破烂"更为合适，它完全成为历史的废弃物，连最基本的怀旧都不适宜了。它显示了这个老屋的主人对它的漫不经心和彻底的抛弃，它是生命内部空虚的外现，任时间吞噬、溃烂、残缺、消亡，而毫无所动。

　　我检视自己的内心。为什么如此？难道不应该把它简单维修一下，哪怕只是为了纪念这个家庭，纪念曾经度过的岁月？

　　可是，在更远的深处，好像这样的动力不是太大。并且，当你面对一种真实的时候，你越发觉得某些东西并无真实的意义。也许，让它就这样日渐在时间中颓败并消亡，更符合内部的情形。生命就是如此，走了就走了，强行以一种形式留住或许是一种虚荣，甚或，虚妄。譬如院子前面那广大的废墟，几年前，它还潦倒、凄凉，今天，它已经被绿色覆盖，新的生命开始了，并且生生不息。过去的已经过去。

　　我不知道。其实，我是在为自己寻找一个说辞。这突然面对公众的、过于破烂的老屋，毫不留情地彰显了我生命内部的黑洞，虚无、颓废、凄凉、放任自流、不负责任，死亡的气息和无意义感萦绕于心，无法去除。

它是我的外部形式。它是裸露在外的一个事实：我知道我终将死去，并因此无法振作。

就是这样。

从来没有平静的村庄。

刚走进村庄，还没来得及进行一番例行的怀旧，就遇到了我的堂哥。他要向我叙说的是村庄的一件大事。我告诉他，这是直播，是公开的，很多人都能看到和听到，我隔天再去找他。即使这样，也没有能打断他的话。他要给我讲，他要表达他的愤怒，希望得到我的支持。

这就是我故乡的亲人们。他们要表达自己，那表达如此强烈，无法控制。他们有自己的要求、情感和动机，虽然内部包含着种种错综复杂的方向。他们的表情——我最亲爱的八奶奶，我的嫂子，我的巧姐，我的已经成为家具厂厂长的小学同学（虽然是他进一步让梁庄小学化为乌有）——如此丰富热忱，如此坦荡大方，他们迎向镜头，自然地呈现自己的内心。我为此骄傲。

但我一直还在思考一个问题：我为什么不想让我堂哥说的事情公布于众？这个疑问伴随着我，直到此刻。我在内心不断思辨。那样一个尚未确认的、还没有完全发酵的事件，我把它作为村庄的隐私，我好像不愿意让大家看到村庄内部的撕裂。我也清楚，里面涉及的关乎正义和法律，如果仅从这一角度，我应该干涉并帮助村民去做。可是，似乎又没有这么简单。我不是记者，不是好奇者，不是正义者，而是与这个村庄摆不脱干系的内部人。

我不能作为一个局外人来做进一步的行动，我还必须是一个梁庄人。因为，在他们的叙说中，在他们的期待逻辑中，首先是把我放在一个梁庄人的位置上来讲的。这时候，不是简单的正义与非正义的问题，你的选择还是一个如何面对古老的村庄感情的问题。

是的，只有在与生活内部有了血肉联系时，你才知道，你面对的是什么；你才明白，你的选择是多么艰难。面对梁庄，我是负罪的。他们对我有所期望，我似乎也拥有一些话语权和资源，但我却什么也不做。做与不做，都是卑劣的。

只有梁庄让我如此艰难。对于我而言，它是个伦理问题。

集　市

如此欢乐，如此开心，我没有想到。少年时代的同学，看到前一天的直播，不辞辛劳，长途回来，和我见面聊天，谈少年时代的趣事。那一时刻，真是幸福。再没有比这更幸福的事情了。我又成了那个小女孩，那个傻乎乎的、初次感受人生复杂况味的小姑娘。就好像又活了一次。

那些小孩子，奔走相告，头紧紧靠在一起，等着在手机上看他自己的生活，看他熟悉的人和事物，根本不理睬正从他们身边经过的我。是的，看他自己的生活。似乎第一次与自己有了距离，第一次可以观察并欣赏自己，这种感觉真是奇妙。那两个路过的中学生，好奇地看着镜头，为自己出现在镜头里而兴奋。他们在兴奋什么？或许，是因为看到了某个远方？看到了自己的被看，感受到了他人的注视？

行走在大街上，看熙熙攘攘的人生。我喜欢这种感觉。

那几个七八十岁的老伙伴，几十年来，每隔一日，就到这集市上相聚。也许生活中都各有困难和悲伤，但在这条街上，在这集市上，他们几个是缓慢而安详的。聊聊天，说说话，或者，哪怕什么也不说，也是一种慰藉。这一慰藉是这条街道和街道上来往的人们给他们的。这一空间的重要性，甚至可能超过他们的儿女。

那个吹气球的手艺人，可爱的街道艺术家，他把他赖以为生的职业变成了艺术。有观众看到直播，留言说，从他很小时候起，那个手艺人就在那里，他吹糖人的技术也特别高。他自己从小孩变成青年，而那个手艺人也从一个青年变成了老人。我想，也许在生活中，那位观众从来没有和那个手艺人说过话，但是，当再次看到手艺人时，他就像看见了自己的生活。那个手艺人在，这条街道就还是他心中的街道。

我梦想着自己也是一个摆摊人。每天早晨离开家，来到这街道上，摊开货物，坐在太阳下，看人来人往。有人过来，我和他聊聊天，说说话，没有人来，我就一个人晒着太阳，看他们走过我，走到他处，又走向远方。阳光蒸腾着喇叭声、叫卖声、笑声，蒸腾着饭香、油香、草香，蒸腾着灰尘、杂草、垃圾、粪便，所有的声音和气味都在这蒸腾中飘浮、会合，成为世间最微妙、最细腻又最好听的交响曲。我愿意用我的一生去聆听。

我就像一个大富翁，这条街和这街上的所有事物就是我的百宝箱。他们都是我的，而他们却不知道。我为这种富有的感觉忍不住一笑再笑。

有人问我在梁庄和在这集市上，感觉有什么不一样，我不想回答。我只想快乐，毫无负担的、没有思辨的快乐。

河流

面对镜头，并不是我的强项，也不是我所设想的形式。我不愿意把因我而来的嘈杂带给这条河，也不希望把面目全非的大河呈现给大家。河道凌乱，道路混杂，那一个个沙堆像"史前的巨蛋"，活生生地把一条流畅的河流变为现代的抽象画。错位、混乱和突兀的线条是它的基本特征。

可是，天突然就阴了，灰了，冷了。世界安静下来了。风吹芦苇，鸟划过天空，都似乎在强调这阔大的安静和内在的孤独。就好像，大河为你而在，只为你。它似乎看到你的内心，并呼应了你的情感。

它让你感受你自己，让你极目远望，让你看到寂寥长天，流水东逝，寒鸦枯枝，看到人类有限的忙碌和世界的包容力。看到那个再次被植物覆盖的沙堆，那是"三十年河东，三十年河西"的最好证明。

很多时候，人会忘了曾经的自己。一次次重返家乡，其实是为了找回逝去的东西。似乎那逝去的，才是生命存在的证明。

站在大河旁边，你会明白，一切皆是虚妄。但这虚妄并非无意义。河流永恒流逝，永恒存在。风、树、鸟、沙、石，它们都在，一直都在，一直陪伴着你。如果你曾经站在其中，仔细倾听过、辨认过它们的声音，你就是这永恒存在的一部分。

每次回家，都是一次洗涤。不是洗却尘世烦恼，而是这尘世烦恼，连同这烦恼背后的风景更深一层成为你生命的一部分，从此以后，你所有的思考、行动，你所有的欢乐、悲伤，又多了一层底色，多了一个维度。

或许，这就是回家。

"在地"农民

　　2011年，我随大陆一个乡村建设的团体，到台湾考察台湾的乡村建设和农业发展的状况。在半个月的时间里，我们从台北到台中、台南、台东，绕了一个大圈，拜访相关的民间团体、社区大学和知识分子，了解那里农民、农村和农业的一些情况。

　　在台湾，听到的最频繁的词语是"在地"，不管是坐在书桌后的知识分子，还是站在田头的老农，都很自然地使用这个词语。所谓"在地"，也许有某种政治意味，但更多地指"在这里"，把目光投向自己的生活空间、土地、自然，它是一种思维意识和状态，强调民众的主体感、家园感和参与意识。

　　当台东池上乡的老农拿着印有自己名字的米给我们讲解他的米是怎样种植、除草、生长和呵护时，他的自豪，他对他那片土地的关切和热爱，从他的衣服、动作和一丝丝眼神里面漫溢出来。那些坐在集市上卖菜的农民，那些在村头开会的农民，沉着、自信，没有我们熟悉的那种认命、沉默的气质，他们在大地上耐心耕种，同时，又认真讨论、争取自己的权力和生活，他们相信自己能够开拓出空间，因为，他们生活在自己的土地上。

　　在台江海尾村，接待我们的人先带我们去村里的朝皇宫，那是附近几个村庄最大的庙，主神是"大道公"。他带领我们给大道公行个礼，说："大道公啊，今天从大陆来了一批客人，希望你保佑他们，让他们健康，行程顺利。"他如此自然地向大道公诉说，就好像大道公还活着，还在关注着、庇佑着他的生活。那一刻，我感觉到他的幸福、安稳和踏实。至少，在这个村庄，在这座庙里，他是有根基的、被庇护的人。

村里的老农在庙门口给我们表演他们在祭典时的节目。其中一个老人，行动已经有点迟缓，他温柔缓慢地跳着，表情甜蜜，好像在向大道公展示着他的情感和爱。庙里有学电脑的，聊天的，各行其是。一个精神看起来似乎有问题的青年一直在庙里跑来跑去，神情激动、兴奋，但他们都很安稳，这是他们的家，是自古以来的公共精神空间和生活场所。

"在地"，包含着对本土文化的发掘和再转换。这一文化方式的恢复也是重建我们的生活方式，重新思考我们的情感、道德、交往方式和世界观的合理性，这一过程，既有发掘、拓展，也有审视、加强、清除。

在台中一个农机维修的课程里，我遇到一个高大、时尚的年轻人，他一直认真倾听，询问非常具体的问题，但他的样子实在不像我们心中的农民。课后，那个年轻人给我讲，他是一名"新农"，厌倦了城市生活，回到农村租了十几亩地，真正以种地为生。

在美浓，我们访问了音乐家林生祥先生。我在北京曾听过他的音乐会，非常喜欢他的现代民谣式旋律和温柔质朴的歌声。林生祥平时就住在美浓。他说，他并不觉得自己是"返乡青年"，他就是美浓的一分子。最初的他喜欢摇滚音乐、重金属，在一次美浓的庙会上，他被自己的乡亲轰下了台，这对他刺激非常大。他开始想，他和这片土地到底是什么关系？这片土地上有什么？他想起从小在丧礼上听到的哭歌、在庙会上看到的戏剧，那才是他们的生活啊。他走访一些音乐老人，重新拾起几乎失传的传统乐器——月琴，以美浓客家传统音乐作为自己音乐的最基础，同时，也收集台湾少数民族的音乐，融合进自己的音乐之中，最终，创造了独具一格的新民谣体。他越来越自由，感到找到了自己，"为什么我要这样做，那一定是跟我们的生命有很深的关系，我们的身体与这里的土地、气候，与每一个细节都是自然应和的。我知道我用了什么元素，那就在我的血液里。"

林生祥拿着吉他，唱了一首新歌《母亲》——他的忠实搭档钟永丰为老母亲写的一首诗，他谱的曲。他闭着眼睛，轻拨慢唱，歌声悠长，仿佛在温柔地向这片大地，向自己的母亲倾诉心中的爱。

美浓的傍晚，安静、阔大又家常、温暖。远处苍翠的青山连绵，壮丽的晚霞铺排在天空和山脉的连接处，灰蓝、火红交织在一起，绿色的稻田、长长的石桥、各种野生的茂密的植物。美浓是自在的。我明白了他们为什么要反对建筑大型水库，他们爱他们的家，爱美浓的天空和大地。

我喜欢台湾的那份安静和内在的生机勃勃，喜欢他们做事的诚恳和对生活的认知。在乡村，也有空寂、萧条，也有迁移、衰败，也有矛盾、博弈，但同时，似乎还有新的力量在诞生，正在成长。生活在这个社会组织中的每一个人都觉得自己有责任参与，并且，也有渠道参与到一种建构中，这让人激动、兴奋。

阅读绿妖的《如果可以这样做农民》，在台湾时的那种感觉又回来了，一种从冬天的僵土中重新破土的力量和生机勃勃的感觉。阳光、空气、水、灰尘，每一种植物，每一个微生物，都加入到这力量的催生中，组成一首大型交响曲。每一元素都在为自己而歌唱，因为最终，这首交响乐是自己的，你得自己为它的音色、基调负责。

农民在为自己的命运发言。

每个人都在为自己做事，不是为别人。

每个人都是生活的创造者，而不只是承受者。

每个人都是"生活在这里"，而不是"生活在别处"。

这些忙碌的农民经常开会，他们要讨论争取政府的补贴，讨论怎么样使用农药、集约化耕作、寻找市场，讨论如何和资本做斗争，等等。他们对自己的话语权力非常坚持，他们不认命，他们要抗争。当那些政治家、大商人或某些机构试图盘算他们时，他们不是坐以待毙，而是积极寻找出路。他们敢于站在马路上，游行、呼喊、抗争，因为，生活是自己的，他们有权力使自己的生活更好。

生活是自己的，权力是自己的，自然，土地就也是自己的，山川、河流、植物也都是自己的。在台南，当地的农民给我们讲，他们有自己的环境纠察队，由妇女、学童、退休老人组成，定期沿着河道检查各地的入水口。一旦发现有化学污染或其他污染，就竖下牌子，追根溯源，找到是哪一家工厂、哪一个手工作坊。这些行动，没有任何费用，都是自主自愿。为什么？因为这河流是你自己的！你不管它，谁来管它？

我们看到绿妖在文中描述的那个骄傲于自己是个手艺人的刘胜雄，穿着印有"新社家会"的T恤，在自己的一甲地里，精耕细作。他坚持用传统的耕作方法种植有机农作物，研发各种有机种植的方法，施肥、挡鸟、除草，也学习使用"教授给的方法"去轮作。更重要的是，他也积极学习，加入"中兴大学高品质安全农业协会"，每年参加培训，他还是"农事研究班"的班长，研究产销，和政府、商家谈判。七十八岁的刘陈昭亭，有基本上够生活的退休金，依然守着她的五分多地，勤恳地种着笔柿、枇杷、芭乐。她坚持有机种植，因此她的货要卖给"主妇联盟"。还有王连华、陈燕卿们，他们种着自己的米，却也是商人：一方面，严格监控自己的产品，一方面主动和社会各个层面联系，寻找更好更多的销售渠道；同时，他们还是乡村社会的组织者，他们以一种集体力量加入到社会结构之中，从而，增加了社会的多元性和均衡性。

在生产方面，"有机"，不只有严格的管理，并且，几乎是一条道德律令，农民都愿意在"有机"上花费大量的精力和时间。这需要大的社会层面认知"有机"，愿意为"有机"付钱，另一方面，它无形中延续了几千年以来的可持续农业生产模式，也是对一种文明形态的保存。在这一层面上，知识分子的参与和农民的互相推动就变得非常必要。绿妖在文中详细叙写了台湾"主妇联盟"的诞生、目的、所面临的困难及自我调整，也让我们看到台湾知识分子、普通民众责任心的形成和互相的关系。

一个好的社会模式并非就是一个完美的、一劳永逸的模式，而是整个社会组织间处于一种有机的运动状态，相互之间根据彼此的需要和问题的显现而不断调整。在这一过程中，不管是政府、知识分子、财团，还是农民，他们之间都有对话的可能，既是博弈，也是成长。

绿妖所考察的农民，有普通保守的老农，有年轻先进的新农，也有那些有野心的家长式农民，不管他们的性格如何、土地多少，也不管清贫还是富有，他们都有一个特征，即，能够对自己的处境进行思考。他们把握自己所拥有的空间和渠道，不断地开拓、争取自己的权力。换句话说，他们有机会去开拓并创造一个可能的、更开放的公共空间。

在这一过程中，知识分子和政府所扮演的是"长期陪伴"的角色，和农民是相互成长、相互修正的伙伴。绿妖敏锐地意识到这一点，她提到台湾"休闲农业"的十年、五次法规修正，"该政策并非推出时就臻于完美，而是跟随民间社会不断修正，以更贴近社会真正需要"。

绿妖在文中并不避讳大资本对农民的虎视眈眈，也不避讳台湾政治对农民的压抑，现代工业的高速发展也加快了城市化进程，同时，又加速了农村的式微，这是一个无法扭转的事实。但是，在这一过程中，政府、普通民众、知识分子和农民，在彼此互动中寻找新的、既不脱离传统，又可持续的生存空间和生活形态。

他们都有一颗"在地"之心，愿意充分认识自己生活的世界，并从中找到生存的经济来源和幸福来源。这一"在地"之心在乡村，常常意味着重新发掘乡村所本来拥有的无穷的资源，使它既能够成为改善生活的可能，同时，也成为重新恢复乡村的自然之美、人与自然的亲密关系的契机。

在这样一个全球化时代，或许，这一"在地"之心恰恰是一个生活群体建构自我的方式。

理想的生活，是更公平的关系，更繁茂、健康的自然，更有利于人性生长的社会空间。农民仍有迷茫，政治家、企业家和那些资本的攫取者，仍然无孔不入，但是，有这些"在地"的卫士，有这样相对宽松且具有生长性的制度，那么，理想的生活，总会更接近些。

读绿妖的《如果可以这样做农民》，我们很难不为文中这生机勃勃、这自信、这份爱而感染。虽然社会仍然芜杂，乡村还在衰败，但是，如果有这份全社会共同参与并形成的公共空间和公共精神的支撑，从这一衰败的肌体里面，或者，还可能开放出更有韧性，更有个性，并且包含了更健康的未来的花朵来。

我们还可以这样做农民。我们还可以这样做知识分子。我们还可以这样生活，这样行动，这样使自己更充分。"民主""自我""文明"，这些并非是宏大不可及的话题，而是细小而微到我们的每一次吵架，我们吃的每一粒水果，我们看到的每一条河流。

如果我们可以这样做农民，如果我们可以这样做自己，那么，不管贫穷、衰老，不管腐败、压榨，生活仍然拥有自由、美好的可能，因为，你就是生活的创造者，你能动地参与到社会和文明的建构之中，这一点，足以让生命充满尊严和骄傲。而农民、植物、山川，不只是某一元素，它们是我们每一个人的内部，是生命的渴念之地：大地劳作，生长颓败，四季运动，花开花落，星辰灿烂。

黑洞与灰烬

听到导师王富仁先生去世的时候，我正在老家。这次回去，是给父亲上坟。平原漠漠，夕阳在天空长久徘徊，以彩霞渲染大地，正是初夏季节，能听到麦子灌浆、植物生长的声音。父亲的墓地就在河岸的高坡上，还没有泛青的荒草淹没坟头，各色小花在挤挤挨挨的坟间自生自灭。一切皆空。一切安然。那个下午，觉得人生空虚无比，又觉得或许就是如此。

晚间突然接到老师去世的消息，瞬时泪奔。父亲去世后始终没有消化的块垒似乎找到了决口。我没有办法再坚强。父亲们一个个都走了，剩下我们，无依无靠，站在这荒原之中，忍受着风吹雨打。我再次回到墓地旁，望着黑暗中的河坡和躺在那里的父亲，努力回忆关于老师的一切，关于我和老师的点滴。

如此安静啊，这沉沉的夜。

非常奇怪，想起老师时，我总是同时想起那个黑洞。我读博士时，老师还住在北师大院子内的丽泽楼，我们每周去一次。说是上课，其实是聊天，说是聊天，又是上课，我们从那长长的对话里所汲取到的知识和精神要远远大于书本所学的。我记得他书房天花板上的石膏已经脱落，露着黑色墙体，椭圆形状，从下往上看，就像星空中的一个黑洞。我们就在那黑洞下面，谈鲁迅，谈自由精神，谈文学与生活。

一般情形是这样的：我们坐在茶几旁的沙发和一些高凳上，有在校的各级博士硕士，还有慕名而来的各地学者、学生（几乎每天下午都有人前来拜访），老师坐在一把黑色转椅上，手里燃着一支烟，从不离手，在一根还没有熄灭时，另一根已经接上。很多时候，他并没有吸，只是任它一点点燃尽。不是他故意不吸，而是当他在谈一个问题时，他的思维过于专注。他好像完全沉入精神内部，语言如急流一样，卷着波浪飞速向前，辩驳对话，碰撞生成，再往前走。然后突然间，他停顿片刻，朝我们看看，嘿嘿笑几声，带着一点可爱的歉意，又继续往下讲。在场的所有人都被他深深吸引，不只是因为他是名满学界的鲁迅专家，也不只是因为他睿智幽默的思想，更多时候，是被他言谈中所迸发的激情和爱所感染。鲁迅不只是他的研究对象，而是他究其一生要走近的无限世界，他们已经融为一体，互相照亮——那是学术和生命、思想与情感完全融为一体后所散发出的耀眼光芒。

在那个黑洞样的天花板下，我重新理解了作为文学家的和作为独立思考者的鲁迅，理解鲁迅的批判怀疑精神及对我们这个民族的真正意义。他给我们讲他们那代知识分子的爱与痛，他们的经验和教训。他不赞成革命，他希望我们每个人平安，但又要活得像个"人样"，要保持思想的自由——这是什么也不能剥夺的自由。他教我们如何阅读，告诉我们，读任何文学作品和学习任何一种理论首先要融入自己的生命体验，才可能产生真正的理解，要把自己的心也放进去。在每次几乎长达五六个小时的聊天中，他的烟一直燃着，长长的烟灰，将落未落，我总是担心它掉下来，但它一直不掉，和整支烟保持着完整的形状。我也总忍不住偷偷朝上望，担心黑洞里面残留的碎片掉下来。

老师和学生之间究竟是怎样的关系？就像父亲和女儿，好像没什么直接联系，但越是年长，越是发现，有许多东西已经浸入血液里，在无形中塑造你的性格和精神方向。博士毕业之后，我的研究重心逐渐转向当代文学，并且开始创作。我一直惭愧于自己没有从事鲁迅研究，没有继续现代文学研究，觉得离老师越来越远。有一天，在思考"梁庄"中的"昆生"（那个住在墓地里的人）及周围人对他的态度时，我突然想起老师在《中国反封建思想革命的一面镜子》里论及鲁迅小说《白光》主人公陈士成的一段话，"有一种悲剧，主要同情的是一种人的社会作用，社会价值……这一种悲剧，在热烈感情的背后，实际上仍然包着一个冷的内核，因为它对人、对人的自身是冷漠的，它教人只能同情自己认为好的人、有价值的人，而当你，特别是你和周围社会群众都认为这个人不好、没有用处时，你就可以不必同情他了，他的一切便都是'咎由自取''活该如此'了。在这种情况下，咸亨酒店的顾客嘲笑孔乙己、阿Q是什么'好人'和'有用的人'，而孔乙己、阿Q确也难以算得上'好人'和'有用的人'。"①这不正是陈士成们和昆生们所面临的境遇吗？我们的文化系统中最残酷的地方在于：生命本身不拥有价值。老师认为，《白光》中的悲剧感正是因为鲁迅让我们看

---

① 王富仁：《中国反封建思想革命的一面镜子：〈呐喊〉〈彷徨〉综论》，北京师范大学出版社，2000年版，第398页。

到，"人是有独立存在价值的，他在没有任何附加价值的情况下，依然有一个巨大的价值存额，人们是不能漠视他的存在的。"

像发现一丝亮光，像仍回到了那天花板下面，在当面聆听老师的教诲，我对"梁庄"中的人物有了新理解，"生命本身就有巨大的价值存额"，值得我们以尊重、平等的目光注视他们。很自然地，我又回到老师的轨道上，热爱自由，回到生活内部，尊重生命实感，以探寻文化内部的肌理和矛盾。我是我老师的学生。这几乎是命定的事情。

今日学界谈论王富仁的鲁迅研究时，一定会提到他的《中国反封建思想革命的一面镜子》，讨论最多的就是认为这部论著是对之前政治化鲁迅的反对。其实，这本书有更重要的主题，即对鲁迅小说悲剧形态和思想来源的探讨，它首次从哲学、文化和思想角度探讨了鲁迅关于"人"的命题及鲁迅与现实生活的关系。它属于启蒙，却不止于启蒙；起于鲁迅，又不止于鲁迅。它是一个独立知识分子对中国政治文化系统的深刻思辨，及对中国文化的根本症结的反思。值得今天的我们一读再读。

在谈及陈士成的悲剧时，王富仁老师提出"生命本身的价值存额"这一命题，其实，他是在建构世界文学史上或者文明体系中所存在的另一种悲剧模式，即"人的悲剧"。这一"人的悲剧"超越任何功利、价值，它当然也重视人的社会价值和社会作用，"但它的悲剧基础却并不建立在一个人的社会作用和社会价值上，而是建立在对人，对人自身的高度热情上"。这一论断看起来好像相当简单，但对于中国文化系统而言，却具有深刻的启蒙性和批判性。中国文化，尤其是儒家文化，最根本的核心是秩序文化，强调社会秩序对人的制约和成就，人一旦脱离这一秩序和评价体系，便得不到承认，更得不到理解和同情，也就是说，人无法独立成为人，人自身并不存在价值，人的附加值更为本质。提出"生命本身的价值存额"，实际上就是把人从这一文化秩序中提请出来，单独赋予价值，这毫无疑问极具彻底的革命性。也正是从这一意义上，王富仁认为鲁迅小说的悲剧特质具有"人的悲剧"特质，"鲁迅小说中一个最关键的悲剧冲突便是生命价值的被毁灭与人们对毁灭了的生命价值的高度漠视。可以说，这是构成《呐喊》《彷徨》悲剧冲突的第一的、也是最高的形式。因为这种对生命价值被毁灭的高度漠视，等于是对生命价值的第二次毁灭。"这一分析回答了我们在看鲁迅小说时那种冷到彻骨的寒意及这一寒意的来源。鲁迅说过，"悲剧是将人生有价值的东西毁灭给人看"，这一"有价值的东西"包括，或者说，它最重要的内容就是"生命本身"。当祥林嫂回到鲁镇，试图开始新生活的时候，我们看到，我们文化中的"秩序"评价体系开始起作用，祥林嫂已经不配为人，她额头的伤疤和一次次的叙说不再是生命痛苦的标记，而成为她羞耻的印记，其实，在她肉体死亡之前，她已经被我们的文化判处了死刑。阿Q被砍头只是他的第一次死亡，人们冷漠并且狂喜的眼光是他的第二次死亡。这第二次死亡是一个人的生命价值完全被毁灭了的死亡，物质生命和精神生命都被否定掉，是最彻底的死亡。这是鲁迅小说的力量，也是鲁迅批判精神的核心。

在2002年出版的《中国文化的守夜人——鲁迅》中，王富仁老师又专门成文，从中国古代神话和古希腊悲剧的对比中进一步分析"中国文学的悲剧意识和悲剧精神"。他认为《精卫填海》中的"反抗是无望的，是悲剧性的，但人却不能放弃这反抗。人在这反抗中才表现着自己的独立性，表现着自己的独立意志，表现着自己主体性的力量，所以，尽管这种反抗是悲剧性的，但这种悲剧性却表现着人的独立意志和独立力量，是人具有自己主体性的明白无误的证明"①。真正的悲剧并非来源于绝望、命运的悲苦或某种无法摆脱的绝境，而来源于哪怕无望也要进行的反抗，这是人的主体意识的表现。这仍然要回到人的主体性上。人何为"人"？人要显现自我的意志，哪怕最终被淹没。人的力量和主体性只有在没有希望但又永不妥协的奋斗中才表现得最为充分，譬如希腊神话中的西西弗，他无法摆脱众神对他的惩罚，他每天必须进行无望的劳动，但是，只要他认识到自己的荒谬处境，并在这清醒的认知下进行劳动，那么，西西弗便可能也是幸福的。这正如加缪所言，"他的命运是属于他的。他的岩石是他的事情。同样，当荒谬的人深思他的痛苦时，他就使一切偶像哑然失声。在这突然重又沉默的世界中，大地升起千万个美妙细小的声音……荒谬的人知道，他是自己生活的主人。"②

他试图回到中国哲学和文化的源头，去寻找中国哲学和文化内部的悲剧意识和悲剧精神之形态——那些精神的因子

① 王富仁：《中国文化的守夜人——鲁迅》，人民文学出版社，2002年版，第285页。
② 加缪：《西西弗的神话》，杜小真译，北京：三联书店，1998年版，第144—145页。

一直以隐秘的方式在哲学、言论和文学中传递，各有方向，也各有问题。他仔细辨析"悲剧性生活感受"和"悲剧性精神感受的区别"，他认为老子哲学"从根本上否定了人的独立性，否定了人的主体性力量，因而也否定了人的任何激情，否认了人的悲剧精神"[①]。他认为儒家学说本身产生不出真正的悲剧精神，而法家知识分子常常表现出"比中国任何一派知识分子都更为强烈的激情，也常常表现出更悲壮的英雄主义精神。但精卫、夸父、刑天的英雄主义表现为反抗强权，而法家知识分子的英雄主义则表现为维护强权"[②]。他认为："司马迁笔下的悲剧性作品，较之屈原的悲剧诗歌，更少悲情的诉述，更多行动的意志，更带有崇高感，因而也更接近古希腊的悲剧和中国古代悲剧性的神话故事。"[③]

读这些文章和论述，感觉几乎是在读一部中国哲学史，他对每一哲学思想和哲学流派都进行精准的批判性分析，让我们看到其思想内核的本质性缺陷或特点，同时，又给你以新的启发和认知的路径。这既是经典的学院派论文，但也可以说是处处闪耀着火花的哲学思想随笔，他的论断不是来自于引经据典，而是在对经典本身充分理解的基础上提出自己的思想体系。如果没有对中国古典文化、古典神话、中国古代思想体系、中国古典文学等等的大量阅读和思考，这些分析都很难完成。

---

① 王富仁：《中国文化的守夜人——鲁迅》，第295页。
② 同上书，第297页。
③ 同上书，第303页。

更为难得的是，在几乎所有文章（包括《中国反封建思想革命的一面镜子》这样的博士论文）中，王富仁老师的字里行间都充满着某种激情——一旦阅读便会被深深感染的激情。这一激情不单单来自于对学术的热爱，还包含着论者对生命的郑重、对现实的关注和对生活本身的热爱。你能感觉到，这一论者，是把他的生命本身也放置进去，一同燃烧，并在这燃烧的痛感中去体会其中的真义。这也正是王富仁老师始终强调的"生命实感"。这一点，和他终生的研究对象——鲁迅——是完全一样的。这正如竹内好认为鲁迅是"强韧的生活者"："鲁迅的做法是这样的：他不退让，也不追从。首先让自己和新时代对阵。以'挣扎'来涤荡自己，涤荡之后，再把自己从里面拉将出来。这种态度，给人留下一个强韧的生活者的印象。"[1]在《中国文化的守夜人——鲁迅》的题记中，王富仁老师引用了清代诗人黄仲则的一句诗："如此星辰非昨夜，为谁风露立中宵？"也许有点感伤，但诗歌强调的是清醒之后的坚守，哪怕夜晚清凉寂寞，风霜雨露。

在完成两本"梁庄"之后，我非常困惑，困惑于无法真正参与生活，好像无法安置自己的灵魂。一天下午，我给王老师打了电话。我们聊了多长时间？我忘记了，只记得他突然发出咳嗽声，我才意识到天已经昏暗了。就像在学校时一样，在察觉到学生有真正的困惑时，他会以高度紧张的热情

---

① 竹内好：《鲁迅》，载《近代的超克》，北京：三联书店，2005年版，第12页。

反复劝导，希望我们能够放松、放下。他告诉我，不要过分在意写作本身的优缺点，这些可以慢慢训练，要在意的是自己的初心，发现的是否是真问题，写出来的是否是真人。他还告诫我，要保持自己观察和思考的独立性。

老师说，不管什么时候，你还是要回到鲁迅，去看看鲁迅怎么写人，怎么反思自己，"如果你真正接受了鲁迅的精神和思想，无论处于什么样的时空和境遇，你都能够对周围世界保持清醒的认识，你就能够知道应该注意什么，以及该如何设计自己的行为"。是的，在认清自己限度的前提下，在保持足够清醒和思辨的前提下，才能达到一种有意义的书写。这也是行动本身。这是老师给我的告诫，更是鲁迅给我们的告诫。也是在此前提下，老师成为学院派学者的异己者，他的论文从不使用拗口的理论术语，他对日渐实用化的大学教育体制进行公开批判和抗议，1990年代后期，他和钱理群老师还积极介入中小学语文教育改革。这些都使他一次次成为口诛笔伐的对象。

记得2002年暑假，老师到郑州讲学，之后我们一起去洛阳龙门石窟看大佛。细雨淅沥，天空淡远，大佛安然，我们静观、聊天、欢笑，非常开心。那时老师刚过六十岁，刚刚开始新国学的研究。所谓"新国学"，老师给我做了一个简单的解释：并不是回到旧文学自身，而是试图让旧文化和新文化构成一个完整结构和学术共同体，这一共同体是开放性的，有最基本的、恒定的东西，它可以随着未来的发展而仍然存在。他要做中国文化的守夜人。也是在这一意义上，老师重新研究孔孟老庄，写了一系列长篇思想性论文。十几年过去，似乎应者寥寥，但老师谈起他的构想时那宏阔的架构和热情却始终历历在目。他不怕孤独，也不担心被误解，面对现实世界，他既温厚宽容，又保持着思想的独立和勇敢的探寻，甚至，某种宁折不弯的刚烈。

世人总是被他敏锐纯粹的学术精神和批判意识所吸引，但之于我而言，老师却兼有父亲的形象。想到他时，除了思想的熏染和解惑外，生活的点滴细节似乎更为真切。在北师大读博士期间，我的家还安在郑州。每次试探着说，老师，我想回家。老师总是不等我说完，就说，回吧，赶紧回吧。他的语气好像在赶我回去，生怕我晚一分钟到家。直到此刻，那一声声的"赶紧回吧"还在我耳边，带着点含混的、甜蜜的笑意，好像他的学生要回家是世界上最重要的事情，他要用尽全部力量去支持。也许是那一声声回家的催促——就像每次我离开家时，父亲总是问我"下次什么时候回来"——使我成了一个爱回家的人。

博士毕业十余年，搬家无数次，扔掉诸多东西，却有一样始终保留：王老师所批改的我的博士论文打印稿。那红色字迹遍布于文稿的天头地脚，密集如织，大到整体结构的安排，小到字词的使用，他都认真提出修改建议。后来，论文出版，老师更是写了五万字的长序，谈论中原文化、齐鲁文化在中国文化中的位置特征，讨论作家在此文化中的选择与割舍。记得当时出版社希望能把这长长的序删掉一些，老师愤怒异常，说："一个字都不能动，我写的都是经过字斟句酌的。"这是老师唯一一次发怒。我深为震惊，却也明白一件事情：要珍惜你的文字和思想，不是不让人改，而是，你在写的时候，要赋予它真正的价值。

那天花板上的黑洞，随着时间和记忆的磨损，变得广大、模糊，又无处不在。那深渊一样的黑暗，悬在下面几个人头上，似乎随时要把人吞噬掉。下面的人隐约感受到那威然的压力，却因为热爱，因为心怀希望，依然保持着昂扬而专注的思考。就像那支燃烧过半的香烟，哪怕成为灰烬，依然倔强地维持它的完整性。这是老师带给我们的精神意象。我想，在以后的生活和写作中，我会努力保持这样的热爱和完整。钱理群老师把它们称之为"幸存者的责任"，也许有点悲壮，但却不夸张。我是父亲的女儿，是老师的学生。

艰难的"重返"

2012年11月中旬，《出梁庄记》终于交稿。持续的压力突然卸去，我以为我会如想象中那样欢欣和畅快。然而，没有。呆坐在租来的小书房，我不愿看书，也无法思考。这个小书房陪伴我二十个月，让我这个从来没有过书房的人享受了一段难得的安静、独立和内向的生活。因为不断出差，窗台上的那盆文竹经常从碧绿变为枯黄，又顽强地从枯黄变回绿色。每天早晨，来到书房的第一件事，就是往文竹的每一个枝茎上细细洒水，观察那枝茎上的绿色是否又往上攀爬了一些。然而，这一次，那一半却无论如何回不去了。

"我终将离梁庄而去。"好像患了强迫症一样，我在脑海里不断重复这句话。有时候，我惊慌地抬起头，四处看看，我怀疑我已经悄声说了出来。它已经在心里叙说太久，不知道从什么时候开始。也许，从重返梁庄的第一天，从再次看到梁庄淤黑的坑塘、坍塌的老屋、衰老的叔婶，从一次次在城市艰难地寻找、接头，看到堂哥在西安漆黑的厕所、兰子那漆黑眼睛里蓄满的泪水、电镀厂那浓重的雾气时，这句话就像旋律一样反反复复响起，并且音量不断增大，最终，聚合为一个巨大的感叹句出现在"梁庄"的结尾。

我害怕这句话成为现实，也好像是为了反抗这必然的结果，2012年11月下旬，我再次回到穰县。每天早晨，我沿着湍水往下游、上游，或往周边的村庄里走。没有任何目的，只是漫走。丰盛而芜杂的水草蔓延在湍水广阔的湿地之上，层层交结、错综、缠绕，如悬于水上的无边迷宫。踏在上面，如行走于虚空之上。

雾气笼罩村庄。深秋的早晨阴冷、潮湿，树干和枝条因潮湿而变得黑枯，夜晚的落叶被清晨的露珠一遍遍浸压，又经过人的踩碾，显得卑微、破碎，有些难以承受。无论是红砖白墙的高屋、青瓦泥墙的矮房，门口堆积的泥沙，踩得发白的小路，还是那缓慢行走、无意盯视的人，都被这灰色的雾气所统摄。仿佛一切都还是原始的、未经文明触摸过的、未经修改过的世界的一部分。

但又不尽然。在清晨的静谧中，看远处小石桥上来来往往的机动车、小三轮、自行车，无声无息地流过。桥头的肉架子上挂着一扇扇新鲜的、粉红的肉，在初阳下微微发光，摊主刀起刀落，又熟练装起，然后，一个人拎着袋子匆匆离去。生活如此古老又新鲜，永恒存在，又永恒流逝。但并不悲伤，甚至有莫名的希望存在。

是的，我不会离开梁庄，虽然在身体上和行为上我即将或已经离开。我清清楚楚地看到我未来的道路，我与梁庄之间将再次被阻隔起来。或者说，我从来都没有真正进入过梁庄。我指的是，它的结构和它的命运。

梁庄和梁庄的生命究竟是什么样子？我与梁庄，梁庄与我，到底是什么样的关系？我为何重返？是否真正到达？在不断"重返"梁庄的过程中，我逐渐意识到，"我"，甚或说，自20世纪以来，"我们"，在不断逃离梁庄中试图建构梁庄。它的生命、历史、形象，都被盖上种种印戳，并以此成为时代"风景"的基本元素。

我把这篇文章的写作看作一次重返梁庄和反思自己的机会。

一、荒凉而又倔强的生命

因为必然的"归来""离去"和另一空间的比照，"重返"故乡，在某种意义上，其实是在回望过去、寻找生命的蛛丝马迹和早已隐于时间深处的血缘亲情，它们和现时的形态交织在一起，形成故乡的所谓"现实"。当鲁迅看到"苍黄的天底下，远近横着几个萧索的荒村"，他看到的并不只是故乡的现实，而是由过去投射而来的"风景"。这一"风景"叠加着童年回忆、家道中落、三味书屋、百草园、祖父、母亲、兄弟一起呈现于他的精神内部，眼前的"村庄"只是让这些内部情景物化了。我们甚或可以说，在"我"看到"鲁镇"以前，这一苍茫的风景已经存在于作者心中了。这是每一个回到故乡的人都有的先验风景。"梁庄"是由回忆、老屋、家庭的经历这些先在的事物推导出来的一个多重的存在物。

如果不曾离开，我不会如此震惊地看到梁庄的变化。我不会看到村庄的连绵废墟，不会看到坑塘的消失和死亡的气息，也不会看到梁庄小学给梁庄带来的精神上的涣散，当然，更不会看到如怪物般盘踞在湍水边的挖沙机，因为，对于梁庄人而言，那是日复一日、年复一年的悄然溃败。

那个老屋并不只是荒凉、废弃的房屋，它承载着我所有的成长、情感和生活，看着它，你想着的是那里面曾经有过的欢声笑语和漫长的哭泣争吵，还有黑暗中经年沉默的母亲；那个小厨房，它竟然如此之小如此之低，两个人进去几乎已经转不过身，我还记得我和妹妹、哥哥、三姐在一盏昏黄的煤油灯下，围着灶台等待那一锅饭好的时候的喜悦，而最后，不知道谁把煤油洒到锅里了，就这样，我们仍然顽强地在另一边盛起一碗碗的饭。而走过老支书家已经坍塌的院墙时，仍然有莫名的紧张，这个眼大如灯的老支书和他的房屋是我童年和少年时代最直接的压力。

那在墓园后面的河坡上孤独生活的一家人居然还在。只不过，那痴傻妻子已经去世，大女儿也已经出嫁，当年发着高烧、不能动弹、极度营养不良的小女儿，如今已经有着红润的脸庞和羞涩的笑容。而那个沉默的老汉，他是打定主意把自己放逐于尘世之外了，杂乱的白发纠结于头顶，俨然一个孤僻失语的老人。

2012年10月，我和《人民文学》杂志社主编、批评家施战军老师在一次会议上碰到，当时他正在进行《梁庄在中国》（刊于《人民文学》第12期，后出版单行本时改名为《出梁庄记》）的终审。自然，我们谈起了它。他对我说，你有没有意识到，书中有太多死亡了？我一愣，在这之前，我从来没有意识到，更没有察觉到，"死亡"竟是"梁庄"如此正常的风景和如此隐蔽的结构。

确实，开篇有"军哥之死""光河之死"，第三章有"贤生的葬礼"，第七章"金的千里运尸"，第八章"小柱之死""无名死亡"，即使在结尾"梁庄的春节"一章中，也有"老党委之死"和流传在吴镇的神话故事"义士勾国臣之死"。

死亡如此随意而密集，犹如尘埃。生命孱弱地生长，又悄无声息地逝去，悲伤、痛哭、欢乐和点滴的幸福都被黑洞一样的大地吸收。我想写出大地的感觉——整体性、混沌性和蔓生性，想写出人（不只是农民）在其中的平常。你只是大地的一部分。人的生命没有高于一切，至少，它不高贵于自然界的那一棵普通的树木、一座平常的山脉，更高不过那永恒流淌的河水和宽阔的山谷。但，尘归尘，土归土。死亡并非意味着走向虚无，相反，它是一种虽然让人怅惘却又踏踏实实的归宿。是的，和树叶飘落一样，清晨的露珠一滴滴地砸向它，把它砸回到泥泞而又柔软的土地中。"每一片落下的树叶在下坠时都在实现天地间最伟大的法则中的一条。"它时刻都在进行，安静又镇定。梁庄，在每一个清晨醒来，又在黄昏中睡去，时间停滞，又长远行进。

但是，如果只有大地，只有人类生命的普遍性背景，而没有社会、文明、制度，没有家、爱、离去——那塑造种种死亡的实在因素，那么，生命的存在样态，它内部的复杂性、差异性又会被遮蔽。

尘土飞扬，农民大规模地迁徙、流转、离散，哪怕"死在半路上"，也要去寻找那"奶与蜜的流淌之地"，确实有《出埃及记》的意味，只不过，"出梁庄"却成为一种反讽的存在。他们没有找到"奶与蜜"，却在大地的边缘和阴影处挣扎、流浪，被歧视、被遗忘、被驱赶，身陷困顿。对他们而言，律法时代还远未来临。他们仍是被遗弃的子民。

我希望能在"普遍"和"实在"之间寻找一种结合，叙述的和存在观的结合。只强调人类普遍性背景对个体生命的存在是不公平的，它会抽象并忽略掉其中丰富、细微和独我的存在。即使同归死亡，其精神和形态也是各异的。

所以，既站在大地之中，又回到文明和生活的内部，把目光拉回到大地上那移动的小黑点，"人"——如何移动，如何弯腰、躬身，如何思量眼前山一样远的道路，如何困于劳累和幸福——是《出梁庄记》最基本的任务。它也是我一个小小的野心。

回到"梁庄"。梁庄的"死亡"究竟意味着什么？仅仅几天而已，"军哥之死"已经成为"闲话"沉淀于梁庄的言语中，现实变为了历史。军哥，已经成为一个被遗忘了的人。梁庄的道德、良心、情感是混沌的、残酷的，但却又有着奇怪的宽容和包容。就像那即将沦为乞丐的清立，他孤独行走在梁庄的边缘，既被遗弃，又气定神闲。就像已经死去的光河，他躺在备受谴责的"用儿女的命换来的房子里"，拒绝进食，此时，梁庄的人们早已忘记自己曾经鄙夷过光河。如果你是启蒙主义者，你会谴责梁庄的人们；如果你是强调生存法则的自然主义者，你无从解释梁庄这样富于包容性和生长性；如果你是个性主义者，你会说他们如此不平等，只看生，不管死。我不敢做出判断。我只能迷惑而犹疑地看着眼前的梁庄，我故乡的亲人们，试图勾勒出其中最细微的逻辑和枝蔓。或者，那也是我们这个生存共同体共有的逻辑和枝蔓。

贤生的葬礼为什么要在梁庄举行？我的二婶，他肥胖的母亲为什么要在那停放儿子棺材的原野上哀哀地哭？她在哭她自己。哭她"没材料"卖了祖屋，以至于让儿子失去了可以"回家"的地方，哭她将来也只能是孤魂野鬼——就像"金"的尸体被千里迢迢运回村庄，哪怕尸体变形、变味，哪怕身体不再是身体。在这里，梁庄不再只是具体的"梁庄"，而是"家""归属"和"存在"等等具有本源性词语的象征，它们是人类最基本的精神需求。

与此同时，像小海这样的传销者，他的唯利是图是显而易见的，但他对卖假货那种单纯而又可爱的自然状态又使你意识到，不是因为他是法盲，而是我们这个时代的生活就是一种法盲生活，小海只是最赤裸地把它表现出来。

不只是城与乡的关系，不只是农民与市民的关系，也不只是现代与传统的关系，而是这些关系的总和构筑着梁庄的生活，并最终形成它的精神形态和物质形态。我不想把《中国在梁庄》和《出梁庄记》问题化，也特别希望读者能够体会到其中复杂的层面。它不是一个为民请命的文本，而是一种探索、发掘和寻求，它力求展示现实的复杂性和精神的多维度，而非给予一个确定性的结论。

我试图找到的是"梁庄"的结构，它以何种方式与城市、时代精神和当代生活纠缠，包括，与它自身纠缠？有读者把《出梁庄记》归结到2013年的"打工六书"中，这很有意味。但我从来不认为《出梁庄记》仅仅是写"打工者"生活的。我更关注的是梁庄生命的源头，不只是未来，还有历史、过去及这一历史和过去对他们现实生活的影响。我关注梁庄的进城农民与梁庄的关系，他们的身份、尊严和价值感的来源，由此，试图探讨村庄、传统之于农民，也之于我们这样一个生存共同体的意义。我把此看作《出梁庄记》的内在结构。如果没有这一内在结构，那么，《出梁庄记》就缺乏了那种回环往复的时空感和历史感。

我看重"梁庄"里面的细枝末节，刹那的羞涩，无知无畏的坦率，瞬间的凶猛，不肯褪去的羞耻，不愿释怀的"无身份感"和那眉间遥远的"开阔"。我喜欢这些"闲笔"。

它们附着在梁庄荒芜的场景中，就像那夏天暴雨后的植物，以一种荒凉的方式显示出顽强的活力。我想传达出这一世界的内部，它的蔓草丛生、尘土飞扬、忧伤，还有"生活的动力"。没有哪一个生命和场景完全绝望，即使被侵犯的天真而又迟钝的小黑女儿，在经历过那样的黑暗之后，她依然在成长，生命仍然在蓬勃。活下去，就是一种对抗。

二、"被塑造"的梁庄

然而，似乎并没有那么确定。

写《出梁庄记》开头"军哥之死"时，在反复修改的过程中，有那么一刹那，我突然意识到我在刻意模仿鲁迅的语调，那样一种遥远的、略带深情但又有着些微怜悯的，好像在描写一个古老的、固化的魂灵一样的腔调。我心中一阵惊慌，有陷入某种危险的感觉。我突然发现：我在竭力"塑造"一种梁庄。写作《中国在梁庄》就隐约感受到的某种奇怪的惯性再次控制了我。通过修辞、拿捏、删加和渲染，我在塑造一种生活形态、一种风景，不管是"荒凉"还是"倔强"，都是我的词语，而非它本来如此，虽然它是什么样子我们从来不知道。我也隐约看到了我的前辈们对乡村的塑造，在每一句每一词中，都在完成某种形象。

那刹那的危险感和对自己思想来源的犹疑一直困扰着我，它们促使我思考一些最基本的，但之前却从来没有清晰意识到的问题：自现代以来，中国知识分子在以何种方式建构村庄？他们背后的知识谱系和精神起点是什么？换句话说，他们为什么塑造这样的，而非那样的村庄，这一"村庄"隐藏了作者怎样的历史观、社会观，甚至政治观？而我，又是在什么样的谱系中去塑造梁庄？

我们在如何想象梁庄？正如故乡的先验性一样，在我们还没有写"村庄"之前，关于"村庄"的想象已经在我们的思维之中。从接受角度看，我们在文学史中所体会到的村庄叙事有宿命般的几重模式：乌托邦式的，田园诗的描述，过于美好的幻象；启蒙式的，带着悲悯和天然的居高临下；原型的、文化化石般的家国模式。后来的作者总是不由自主地掉入其中一种。

古典文学时期，"村庄"并不具备这样独立的、完整的象征性和符号化作用，它在思想史上和文学史的本体性地位与晚清以来知识分子能够以外部视野审视、观照中国生活有基本关系。实际上，"外部视野"中的"中国"在18、19世纪并不是一个积极的形象，在被迫进入"资本主义世界秩序"的过程中，它基本上是作为一种古老封闭、愚昧怪异的形象出现在世界史上，一个异域的、颓废的又原始落后的有着种种不可思议的神秘制度和生活的地方，这在许多外国传教士、旅游者、商人、思想者的著述里都有体现（著作如《穿蓝色长袍的国度》《中国乡村生活》等；如黑格尔就认为中国"缺乏属于精神的所有的东西"；"象形汉字是中国社会停滞的象征"；等等）。它们汇集起来为西方塑造了近代中国的形象。在这背后，有鲜明的西方中心主义和欧洲文明优越论的基本支撑。当代美籍阿拉伯裔文化批评家萨义德在其《东方主义》中最著名的论断是"东方是西方想象出来的"。这当然不是指地理意义的东方，而是在相互观照的过程中东方的被客体化和他者化。

但是，如果细究的话，就会发现，不只是西方视野以

"东方主义"角度来看东方,在"东方"内部,我们也不自觉地按照西方视野中的"东方"来看自己,也把自己"客体化"和"他者化",并以此来批判和塑造自身(这与20世纪初中国的衰败和知识分子总体接受西方知识体系有直接关系)。"村庄"突然被发现,它成为"东方中国"的活的标本——固态的、停滞的、前现代的存在,文学家、人类学家和思想家都参与到对"村庄"的阐释和塑造中,我们在他们的著作背后可以感受到那双异域的、遥远的、审视的眼睛。

鲁迅的先验思想是什么?当他看到"苍黄的天底下,远近横着几个萧索的荒村",当闰土轻轻喊一声"老爷"时,他之前什么样的知识谱系、思想经历及对"中国"的认知参与进来,并最终形成故乡的这一永恒孤独和沉默的"风景"(除却前文所言的感性基础)?追寻鲁迅"中国观"初期的形成过程——尤其是在域外,日本,他看到什么样的事情,接触了哪些与中国有关的叙事(除了最著名的幻灯片事件),阅读了哪些对他思想产生影响的书籍,这些思想具有怎样的倾向(关于中国),而这些事件、符号、思想最终在他脑海中沉淀化合出怎样的"中国"——将是一个很有意思的事情,它可以探讨现代初期中国知识分子"中国观"的形成过程及与西方叙事、域外视野的关系。

对文学而言(不只是文学),最不可避免的就是,在"看到"某个事物之前,作者已经有一整套的概念、核心词语,并且在不自觉中运用这些概念去理解、分析这一事物。鲁迅小说中的"村庄"充满原型性和启蒙性,它形象地勾画出了一种愚昧、落后、浑然的国民性和生活形态,但是,它忽略,或者剥夺了中国乡村普通生活和生命的内在敞开性,它们被封闭在一个历史空间内，一个固化的且已经丧失活力的空间。而这一空间中的人，似乎很难走出历史框架之外，恰如20世纪初英国作家托马斯·德·昆西所言："一个年轻的中国人是一个未出生就已经过时的人。"

在塑造"国民性"这一具有整体性的历史概念时，作为个体存在的每一个农民会失去或被忽略他的主体性，即他主动面对历史与自我承担的能力，这是生活往前推进的基本前提。这并不是在谴责鲁迅的叙事具有"东方主义"的特点，而是说，在我们重返故乡或思考村庄之时，我们的前视野非常重要，它必然影响并形成我们对所观事物的感觉和判断。它常常表现为一种"道德想象"，即用自己对文化、生活的理解，用自己的认知框架去建构一个"乡村"。维特根斯坦批评弗雷格的《金枝》在阐释原始部落的种种习俗、巫术时有过于明显地把自己的知识框架放置于其上的现象："弗雷格的灵魂是多么的狭隘！结果是：对他来说，想象一种不同于他那个时代的英国人的生活是多么不可能！"

审视一下中国当代文学史中的乡土小说，就会发现，当代的村庄"风景"和叙事并没有超出鲁迅那一代的内部逻辑。我们不自觉地按照闰土、祥林嫂、阿Q的形象去理解并继续塑造乡村生命和精神状态，它已经变为一种知识进入到作家的常识之中。就我自己而言，尽管在《中国在梁庄》的前言中，我告诫自己要避免以自己的知识体系凌驾于村庄生命和生活之上，并因此采用了人物自述和方言的方式，以减少自己的干扰，但是，最终也并没有完成。我注意到，我总是不自觉地在模拟一种情感并模仿鲁迅的叙事方式，似乎只有在这样一种叙事中，我才能够自然地去面对村庄。

这里面其实有着双重的困境。假设写《金枝》的弗雷格没有对自身文明结构和知识体系的深刻认同（与殖民意识、欧洲中心主义和帝国主义紧密相连），那么，他该如何理解并分析原始部落的社会组织、思维特征？假设鲁迅舍弃外视角，即批判性的、先验的知识结构及"我"在文本的实际存在，"未庄"是否就因此拥有了自主性和敞开性呢？我们看到很多以第三人称书写的村庄和那些以相对客观笔调出现的村庄比"未庄"更加遥远，也更加"古老"和"奇观"。这种貌似原生态的叙事隐藏着更加鲜明的"东方化"特点。早在1970年代，人类学研究界开始反省民族志调查中强烈的结构意识及学科背后所蕴藏的与殖民主义、欧洲中心主义视野的关系，在经过一系列的检讨（最集中的就是1984年开的名为"民族志文本的打造"的研讨会，最后结集出书《写文化——民族志的诗学和政治学》）之后，一批学者提出，调查者应该尝试把调查对象当作主体和行动者来写，以他们的语言和逻辑记录并理解他们的生活，而不是简单地给出判断。调查者承认自己的主观性和可能有的文化偏见，而非之前所强调的客观性和真理性。

中国的文学创作和研究，尤其是乡土文学创作和研究，都还缺乏这种反思意识。从现代的《故乡》《阿Q正传》《生死场》《果园城记》，到当代的《陈奂生上城》《乡场上》，再到《爸爸爸》《小鲍庄》《红高粱》《故乡天下黄花》《日光流年》，这其中很多作品的写法和叙事方式已经有所变化，但就作者对"乡村"的整体世界观和叙述地位而言，其实变化也并不大，并且，那双异域的、俯视的眼睛一直都在。如何使"乡土中国"、村庄、农民、植物具有主体性、敞开性，并拥有自我的性格和逻辑，获得和作者平等的视野甚至对抗性，还是尚未开始探讨的问题。

在一种并不明晰的警醒意识中，我最终选择了以"人物自述"作为《中国在梁庄》和《出梁庄记》的基本叙事方式。克利福德·吉尔兹在《地方性知识》中认为，我们在阐释中不可能重铸别人的精神世界或经历别人的经历，而只能通过他们在构筑其世界和阐释现实时所用的概念和符号去理解他们。的确，在反复听自述录音的过程中，我常常被他们语言的丰富、智慧、幽默所打动，他们有自己认知世界的方式和逻辑，简单的一句话中往往蕴含着祖祖辈辈的经验。我尽可能呈现他们说话的原貌——语气、口语、方言，保留那些与主题关系不大但说者又有强烈表达愿意的话，以此达到对梁庄自身历史和生命状态的揭示。

但是，这一自述结构并非完整地契合在整个文本之中，有时候显得突兀、割裂，有时候又因为和"我"的叙述之间的反差而使得这些自述显得冗长、啰唆，其实，是因为"我"的叙述过于拔高和抽象，反而伤害了人物自述所具有的活生生的美感。

《中国在梁庄》有过于鲜明和抒发的味道，这限定了文本意义的扩张和敞开。在写作《出梁庄记》时，我最终选择以一种克制、谨慎、相对冷静又含带情感的语言方式和叙事方式进入"梁庄"，以避免对人物进行截然的判断，而是试图从人物的行动、语言和故事中寻找他的结构和逻辑，更多体察梁庄生活内部的复杂性和生命的多义性，尤其是有可能超越其历史存在的层面。

譬如贤义。他为什么成为"算命者"？他真的懂得传统知识，理解传统文明在中国生活中的意义和价值吗？他那个支离破碎的、混搭的、荒谬的正屋墙壁，似乎彰显着他内心的混沌和芜杂。这样一个"过时了的""可笑的"人，他的神情居然有着某种清明和开阔。这些神情从哪里来？你很难辨认清楚。在梁庄，这样驳杂而又难以界定的生命和精神非常多。它们从来都不是清晰的，从来都不是非此即彼的，而是又此又彼，既左亦右。这也是我在文中细致描述贤义的墙壁和他的精神状态的原因，我希望能够写出他的复杂性。我对他一直念念不忘，他让我看到在早已被我们否定的古老中国生活和中国知识可能的空间和悠远的东西，他的复杂性也使我意识到简单的判断往往远离生活本身。

我特别担心"梁庄"只被作为一个"活化石"或原型性的存在，只具有历史的、文化的内涵，或者只是过去的某种形态，我希望梁庄和梁庄的生命内部具有敞开性和现实性。拥有这一现实性和敞开性，也就意味着乡村仍然可以和当代生活对话，乡村的生命仍然具有面向未来的可能性。

站在梁庄的大地上，并非意味着你就能够看到并叙说梁庄，相反，你可能离梁庄更远。在这个意义上，"军哥之死"仍然是一个谜。我对《出梁庄记》的开头，对"军哥"呈现在大家面前的姿态和气息至今并不满意。我和其他梁庄人一样，虽然他尸骨未寒，但却已经在像谈过去的事物一样谈论他了，他已经被遗忘了。在关于他的生命存在的叙述中，这是一个无法弥补的残缺和黑洞。

"所有的都是译释，而且我们的点点滴滴俱在其中迷失。"我们在何种意义上能够通向梁庄，能够触摸到军哥沉默的生命，这不只是一个情感问题，更是一个基本的文学问题。

三、"真实"的限度

"真实"是个很奇怪的词，许多时候，我把它作为对我的批评，但这又是这两本书获评频率最高的词语，而我确实又企图在文本中塑造一种"真实"感以带入读者。这也促使我思考，面对这样的评价，为什么我会觉得这是一种批评，而不是肯定？为什么我又要冒险进行尝试？

必须承认，这里面有我的虚荣心在作祟。我不希望"梁庄"只局限在"真实"层面，因为我知道，大部分读者所赞美的"真实"只是事实存在的"真实"，指的是事件本身，并不包含文学的"真实"。

但我想谈的并不是我的虚荣，而是梁庄的"真实"到底包含着哪些层面。在通行的文学标准中，"真实"只是最低级的文学形式。韦勒克在《文学理论》中谈到"现实主义"时认为，"现实主义的理论从根本上讲是一种坏的美学，因为一切艺术都是'创作'，都是一个本身由幻觉和象征形式构成的世界"。"真实"从来都不是艺术的标准，这里所说的"真实"是就其最基本意义而言的。"那儿有一朵玫瑰花"，这是可以达到的物理真实。这不是文学。文学总是要求比这物理真实更多的真实。"那儿是哪儿？庭院、原野、书桌？谁种的，或谁送的？那玫瑰花的颜色、形态、味道是什么样子？"这才进入文学的层面，因为关于这些会是千差万别的叙述。

我冒险塑造一种"真实"氛围把读者带入梁庄，是因为我想达到另一种效果，即，让读者感知到"梁庄"是活生生的情境，活生生的人和活生生的现实，它不是与你无关，也不是只在历史深处，而是与你息息相关，在同一时空之中。

这样的结果所面临的第一个发问必然是：你写的是真实吗？这是许多人会问我的话。面对这样的问话，我总是非常为难。但我自己种的苦果我必须吞咽。于是，我肯定地回答，我写的是真实。另一方面，我又会补充：这一真实是我所看到的并且叙述的真实，它们必须是同时存在的条件。物理真实是陈述的基础，而叙述的差异性则是必然的结果。所以，我既希望你认为它是真实的、历史的，同时，也希望你意识到其中作者的叙述性，它是经由作者的思想所结构出的梁庄。我不想打着"真实"的旗号塑造一个伪客观的村庄。

我还是希望读者能够意识到梁庄的叙述性。我不敢狂妄地说我写出了梁庄的全部历史性和现实性。我想，没有一个写作者敢说他写出了全部的真实。因为我非常清楚，我父亲的梁庄和我的梁庄肯定不一样，清立的梁庄和我父亲的梁庄也不一样。同回梁庄，同出梁庄，同听故事，你和我，看到的和写出的肯定不一样。也许，你根本看不到梁庄的芝婶也在为留守孙子的事情而苦恼，因为她看起来是如此雍容闲适，与众不同；在青岛，你会看到电镀厂里很多工人，但你或许就看不到我的光亮叔和丽婶，你也看不到那一年也不歇一天的我亲爱的云姐，看不到那几个妇女在冰冷的夜晚唱赞美诗。你写其他人，和我写梁光亮、云姐是一个道理。我们的真实都是经过选择的真实。哪怕是头顶"非虚构"之名，也不能说自己所写的就是全部"真实"。在听到八十几岁的福伯讲"勾国臣告河神"的故事时，你也很难有突然的震惊和通透。只有在对梁庄人和福伯性格有一个基本了解后，你才会明白，平时木讷的福伯为什么突然眉飞色舞，而我父亲和我的堂兄们又为什么听得那么入神，那么意味无穷，津津有味？因为他们讲的就是自己，就是他们自己的过去和未来。对于梁庄人而言，"勾国臣告河神"并不是一个神话故事，它就是真实。

"真实"需要很多条件。并非你亲身到了某一场地，你就是真实的。那只是一个最无用也最虚伪的假设。"真实"要求你对情境、细节或事件过程的准确描述并具有再现性（这和小说的要求不一样），但另一方面，这些细节肯定不是最核心的要素。因为最终这些事物都必须组成意义，而这一意义是由作者的排列、意图和塑造产生的，它必然会有倾向性。因此，在更多时候，我们所呈现出的或许只是对真实的幻觉，而非真实本身。所以，即使是非虚构写作，也只能说，我在尽最大努力接近"真实"。在这个意义上，"真实"其实是文学的最高要求，不管你是通过小说的虚构、象征或夸张，还是通过非虚构的准确、细节和再现，我们最终想要给世界呈现的都是我们自己认识世界的一个图式。也因此，对自己写作的前逻辑的警醒和考察是一件非常必要的事。

无论是虚构，还是非虚构写作，文学作品中的"真实"并非"是这样"，它更指向"我看到的是这样"。它通过在现实中行走、观察、体验，通过对现实存在的人和场景的描述去达到作者所理解的人、社会和生命，它包含着作者本人的偏见、立场，也包含着由修辞带来的种种误读。

但是，只有在你声称自己是非虚构写作时，你才面临着"是否真实"的质疑和指控。假借"真实"之名，你赢得了读者的基本信任，并且，这一信任被置换为"你描述出了整个世界的真实"，你因此拥有了阐释权和话语权。它使你获得了某种道德优势。你也必须承受这样的质疑和挑剔。

《人民文学》杂志把《中国在梁庄》放在《非虚构》栏目，无意间使"梁庄"获得了一种命名，并因此得到广泛的认可，但也使它陷入某种困境——《中国在梁庄》和《出梁庄记》经常因为不符合"非虚构"的标准而被批评。"非虚构"并不是一个陌生的词语。1950年代至1970年代的美国出现了大量的非虚构作品，学者约翰·霍洛韦尔在《非虚构小说的写作》中定义为"一种依靠故事的技巧和小说家的直觉洞察力去记录当代事件的非虚构文学作品（nonfiction）的形式"，它融合了新闻报道的现实性与细致观察和小说的技巧与道德眼光——倾向于纪实的形式，倾向于个人的坦白，倾向于调查和暴露公共问题，并且能够把现实材料转化为有意义的艺术结构，着力探索现实的社会问题和道德困境。最著名的就是诺曼·梅勒的《刽子手之歌》，但他把这部书的副题定为"一部真实生活的小说"，在其后的小说《夜晚的军队》中，他也加了一个副标题，"如同小说的历史和如同历史的小说"。这些都是对"非虚构"所谓"真实性"的充满矛盾的诠释。"真实"，但并不局限于真实本身，而仍然试图去呈现真实背后更深更远的东西。

有学者认为，美国二十世纪五六十年代社会的剧烈变化是这一文学现象出现的主要原因，"艺术家缺少能力去记录和反映快速变化着的社会。美国的这种现象是与其高速的社会发展有关系的"。"这一时期里的日常事件的动人性已走到小说家想象力的前面了"，"小说家经常碰到的困难是给

'社会现实'下定义。每天发生的事情不断混淆着现实与非现实、奇幻与事实之间的区别"。非虚构小说的出现是对社会危机的反映与象征。这很有点像近三十年来中国社会的情形。在近四十年中，我们完成了西方四百年的历史，在这一转变下，中国生活经历了犹如过山车般的眩晕与速变。光怪陆离的现实常让人有匪夷所思之感，比虚幻更为不真实。在全球化和信息化时代，"真实"和"真实感"反而成为一种稀缺的存在和感觉。

或者，非虚构写作的方式能够把虚幻感、混淆感和疏离感锁定于真实感中，让你必须面对它，会因它而疼痛。它集中在两点：一是准确性，对现实的无懈可击的准确描述与理解；二是还应该具备只有在文学中才有的情感作用，在个人的思索和公众的历史、社会现实之间寻找平衡点。

但是，对我来说，我又不愿意被这一命名所束缚，我愿意去探索一些边界，文体的边界，喜欢看到当超越或模糊这些边界时所产生的特殊效果。我也从来不认为《中国在梁庄》和《出梁庄记》是社会学的，因为它并不客观，也并不具备科学性。我听到过很多争论。认为它们是社会学的，会批评它们（尤其是《中国在梁庄》）过于情感化，不够客观，问题不够清晰，也没有提出解决方案；而如果被作为文学文本，它们好像还不够"纯"，形式和结构有些混杂。

说实话，面对这样的歧义甚至争论，虽然有点尴尬，但也愿意由此思考一些问题。文学能够溢出文学之外，而引起一些重要的社会思考，我想，这并不是文学的羞耻。相反，这一文学应该具备的素质之一离当代文学越来越远了。同时，文学文体并非有某种固定的模式，一个写作者如果能够用一种新的结构使文学内部被打开，那无疑是一件幸运的事情。但同时，我也意识到，如果多数人仅从社会学方面来理解这两本书，也恰恰说明它们可能存在着一些问题。文学的结构没有在文学性和社会性之间形成一种张力，而让一方遮蔽了另一方，这说明文本在某些层面还不够成熟。

但不管怎么样，"梁庄"是文学的。它所以让人谈论，恰是因为文学的溢出。梁庄从来都不是客观的、物理的"真实"。生活的复杂性和敞开性远远超出了作者眼睛所见。梁庄是我的故乡，它一开始就是情感的、个人的、文学的"梁庄"。我也是以梁庄女儿的身份重回并体察梁庄，我的所有调查也因这一亲缘关系而变得更加内化和敞开，"我"本身就是梁庄风景的一部分。这里的时间、空间是双重叠加的，这是我和梁庄特殊的关系所致。

因为奉"真实"之名，一切都变得非常艰难。"非虚构写作"变为一种悖论式的写作。或者，写作本身就是一种悖论。写作要面对世界，但是，我们面对世界时并非为了改变它，而只是为了叙述它。文学写作者对叙述世界的兴趣要远远大于面对世界的兴趣，更不用说"行动"。我们着迷于叙事和文字本身，并不真正关心真实的世界。

四、"我"是谁？

《中国在梁庄》和《出梁庄记》中都有"我"。有论者这样认为，"不是梁庄要你写这两本书，也不是梁庄人要你写，而是你要写这个梁庄。因为，你需要它"。是的，"我"需要它，"我"想找到救赎。对于我来说，重返梁庄的第一冲动不是想揭示梁庄的真实，而是为了寻找一种精神的源头，以弥补自己的匮乏和缺失，个体精神的要求要远远大于对集体精神的探索。但"救赎"这个词在这里无疑又是高高在上的。你必须意识到，"救赎""忏悔"本身就是一种居高临下的姿态。想通过"梁庄"来完成"我"的精神重建，这是"我"羞耻的根源之一。无论是作为一个知识分子，梁庄的亲人，还是哪怕只是一个观察者，"我"的身份、位置和叙事姿态都是让人质疑的。

我一度想放弃"我"，用一种完全客观的方式重写梁庄。《出梁庄记》第一章在部分上显现了我的这一放弃，一种遥远的、与己无关的、仿佛是客观存在千年的生活。但如前所述，我并不满意这种固化的和封闭的"风景"。在开始进入城市后，书写每一具体的打工人和打工生活时，我又放弃了这一"客观"。我反复衡量两种写法。譬如"西安"一章。如果完全舍弃"我"，那么，我的大堂哥二堂哥的生活又变为一个"与己无关"的风景，他们与"我"，也就是与每一位读者是被观看者和观看者的关系，是分离的，不是互为所属的关系。因为"我"的存在，他们生活的状态、场景变得鲜活，更有同在感和现场感。

但同时，也因为这一"现场"，它似乎离文学的"自性"远了。这是一种代价。在写《出梁庄记》的过程中，我充分衡量了这一代价后，仍然选择人物自述作为主体。一是两本书有某种延续性，另外就是，我希望能够把"我"和"梁庄内部"之间真正弥合，并创造一种新的文体。文学并无定法，关键在于你能否使你的框架具有张力并最终变成一种可供叙说的新文体。

我希望能够在文本中如实呈现并探究"我"的存在，因为，唯有通过"我"的眼睛，才能够更加深入地展示出"梁庄"在我们时代和历史中的存在真相，反过来，通过"梁庄"，"我"也看到了"我"自己的历史形象。

"我"是谁？我特别强调作品中的"我"梁庄亲人的身份。书中的人物都是我的亲属，我也以亲属的名称去称呼他们，他们往往是我的堂叔、堂侄、堂兄弟姐妹，哪怕只是按照辈分排的一个亲属关系，它本身就是一个巨大的网络。每个人在这网络上都有自己清晰的标属。梁庄是一个有机的社会网络，并非只是一栋栋房屋。每一个人和另一个人有关，彼此互为所属。在当代社会，他们也利用这一互为所属的关系以"扯秧子"的方式进入城市，并在城市的边缘建构一个个"小梁庄"。在这一"小梁庄"里，他们仍然打架、吵架，爱恨情仇着，但是，他们都有结构感和身份感，在这里，他们感觉到自己在活着。而一旦离开进入到城市，他们只是城市边缘沉默风景的一部分，没有身份和依托。

在许多时候，我真的觉得我就是梁庄的一分子。当建昆婶拿着告状信给我看，并希望我能想出办法去惩罚那个十八岁的王家少年，我突然的纠结和害怕；当看到梁平那深陷的、明亮而狡黠的眼睛，我仿佛看到他的叔叔小柱在朝我笑，刹那间，我对眼前这个年轻莽撞的小伙子产生了柔软的感情，我像任何一个家长一样开始对他絮絮叨叨。那一刻，我觉得我是梁庄人。

2011年8月的一个傍晚，我们从南阳贤义家开车回梁庄，突遭暴雨。天瞬间变黑，雨铺天盖地。我小心翼翼地开着车，但却什么也看不见。天地茫茫，我们像被抛弃了。恐惧和不祥的感觉爬升上来，我情不自禁地在心中呼唤着各路神灵，老天爷、耶稣、观音菩萨、土地爷，我在心里一遍又一遍地呼唤他们，向他们祈祷，希望他们保佑我们。我想起了贤义，我羡慕他有神灵的庇佑，羡慕他明亮、平和的双眼。在那一刻，我觉得我就是梁庄人，因为我就是贤义。

但我又始终不是。在梁庄，我时时遇到的是陌生而茫然的目光。即使是在村庄住了几个月，即使是你每年都要回家几次并且每次都尽可能地探访一些人，但是，那眼神投过来的一刹那，你明白，在他们眼里，你已经是异乡人。还有，当你在西安堂哥家的厕所前徘徊，在小旅馆里如坐针毡，在青岛光亮叔家因霉味而想逃跑时，也都说明了，你不是梁庄人。你已经习惯了明窗净几的、安然的生活，你早已失去了对另一种生活的承受力和真正的理解力。

我不是梁庄人，还因为我时时承担着阐释的功能。许多时候，正是这些阐释，暴露了"我"其实已经不是梁庄人的尴尬事实。《中国在梁庄》在"人物自述"和"我"的议论之间有明显的分裂和不协调。当人物自己讲的时候，他讲的是自己的生活、结构，讲自己对社会的认知和世界观，所包含的内在层面远远超出了书写者所能理解的层面。反过来，"我"的叙述一方面构成梁庄内部风景的一部分，而一当我以客观的形象进行公共议论时，所运行的完全是另一套话语。比如在"平地掘三丈"那一章里，最后"我"的议论多余而俗气，和老贵叔自己的精彩叙述非常不协调，并且苍白无力。这也显示了"我"作为一个外部人对村庄内部生命的简单化理解。

"我"是谁？"我"是我们这个时代的每一个人。逃离、界定、视而不见、廉价的乡愁、沾沾自喜的回归、洋洋得意的时尚、大而无当的现代等等，我们每个人都是这样风景的塑造者。

现在想来，在《出梁庄记》结尾处，"我"的形象很让人生厌。"我"为什么有如此大的无力感？"我"在代谁哀叹、诉说？"我"把这种无力和下坠之感也附着到了小黑女儿身上，这贬低了小黑女儿和"梁庄"的存在。或者，它只是作为中产阶级的"我"的浅薄和软弱而已，"我"却把这些作为乡村生活和精神的全部。小黑女儿还活着，这就是她的意义和力量，这就是"梁庄"的意义和力量，大地再一次包容并继续抚育她。就像那时而世俗、时而铿锵的穰县大调，唱出的是欢乐、悲愁和力量并在的中国。

《出梁庄记》试图揭示"我"在"梁庄"结构中的暧昧存在（这一点也是在重新阅读后才感觉到的），并在文本结构上形成重要的参差和互文作用，"我"的视野、情感和"梁庄"的时空交织在一起，形成一个更大的时空。"我"也是一个"出梁庄者"，当重又回到"梁庄"之时，"我"没有资格做任何道德审判，更没有资格替"梁庄"做出判断。相反，"我"应该是一个被审问者。在西安，那个只有十八岁的、倔强的年轻人在"我"面前的羞耻感是对"我"最有力的审判。

> 他始终没有正眼看我，好像我是他的创伤，好像一看我，就印证了他的某一种存在。
> 羞耻是什么？它是人感受到自身存在的一种非合法性和公开的被羞辱。他们被贴上了标签。
> 他为他的职业和劳动而羞耻。他羞耻于父辈们的

自嘲与欢乐，他拒绝这样的放松、自轻自贱，因为它意味着他所坚守的某一个地方必须被摧毁，它也意味着他们的现在就必须是他的将来。他不愿意重复他们的路。"农民""三轮车夫"这些称号对年轻人来说，是羞耻的标志。在城市的街道上，他们被追赶、打倒、驱逐，他愤恨他也要成为这样的形象。

直到有一天，这个年轻人，他像他的父辈一样，拼命抱着那即将被交警拖走的三轮车，不顾一切地哭、骂、哀求，或者向着围观的人群如祥林嫂般倾诉。那时，他的人生一课基本完成。他克服了他的羞耻，而成为"羞耻"本身。他靠这"羞耻"存活。

为什么这个年轻人对自己的职业（"蹬三轮的"），对自己在这城市的形象，对在"我"面前呈现自己是如此羞耻？它的源头来自于哪里？在他那朝"我"一瞥而来的愤怒和羞耻中，似乎有了某些答案。

是的，如果不对"我"进行追问，将无法寻找到社会的根本症结。同样，就文学而言，如果不包含着对"我"的探查，也将少了文学最基本的元素和结构，即对人性和人类文明的思考。

在《出梁庄记》的后记中，我把"忧伤"和"哀痛"作为这本书的关键词。这两个词本身是恰当的，但又都是偏内向的、不那么积极的词语，无意中奠定了这本书的基调。但是，选择这两个词并非是想带出无力感，而是想表达一种历史感。

哀痛和忧伤不是为了倾诉和哭泣，而是为了对抗遗忘。

在这里，"哀痛"是一个包含着理性成分的词语，它是我们对传统和过去、对民族自我和个体自我的一种态度，是为了对抗那些坚硬的、集约的话语。每个生存共同体、每个民族都有自己的哀痛。这一哀痛与具体的政治、制度有关，但却又超越于这些，成为一个人内在的自我，是时间、记忆和历史的积聚。温柔的、哀伤的，卑微的、高尚的，逝去的、活着的，那棵树、一间屋、某把椅子，它们汇合在一起，形成那样一双黑眼睛，那样一种哀愁的眼神，那样站立的、坐的、行走的姿势。

"忘掉哀痛的语言，就等于失去了原本的自我的一些重要成分。"哀痛不是供否定所用，而是为了重新认识自我，重新回到"人"的层面——不是"革命""国家""发展"的层面——去发现这个共同体的存在样态。哀痛能让我们避免用那些抽象的、概念的大词语去思考这个时代的诸多问题，会使我们意识到在电视新闻上、报纸上、网络上看到和读到的那些事情不是抽象的风景，而是真实的人和人生，会使我们感受到个体生命真实的哀痛和那些哀痛的意义。

但是，如果不能对"自我"提出要求，如果不能把"我"放回到"故乡"及与"故乡"相关的事物中去审视，我们就不可能拥有富于洞察力的哀痛，也就不可能对抗遗忘。这或者是"梁庄"中"我"存在的最大意义。

五、无处抵达的"重返"

"我终将离梁庄而去。"

我想表达什么呢？它是我心中最实在的情感，它几乎成为一种呼喊，在胸腔一点点胀大。烦躁、悲哀、软弱、逃离，它既是一个已经中产化的知识分子在面对艰难人生时的矫揉造作，也是因为你突然瞥到了你背后那庞大的时代影像和不可告人的动机，那深渊之深让人莫名心惊。"我终将离梁庄而去"，也最终将无家可归。

这里面当然包含着一种更大意义的"离开"，我们都在"逃离"。当我们叙说某种"逃离"时，那只是一种抽象的感觉，并未落实到生活的实在，但是，"重返"却使得这一"逃离"之感变得清晰而必然。

沿河而走。晴空之下，岸边一张不易觉察的网把几只小鸟网住了，那小鸟灰背银腹，非常漂亮。其中一只头还上扬着，羽毛凋零，身体枯瘦。不知道已被困了多少天。它还活着。细而坚韧的网线紧紧缠绕在它的躯体上，它越挣扎，那线越紧。每解掉一道线，都有羽毛脱落，露出里面青色的骨皮。另外几只已经死了。据说这样的网是为了逮小鸟以做烧烤。在这一段的河岸边，有许多这样的网。我想找旁边那家人理论，但又不敢，只好在远处怒目而视，看着那进进出出的人。我在心里发誓，当天晚上，月黑风高之时，我一定来把这竹桩拔掉，把网一一烧掉。那天晚上，我并没有去。之后，我也一直没有去。

我心里常常想着那张晴空之中的网，我问我自己，我为什么没有去？

写作与生活之间的关系到底是什么？你发现了你生活的限度和写作的限度。具体的、实在的命运在你面前展开它狰狞而又复杂的形态，你投入了进去，描摹、揣测、理解和感受它内部最细微的纹理和走向，你叙述了他们，而后，你安然退出，任其漂流。如果你的思考不能面对任何的生活，那思考的意义又在哪里？难道你不去看那张网，小鸟就不在那里了吗？

但无论如何，随着时间的流逝，我的这种虚无感和负罪感在逐渐远离，就像现在正在发生的这样。我给自己找了一种解释：这是文学。文学的功能是叙事，是发现，而不是实际的行动。但终究只是一种"解释"，自我解脱的托词，它并没有完全说服我。我清清楚楚地感受到自己的虚伪，无法找到合适的理由。

有时候，我又在怀疑我自己，我之所以对梁庄有如此大的负罪感，恰恰是因为我把它看作是低一层次的生活，是我无处不在的可恶的悲悯在起作用。你凭什么要对他们悲悯？那就是他们的生活，不高尚，也不庸俗，不富裕，但也不是绝对的贫穷，他们依靠自己的劳动挣钱吃饭，并获得些许的幸福和温暖，何来悲悯？你的悲悯贬低了他们的存在。梁庄和梁庄人并不应该只被悲悯，相反，我们要为他们的勇气、韧性而骄傲，为他们在严酷的生活面前仍然努力保持着人的尊严、家的温暖而自豪。

或者，让我们真正感到负罪的是因为我们看到并清楚这个时代运转的不公及历史的渊源，看到那阻碍小鸟飞行的网，看到他们还值得过更好的生活，但是，我们却什么也没做。我们把这种负罪感转化为一种怜悯并投射到他们的生活中，以减轻自己应该承担的重量，同时，也使自己很好地脱责。这是一种更深的不公，在貌似为梁庄人鼓与呼的悲愤中，梁庄再次失去其存在的主体性和真实性。

梁庄的支离破碎不只是生活本身的表现形态，它与写作者及这个社会内心的支离破碎、虚无任性也是有关的。没有

"信"的坚定支撑，你无法看到你所书写事物的更深寓意，它们与世界、宇宙，与人心、社会的更深关系。同时，你也无法有一种真正的勇气去面对和承担。村庄的生命在我们笔下犹疑、彷徨、卑微，你也深陷其中，以为本来如此。但或者其实只是我们自己如此卑微。

知识分子的道德包含着什么？我指的不是人品的好坏，而是指一种对应性。如果你的所说和所做并没有达到一种相对的和谐，甚至是完全悖反的存在，那么，究竟该怎样思考这一反差所产生的距离？譬如：你在作品中充满批判性，而在生活中却是完全的犬儒，我指的不是那种为了使自己更好地写作和发声而不得不的内敛，而是指一种自满并自得地和生活达成一致的精神状态和行为。这并不是说你要放弃中产阶级生活，而是说，你在精神上也是自洽的。你作品中的批判性被包裹在你生活和精神的自适性之内，无法挣脱出来。当代的作家和学者有一种对自己专业化（并非指文学本身的专业化，而是生活的专业化）的沾沾自喜，这一沾沾自喜导致文本常常是一种自足的意识和结构，即使你书写的是有冲突的现实生活，它会破坏文本的内部结构。你掩藏不住你自己。我常常嗅到这种沾沾自喜的气息。我不喜欢这种气息。而这种气息，隐秘地附着在这个时代的每个角落和人心之中。

我想要表达的是：如果你并没有在精神上处于矛盾或痛苦状态，你能否书写出真正意义的矛盾与痛苦？如果你的内心没有经受烈火的煎熬，而只是把那种煎熬作为一种姿态，如果你只是把梁庄——我在这里指的是广义的梁庄，甚或是人间生活——作为他人的生活，那么，你能否写出真正的梁庄？这些，也是在问我自己。

我们该"重返"到哪里？火热的生活中吗？和你所要写的人生共在并共同承担？我不确定。知识分子究竟被困在了什么地方？真正的生活实感来自于哪里？

在中国当代作家里面，张承志是一个有独特气质和精神的作家。我在家乡的清真寺里和普通的穆斯林聊天时，发现他们都知道张承志，知道他的《心灵史》《金牧场》，说起他来，神色端然，极其尊敬。对于一个写作者而言，还有哪一种荣幸能超越这种态度？他在他民族中拥有如此高的庄严地位，他通过自己的写作给民众带来思考，并以此修正自己的心灵和行为。

张承志是有信的，他也很安然，因为他就在其中。他知道他说的话谁在听，他知道他写出来的疑问有谁也在追寻，他知道他的问题在哪里，他就是作为这群体中的一分子在做自己的事情，并参与到文明和历史的进程之中。

但我没有这种有信的安然。我时常觉得自己处于惶恐和不确定之中。我始终徘徊在门外。我害怕交付自己。多年的灌输使得我们成为知识崇拜者和唯物崇拜者，我们执着于眼见之物，而很难去思考那引领我们精神向上的永恒存在。

从2011年起，我也陆续参与一些乡村建设团体的活动，并成为他们的志愿者，做宣传员，给学生上课、座谈，或到一些实践点去考察，和各个行当的人一起开会、探讨。那是一个全新的领域，他们是真正的实践者，在乡村和城市的边缘奔走、呼喊，或默默地做着可能完全失败的种种努力和实验，他们所面临的困顿、挫折和所表现出的勇敢是坐在书斋里面的知识分子所无法想象的。我敬佩他们。不管他们的观点、行动是什么，彼此之间有多么大的分歧，有这样一群人在，就有逆主流的声音在，他们给这个正在飞速城市化的国度提供了另外一种可能的空间和存在。

但是，就内心而言，必须承认，其实我没有那么大的热情，我好像只是为责任而做，我并不习惯于这样的行动和形象。我害怕参与任何一种团体和富有进取心的活动，害怕行动，害怕被裹挟其中，害怕无休止地面对人群和各种庞大机器。有时候，我能感觉到某种具体的社会力量压迫而来，迫使你去进行二元对立的站位和叙述。我不喜欢这样的感觉。当然，不可避免地，它也包含着，你不愿意为此付出时间和精力。

我终究只能、也更愿做一个旁观者。我更习惯于一个人悄悄在生活中行走，感受着世间万物压过来的痛苦和充实。我喜欢分析、体味这世间万物的复杂、混沌和难以辩解，喜欢走向那杳无人迹的林中小路，它能带我通向幽深之地，虽然那幽深之处可能什么也没有。我始终只能做一个写作者和研究者。

"旁观者"，或"写作者"，是否会有真正的痛苦，是否能够完成你和你写作对象之间的道德建构？当那张网、那只小鸟就在你的视界之内，你是选择做一个旁观者，还是行动者？一个写作者、思考者的"生活实感"能否从"旁观"处得到？如何才能够多穿透这"实"进入更为宽阔的"虚"的层面？这或者是我一直要追寻下去的问题。

追寻当年重返梁庄的原因、意义和写作中的困顿，五年之后，也并没有找到真正的答案。但是，我似乎看到了前面重峦叠嶂的山峰，看到它的轮廓和多样的迷雾。有"物"对应，有真切的怀疑、思考和问题意识，对于任何一个妄图寻找精神存在的人来说，都是一种幸福。虽然仍然是不可避免的虚空，但不是虚无的虚空，而是实在的虚空。我要弄清那"实在"如何产生出虚空，寻找那虚空背后的方向和精神的褶皱。

我似乎获得某种力量，再次返回书斋。

第二辑　文学在树上的自由

爱的形式

一

有一天，也许是一个午后，我记不得是哪一时刻了，只记得当时阳光正好，明亮但不刺眼，安静又不寂寥，光线非常舒服，我又一次读卡夫卡的《变形记》。每年给本科生上课，我都会再读一遍，像例行公事，也像朝圣。

像往常一样，我看着格里高尔张着细腿四处躲藏，体会他的绝望、悲哀和祈求，也像往常一样，我带着嘲讽的意味观察他父母和妹妹的言行举止，感受资本世界的冷漠、丑陋和虚伪。可那天似乎不一样。也许是空气过于温和，以至于我的头脑里弥漫着不可原谅的糊涂的软弱，我突然对格里高尔的妹妹产生了感情。我的道德感变得非常可疑。我本来应该充满嘲讽和悲悯，憎恶并批判他们的无情，但是，当格里高尔终于死去并被女仆打扫出门时，我竟然跟着格里高尔的父母亲和妹妹一起变得轻松，感受到温暖的阳光。那是一种与自然相关的和煦的轻盈，是幸福生活即将再次来临的充实之感。

可是，这是不应该的啊。

我重又回到开头，认真阅读一遍文本，揣摩我这一情感的来源。我发现，这一可疑其实来自于卡夫卡充满逻辑并富于意味的细节描述，他用一个个细节让我们不得不认同妹妹的情感。小说中，卡夫卡变换着花样描述格里高尔作为甲虫的物理特征，难看、肮脏的身体，充满恶臭的黏液，并且，随着甲虫属性的增多，他的情感变得迟钝，行为越来越怪异，而在关键时刻，他又毁了一家人重整旗鼓开始新生活的希望。读这些文字，再同情格里高尔的读者也禁不住浑身起鸡皮疙瘩。要知道，我们越厌恶他，越会为妹妹从爱、怜悯到厌恶并最终抛弃格里高尔找到合理的解释。

我发现，是卡夫卡让我心生幸福感的，并非是我那一刻的软弱。或者说，那天下午懒洋洋的阳光让我突然窥视到文本内部的另一种真相。

这简直可称之为文学史的重要时刻。

背叛格里高尔的不是他的妹妹，而是不可抗拒的对阳光的温暖感受和充满青春活力的身体。自然界里的一点点美好、时间的一点点流逝就足以打败人类一代代用知识和血肉构筑起来的文明围墙和道德高度。

在结尾部分，卡夫卡的笔调流畅清晰，甚至可以说带着明显的抒情，和前面压抑阴郁的叙述几乎完全不同。但是，又因为太过流畅，幸福感过于强烈，我们马上开始怀疑自己并且感到惊恐，感到丝丝的凉意慢慢渗透进来。

为什么？卡夫卡为什么让我们从生理上厌恶格里高尔？难道只是在为妹妹的行为寻找理由？

昆德拉在《被背叛的遗嘱》中提到小说中"嘲讽的关系"，他认为"人们在小说中找到的任何一种表示都不能被孤立地看，它们的每一个都处于与别的表示、别的境况、别的动作、别的思想、别的事件的复杂与矛盾的对照中"①。从表面看来，卡夫卡写的是格里高尔变为甲虫之后的一系列遭遇，难看、肮脏的身体，公司的冷酷无情，父母、妹妹的背叛，可是，不知不觉中，我们的情感发生了偏移，卡夫卡没有因为要对父母和妹妹嘲讽而有意忽略格里高尔变为甲虫后的物理属性。没有，他没有忽略他所创造的情节内部的真实性。甲虫是具有真实物理性的甲虫，细腿、厚壳、黏液，他甚至不放过他喝牛奶时的不适感。甲虫越是真实，小说内部的对应关系越扎实，甲虫和格里高尔之间的分裂也愈发真实，妹妹的变心才更合理。换言之，作为读者的我们变心也更合理。这就是昆德拉所言的"别的思想"。

这才是真正的可怕之处。

我们为什么也同样轻松起来？毫无疑问，我们和格里高尔一家一样，已经无法容忍这只甲虫了。但是，为什么马上又感到背脊阵阵发冷？这是因为，卡夫卡在精确描述作为甲虫的格里高尔的同时，把具有人的属性的格里高尔的痛苦同时展示在我们面前。我们感受到他的痛苦，却又无法抑制自己去厌恶他，因为这是我们的本性。如果说，妹妹的不爱是因为格里高尔已经变形，无从知道他内心所想，因此可以原谅自己，那么，作为读者的我们对格里高尔的内心所想，他的善良、他对家人的关注、他的渴望却是清清楚楚的。可是，我们仍然忍不住厌恶他。在某种意义上，我们比妹妹更加无情。

---

① 米兰·昆德拉：《被背叛的遗嘱》，上海人民出版社，1995年版，第186页。

爱是有限的，也是利己的。这是人的本性之一。卡夫卡伟大的地方不在于他写出了格里高尔父母和妹妹的无情冷漠，而在于，他写出了普遍之人性。不是资本主义社会中人性被异化，而是，不管任何时候、任何国度，也不管任何性别、任何种族，人性都是如此。卡夫卡既认同人的这一有限性，同时，又嘲讽这一有限性。他让你和格里高尔一家一起轻松地走向春天，却又为这轻松而无比惊恐。这就是文学的力量。你既身在其中，又是一个旁观者。你看到了一家人重又联结在一起的爱，同时，又看到这爱内部的漏洞、脆弱和不堪一击的特点。

但是，你也不能说，格里高尔的父母和妹妹之间的爱就不是真的。你无法完全肯定他们，但也无法否定他们。就像，突然间，你无法认识并确定你自己。

卡夫卡给我们一种崭新的关于爱的形态。这是他的贡献。

二

文学不单单表达爱，更重要的是表达爱的形式，它的复杂、暧昧，甚至，悖论的存在。

我们并不如想象的那样了解自身。

我忍不住想举第二个例子：库切的《耻》。这本书最让人难以理解的情节是露西被南非当地人侮辱之后所做的选择。当女儿露西被强奸后，父亲卢里非常愤怒。他要露西报警，要露西离开南非到荷兰的母亲那里去。但是，露西不同意，不但不同意，并且，纵容这些侮辱过她的人继续在她的土地上生活，还决定让他们来管理她的土地，以换取在这片土地上生活的空间。这让身为白人、知识分子精英的教授父亲卢里极其无法理解。卢里无法理解露西的选择，明明可以惩罚他们，明明可以离开，可以离开这肮脏的、毫无希望的生活，可是，露西却选择留下，承受羞耻。

　　库切为塑造这一生活的无望性，先从卢里勾引女学生被开除写起（他也可以申诉，公开道歉，以保留教职，但他拒绝了，因为他觉得这不是简单地承认是否强奸的问题，而是他的尊严问题）。接着，他来到女儿的农场，通过他的眼睛看普通白人在南非的生活，露西的农场、爱情和她朋友的生活。这可以说是普通白人在非洲生活的缩微图景。库切让卢里完全以一个局外人视角审视这片土地，他看不到希望，他看不出露西待在这里的意义何在。他希望露西离开南非到法国去，那里有优雅的、美好的生活在等着她。

　　露西拒绝了他。这一核心情节，库切的说服力并不强。他没有让我们充分信服女儿留在南非的原因。

　　但是，在这一过程中，我们看到一个非常清晰的景象：一个白人姑娘，她试图把自己镶嵌在那片黑色的土壤之中，她想成为其中一部分。她不想作为异己，不想作为暂居者，她没有退路——那退路只是她父辈的。在这里，我们看到，教授那一代的精英主义和一整套现代文明的规则在女儿这里完全无效，或者说，作为外来者的教授，脑海里面还有一个现代文明的乌托邦——欧洲文明。这一文明幻象可以支撑教授在备受挫折的生活内部寻找逃避的可能。但是，女儿露西没有。露西生长在这片土地上，她只有这一片土地，那个幻象的欧洲文明不能成为她情感的终极依托。

　　露西与南非这片土地，究竟是怎样的关系？

毫无疑问，也是一种爱，一种在遭受到和当年非洲所遭受的同样屈辱之后才能够获得资格的爱。露西是欧洲文明入侵南非之后的遗留物，她是在替父辈还债。她的被强奸就像欧洲对南非的入侵。只有还了这个债，露西才能够获得在这片土地居留的资格。所以，露西对父亲说："我只知道，我不能离开。如果我现在就离开农场，我就是吃了败仗，就会一辈子品尝这失败的滋味。……我知道你是一片好意，但你却不是我所需要的领路人，至少现在不是。"①

　　很难理解这种爱。我们能感受到这一爱中所包裹的文明的冲突，能感受到身在困境中的露西，甚至，能感受到她试图扎根于南非土地的决心的来由，因为，只有不再逃避，只有也经过同样的境遇，白人和黑人才能真的平等共生于这片土地上，就像浴火后的重生。但是，作为个体的露西，为什么就该承受如此沉重的命运？

　　至少有一点我们很清楚：露西是作为一个南非人来应对她的种种遭遇，而卢里教授，仍然是以一个外来者身份来思考问题的。以此角度，我们再来思考露西的选择，可能会略微明白一些。

　　库切思考的不只是个人之爱，他在思考人与历史、与文明之间的关系。没有哪一个人是单独的个人，每个人都身处历史洪流之中，并且，要经受这一洪流的冲击。露西对南非、对她的农场的爱可能就是试图在洪流中扎根的决心，而她所遭受的耻辱是她在为历史赎罪。

　　文学并非在确定爱的形式，它是在发现爱的形式的多样

---

① 库切：《耻》，译林出版社，2010年版，第186页。

性，并且，思考这些形式之于人的意义。

什么是爱？它可能是一种向往，一种努力，一种向死而生的决心，也可能，仅仅是一刹那的疼痛的感受。

在格雷厄姆的《权力与荣耀》中，逃难的神父看着自己的女儿（私生），突然发现，"尘世已经进入她的心坎，正像水果里已出现一小点腐烂的果肉。没有任何东西保护她——没有仁慈，也没有魔法能叫她免于毁灭。神父想到这孩子必然要堕落，连心都碎了"[①]。"尘世"是黑暗的，神父看到它对人的灵魂的摧毁力。但是，随着逃难过程中一天天在泥泞苦难中挣扎与害怕，神父似乎又感受到这尘世的力量，爱并非就是坚守、超越，也包括恐惧、软弱，甚至堕落。远藤周作的《沉默》也在探讨同样的问题。主教弃教并非背叛，而是为了那些普通的教民。从表现看来，主教背叛了上帝，可是反过来，也可以说，弃教是对上帝最大的爱。

乔伊斯的《死者》中，男主人公加布里埃尔有一颗敏感、热情和善良的心，整个圣诞的夜晚，他都在表演、迎合，为了让每个人满意，他的姨母、他的妻子，包括看门人的女儿李莉，他为拥有她们的爱并为自己理解她们而感到开心。但是，当他对妻子再次突然涌上最深厚的情感的时候，妻子告诉他她正在思念那个为她而死的少年。一个死者的爱，他永远没有机会去竞争。那个十八岁的少年为爱而死，这是最坚不可摧的纯粹的爱。因为生命已经逝去，那个男孩

———————
① 格雷厄姆·格林：《权力与荣耀》，上海译文出版社，2012年版，第120页。

只活在爱人的记忆中，不用再遭受现实中时间的一点点吞噬。而在现实中，就像我们的主人公，他如此卖力表演，换来的却只是爱人深刻的对他人的回忆。

如果我们只读到此，也许会觉得，乔伊斯是在嘲讽庸常、自以为是的小资产阶级情感。如果小说到此结束，也会非常完整。但是，乔伊斯把笔宕开，他写到死亡："一个接一个，他们全都要变成幽灵。"写到加布里埃尔因这死亡和幽灵的存在而对妻子重新充满感情："大量的泪水充溢着加布里埃尔的眼睛。他从未觉得自己对任何一个女人有那样的感情，但他知道，这样一种感情一定是爱情。"写到整个世界的存在："……雪花穿过宇宙轻轻地落下，就像他们的结局似的，落到所有的生者和死者身上。"[①]

前半部分的嘲讽被一点点消融。每一个读者似乎都化作雪花，和加布里埃尔同在宇宙间飘落，无限轻盈且爱怜地接触世间每一样事物，平原、土地、树木、教堂、十字架，也包括姨母的房屋、马车和李莉等等。

没有谁更高级，更有资格嘲讽别人。作家也是一样。此刻，乔伊斯完全超越了他在写作《都柏林人》时所说的"我的意图是写我国的道德历史"，他写的是人类普遍命运的悲哀，以及在悲哀中所产生的平等，在这其中，包含着一种对世间所有事物的柔情。

好的作品不会停留在爱与恨的二元对立层面中，也不会只满足于嘲讽和否定。嘲讽，或者反讽，都只是手段和方

---

① 詹姆斯·乔伊斯：《都柏林人》，上海译文出版社，2010年版，第261—262页。

法，它最终的目的是要超越于它所描述的对象，给人带来更宽阔的向度。

三

似乎也不尽然，譬如，关于母爱。莫里亚克的《母亲大人》、D.H.劳伦斯的《美妇人》和《儿子与情人》，这三部小说都是关于母爱的书写，唯有"震惊"一词能表达我二十岁左右阅读时的感觉。就好像是经受到了一次情感地震，原来，母爱里面居然包含如此可怕的毒液，更可怕的是，你无法逃离，你眼睁睁地看着自己腐烂于其中，却无处可逃。它所呈现出的不是《孔雀东南飞》中那受封建礼教毒害的母爱，而是人的某种恶毒的隐秘本性。就劳伦斯而言，《儿子与情人》远比《美妇人》要好，这是因为，《儿子与情人》给了我们一点缝隙和游移，让我们看到母亲对儿子的控制背后更为深层的东西：煤矿、工人、植物、寂寞、相依为命等等。对普通生活的理解力使得《儿子与情人》摆脱了《美妇人》的绝对和单向度，而多了一些生长性和开阔的东西。

我喜欢里尔克的散文甚于他的诗歌。他歌颂春天，他在人与自然之间制造微妙的通感，情感的瞬间消逝、历史的废墟、文明的残骸，他都有最为敏感、温柔且浑然一体的体验。唯有一次不协调。他说："我的母亲到罗马来了，现在还在这儿。我不常见她，但是——你知道的——每次与她的见面都会让我旧病复发。当我不得不与这个业已完蛋的、不现实的、和什么都毫不相干的、不会变老的女人见面，我就觉得自己从小就被她驱赶，我内心深深地恐惧，害怕自己在年复一年的奔波后还离她不够远，害怕在自己心中的某个地

135

方还依然会有波动，它们是她那已枯萎的神情的另一半，是她随身携带的记忆碎片，所以，她那心不在焉的虔诚、顽固的信仰，尤其是她所依赖的那些扭曲变形的精神叫我感到恐惧，她自己就像一件空空洞洞的衣裳一样挂在它们上面，又丑陋又吓人。"[1]

母亲是他的灾难，是他的巨大障碍和精神牵制，他害怕"离她不够远"。这是里尔克的文字中唯一不带任何温柔情感的句子。我们无从想象他和母亲之间发生了什么，但我们能够体会他深深的憎恶。

如果说里尔克的情感世界是一座在秋天原野里古朴细腻的建筑的话，这一绝对的憎恶犹如突起的棱角，以阴险的姿态昭示着事物的另一层面。

爱与恶一墙之隔，甚至是一体两面。它们就好像是上帝与魔鬼，互为阴影，也互为存在。

四

回到《梁光正的光》。

在厦门的一次读书会上，有一位读者提问：在生活中，如果你有个梁光正这样的父亲，你会爱他吗？如果你不爱他，为什么你会觉得他身上有光，并且，要求大家爱他？

不得不说，这是个非常尖锐的问题。一个如此费事、爱折腾，甚至不体恤子女的父亲，我们为什么要爱他？在严肃、认真地思考之后，我觉得，我，包括那位读者，首先需要弄清楚一个问题：什么是爱？

---

① 里尔克：《里尔克散文》，人民文学出版社，第204页。

最初写作《梁光正的光》的目的之一，的确是想探讨一种爱的方式。

早在做《中国在梁庄》的调查时，我就曾困惑于中国人的情感模式，也说过这样一段话："在中国文化的深层，有一种本质性的匮乏，即个人性的丧失。由于秩序、经济和道德的压力，每个人都处于一种高度压抑之中，不能理直气壮地表达自己的情感、需求和个人愿望。每个人都在一种扭曲中试图牺牲自己，成全家人，并且依靠这种牺牲生成一种深刻的情感。一旦这种牺牲不彻底，或中途改变，冲突与裂痕就会产生。在日常状态中，家庭成员彼此之间沉默、孤独，好似处于一种愚昧的原始状态，但是，这并不意味着他们对这种痛苦没有体会，只是，每个人都被看不见的绳索捆绑着，无法叙说。一旦矛盾爆发，往往极具伤害性。"①

或者，这一现象不只局限于中国文化的内部，而是人类所有家庭关系的内部？这世间，只有血缘亲情是打断骨头连着筋，父亲和儿子之间，彼此互为血肉，诸如"现代个体的独立"这样的词语往往是血缘内部彼此争斗和痛苦的来源，它从来都不是天然的。抚育和被抚育的关系不是简单的亲情关系，里面掺杂着时间、童年、情感和人类所有感官意识的最初来源，也是人类文明之所以以"道德"为根本前提的原因。

梁光正和他的子女们之间的纠缠是爱吗？梁光正为什么不能理直气壮地告诉勇智他们，我爱上蛮子了？不能，因为他是父亲，"父亲"的身份在压抑着作为"男人"的梁光

---

① 梁鸿：《中国在梁庄》，台海出版社，2016年版，第259页。

正。老年的梁光正为什么不能理直气壮地说，我要去寻蛮子了？不能，因为你是父亲，因为你都老了，你该安度晚年了；意思是，你该放下权力，让出你的位置和空间了。

在小说《爱情》这一章中，当弥留之际的梁光正又一次抓住蛮子的乳房时，他说的是："快，赶快，一会儿他们就回来了，""一会儿勇智冬玉就放学了，小峰子也该回来了，咱们快点。"我试图揣摩一个垂危老人在生命末期召回他的爱人时内心所想。我想，即使认为自己最爱父亲的大女儿冬雪也不会意识到，其实，在很多时候，他们也是梁光正追求个人情感的障碍。子女们埋怨、责怪梁光正，却从来没有想到，作为一个男人，梁光正为他们付出的太多太多。

这一点，也是我在写作过程中越来越清楚地意识到的。

反过来，子女们不爱父亲梁光正吗？勇智、冬雪、冬玉、冬竹和父亲所有的争吵、拌嘴都只围绕一个内容：爱，还是不爱？爱多少，爱谁更多一些？

即使如暴风雨般的冬雪，难道我们看不出她对父亲最深的情感？她挂在嘴边的一句话是：你们谁都没我稀罕他。她反对他，是因为她知道他的行为带给他和大家的都是伤害；她又同意他，是因为她知道怎么劝他都无济于事。她在寒冷和酷热之间迅速转换，做出很多不合常理之事，确实唯有一个原因，她最在意父亲。

这就回到那位读者的问题上：如果梁光正是我父亲，我会爱他吗？我想，我会和冬雪一样，强烈地怨他，但也会和冬雪一样，是如此爱他。怨多深，爱就有多深。

勇智对父亲的爱则是另一种表现形式。他一直嘲讽父亲，不管任何时候，他都以思辨的方式审视父亲，其实，他是在审视自己，为自己无法成为父亲那样的人而焦虑。父亲和儿子之间，既相互抵触，又相互模仿，好像一个是另一个最亲密也最莫须有的敌人。我们并不清楚爱是什么，我们总是以为我们不爱，或者，以为我们彼此相爱。我们的生活内部好像缺乏这一能力，我们不愿意面对自己，或者，很难朝内心张望，对自己进行一点点批判和反省。

梁光正的"光"不是"光辉""灿烂"的意象，它是一种爱的强度。它强迫你面对过去，面对自我，它把一切裸露出来，让你不得不面对。爱是真实的，伤害也是真实的，两者几乎是一体两面的存在。

这里面还涉及一个问题：我们如何理解一个人？

梁光正的行为不合乎常理。这"常理"指的是文化规则里面的常理，譬如说，为子女献身，做好一个父亲，老老实实认命，识时务者为俊杰。有人会说，他好像一心为大义，但其实伤害了子女，难道他这样是合格的父亲吗？现代以来，我们最大的教育就是，自私是合理的，顾自己的小家并不可耻，甚至，是更为重要的。

其实，如果稍微仔细阅读文本，便会发现，梁光正所谓的大义其实只是生活中最平常的道德准则，古道热肠，嫉恶如仇，他所做的事情也并非是具有重大社会价值，他只是按照他天然的性情生活。他并没有抛弃子女，在妻子麦女儿活着的时候，他全部的身心都在为这个庞大的家庭找食物和照顾麦女儿。

问题就在这里：一个只是偶尔脱轨的人为什么会遭受如此大的苦难？他谨慎而又大胆的创业为什么都显得好高骛远？我们再进一步想：那些不创业的农民呢？难道就过上

好日子了？这些难道不是作为一个农民的必然命运？在村庄里，梁光正识文断字，对时势颇有判断，他并非盲目创业。他唯一的错误可能在于，他不甘心于命定的形象，他想折腾出一片天地来。他天真地以为，只要他按照逻辑，找到规律，他就可以成功，他不知道，这世间还有别的逻辑。所以，梁光正只是一个天真的梦想家。

说了这么多，好像我懂得梁光正似的。

其实，我不懂得。从他塞给蛮子五千元钱，并且召唤蛮子、小峰重又回到他们一家的生活开始，我就控制不住了。以至于最后，当梁光正渴望蛮子，伸手抓住蛮子的乳房时，我简直有些惊心动魄了，我和他的子女们一样，目瞪口呆地看着他。我不知道他会做什么样的举动。

我无法找到终极答案，我不知道哪一种爱才是纯粹的爱，也说不清楚人类关系内部究竟有多少个通道。

我唯一清楚的是，我反对在小说中进行绝对化的判断，譬如，以一种虚无、绝望或荒诞为终极判断；譬如，以绝对的恶来作为文学中表达人性的基本态度。在这个意义上，我不喜欢奥康纳的《好人难寻》，虽然它是一篇好小说。它提供的恶的形式太单一了。绝对的、毋庸置疑的、无逻辑的恶，没有给人留下任何思辨和游移的空间。

五

"一个民族怎样思维，就怎样说话，反之亦然，怎样说话，就怎样思维。"德国哲学家赫尔德之所以这样说，是因为他认为语言和思维是一体化的。语言的方式就是你所在的生活群体的形象，其实，或者说，是你个人思维形式的外现。

一个写作者，让他的人物穿什么衣，做什么样的表情，说什么样的话，什么样的腔调，什么样的词语，都需要精心的安排，因为，你必须在你的语言中表达人物的全部情感。

我们经常说福楼拜的《包法利夫人》是现代小说的鼻祖，客观、冷静，极为清晰、准确地捕捉现实生活的内部和人性景观。其实，还有另外更重要的一个层面，那就是，他赋予这个庸俗的、被小资产阶级情怀所败坏的女人最基本的人性。正如波德莱尔所言，在虚伪不堪的永镇上，"唯有她，具有英雄的种种气度"[1]，飞蛾扑火般地扑向她以为的爱。即使包法利，这个石头一样毫无个性的男人，福楼拜也给他留有空间，那就是对美丽圣洁的爱玛的爱，他拒绝接受任何对爱玛的指控。反而是那些庸人，福楼拜没有留任何空间[2]。

于是我们看到，一方面，福楼拜精准又充满嘲讽地描述现实生活，包法利夫人做作的虚荣和肤浅，夸张的腔调和对法国世俗生活和庸人的嘲讽；同时，在这嘲讽中，又夹杂着细微的其他旋律：朴素的同情、怜悯，刹那的纯洁和悔悟，等等。如包法利初次见到爱玛时那落在肩膀上的光。虚荣和天真、肤浅与深刻、夸张与真挚在文本中同时存在，相互冲

---

[1] 波德莱尔：《论包法利夫人》，载《波德莱尔美学论文选》，人民文学出版社，1987年版，第57页。

[2] 纳博科夫：《文学讲稿》，上海三联书店，2005年版，第114页："'福楼拜'笔下的'布尔乔亚'这个词指的是'庸人'，就是只关心物质生活，只相信传统道德的那些人。福楼拜使用的'布尔乔亚'指的是人的心灵状态，而不是经济状况。"

突，又互相消解。你会发现，我们对人物的情感和判断常常会受制于嘲讽却又为朴素的纯真所动，它们之间形成一种张力，使得读者很难对人物做出单一的价值判断。我们不喜欢包法利夫人，但却很难憎恶她。

换句话说，这正是包法利夫人的情感形式。即使她说的全是俗不可耐的、从浪漫小说里模仿而来的情话，我们仍然能感受到其内部的纯真和勇敢。

在写《梁光正的光》时，我一直在琢磨，一种什么样的语言能够表达冬雪和一家人那种黏稠的、无法分割的关系？最后，我选择了一种怒气冲冲的、激愤芜杂的、滔滔不绝的语言，几乎全是无主语，指涉模糊，即使她只对勇智说话，你也能感觉出来，她同时在和这个家庭的所有人对话。在她的思维中，过去和现在、历史和现实同时叠加在一起，它们共时存在。

勇智，是一种微讽的语调；冬竹，她嘟嘟囔囔，从来没有说出来过一句完整的话；冬玉，以清晰的冷静的话语试图遮蔽她仍然在颤抖的心，她始终没有从那场灾难中恢复过来。他们彼此伤害着，但都渴望着，并以自己的方式试图维护、寻找以为失去的爱。

唯有死亡才能炸裂这冰封的表面，才能让那一盆"白腻腻油乎乎的……谁也分不清谁，谁也无法离开谁，好像一群逃难的人，被霜打得有气无力，挤挤挨挨，无处可去，又相互厌恶"的炖菜认清彼此，并找到各自的情感。

这也是小说最后那场葬礼的源由。

当然，也有读者指出，你就是偏爱写死亡。也许吧。

六

好像还要回到一个最根本的问题上：为什么要写？为什么要写这个，而不是那个？这个话题如此古老，几乎像一个谜语。

我又想到里尔克。这个最敏感又最自相矛盾的诗人，他和卡夫卡，都有着一双被火焰包围了的或者即将被海水淹没了的眼睛。火焰或洪水倒映在眼睛里，他们一眼不眨，盯着即将到来的灾难，无限恐惧又无比冷静地记住这末世的每一细节。

里尔克这样回答："只有一个唯一的方法。请你走向内心。探索那叫你写的缘由，考察它的根是不是盘在你心的深处；你要坦白承认，万一你写不出来，是不是必得因此而死去。这是最重要的——在你夜深最寂静的时刻问问自己：我必须写吗？你要在自身内挖掘一个深的答复。若是这个答复表示同意，而你也能够以一种坚强、单纯的'我必须'来对答那个严肃的问题，那么，你就根据这个需要去建造你的生活吧；你的生活直到它最寻常最细琐的时刻，都必须是这个创造冲动的标志和证明。……用深幽、寂静、谦虚的真诚描写这一切，用你周围的事物、梦中的图影、回忆中的对象表现自己。"①

"万一你写不出来，是不是必得因此而死去？"我也借此问我自己，有没有达到如此的地步？想起写《梁光正的光》时那种冲动、烦躁和不安，我一天都不能等了。每一天

---

① 里尔克：《致一位青年诗人的十封信（第一封）》，载《里尔克散文》，人民文学出版社，2008年版，第191页。

的琐事，每一刻的推迟，都像毒药一样，我急着坐到书桌前，沉浸到梁光正的世界中，以跟着他一起开始行程。

从创作角度看，也许太过任性。"不得不写"不是来自于理性，而是来自于直觉和冲动。我始终无法绕开那些冲动，它们在我的胸腔来回冲撞，要是不坐下来拿起笔，我真的会生不如死。

但我真的热爱这样的冲动。

我想，这也是一种爱。这爱，成为具有强大动力的孵化器，就像《星球大战》中的能量棒，热烈地催生一个个人物、一串串话语，就像一朵又一朵花，次第开放在原野。不管美丑，它们都有火热的内核。正是这一内核，让梁光正生光，并因这光而照出生活内部的种种景象。

你没事吧，妈妈？

——读奥兹《爱与黑暗的故事》

家　庭

很奇怪，当你从略显冗长和叠沓的叙述中跳脱出来时，你意识到奥兹是一个充满思辨和现实感的作家，但是，当你在读他的作品时，你感觉到他只在写家庭，他所有的文字都似乎在喃喃自语、回环往复地剖白着情感：夫妻、母子、父女，爱、婚姻、亲情。丝丝缕缕的爱意，从字里行间攀爬出来，诱惑你，使你进入一个感伤、残酷而又无限繁复的深渊。爱是深渊，生命本身是一口虚无的井，有些微的光亮从暗处映现，却不是为了你的生存，而是为了引你走向死亡。

《爱与黑暗的故事》是奥兹最著名的、带有半自传性质的小说。这是一部迷人的小说，哀伤贯注全篇，作者努力凝视过去，试图在尘埃般破碎、断裂的回忆中寻找母亲自杀的原因。在此过程中，过往的一切，父亲、母亲、祖父、外祖父，他们的形象、性格，他们的内在秘密，痛苦、失去和损伤逐渐浮现出来。

悲伤，是家庭内部最深的秘密，甚至难以启齿，尤其是这种悲伤来自于整个族群的自卑和孤独，来自于几千年的流浪和被遗弃时。就好像一个人童年时代的创伤，在成年世界里，很难再次叙说，因它已经凝结成一个暗处的疤。

对于"悲伤"，奥兹有不同层面的诠释。在"我"和父亲母亲的这个小家庭里面，悲伤就是沉默，不言说。父亲和母亲之间有太多欲言又止的东西，他们彼此了解，知道自己仍然无所归处，日常生活的困窘进一步加重了这一沉默的色调。悲伤既是他们的同谋，又是他们之间的阻隔。

家族成员身上的政治狂热症，其实是"悲伤"的另一种表达形式。父亲孜孜演讲以色列的政治，约瑟夫伯伯沉浸于复国主义的狂热，奶奶努力清除自己身上并不存在的"细菌"，母亲在忧郁中试图于日常生活中寻求安慰。"政治"，如同奶奶身上莫须有的细菌，附着在人上，让人发疯。这是一种心理疾病，也是非常典型的难民心理，它如同一个黑洞，吞噬着他们的精神和生活。

从第十三章到十九章，作者以少见的诙谐语调，讲述爷爷奶奶的家族史。作为说俄语的犹太人，他们从俄国到美国，又从美国回到俄国，最终来到耶路撒冷。他们对宗教的游移，其实是人性、战争和身份所属不断拉扯的结果："这些来自东欧阴郁的犹太乡村，黎凡特人普遍追求感官享受令其感到困扰，乃至于通过建立自己的隔离区抵御其威胁。"每个人都在一种沉重的集体无意识中生活，历史的重压及新的生活所形成的新的割裂无法不影响每个人。个人的命运被裹挟其中，即使没有战争的大灭绝，文化的无所归依，生活的游离，被迫的各种选择，都使人心生绝望。

"家庭"，作为"宇宙中最神奇的元素"，它包含着冲突、悖论和人类的悲喜剧。奥兹的作品包含着对以色列历史和政治的探察，但他并没有通过家庭来寻找以色列的命运，而是致力于呈现以色列命运如何渗透、改变、塑造家庭及家庭中人物的命运，他的最终目的是呈现个人的存在形态。或者说，他致力于呈现：家庭，作为人类生活的基本纽带，它以何种悲剧的方式把大的社会冲突——收纳并化为血液，由此生成个人的命运轨迹。

作者用一种追寻式的语言，带着个人的疑问、痛苦，寻找那被语言和生活遗漏的一部分，寻找那些消失的亲人，而他们，都在集中营被毁灭掉了。不是被记忆遗漏，而是实实在在消失了。这是家族里无法言说的存在，正是这样的存在构成根本的悲伤和黑暗。

在小说一开头，作者写全家一起去给亲人打电话，里面夹杂着一句成年以后的感叹："但这不是开玩笑：生活靠一根细线维系。我现在明白……"成长之后，这简单的生活情节背后的沉重和恐惧才被意识到，哪怕是最普通的日常生活，也因战争而变得无比珍贵。

在奥兹的小说中，有一个词必须注意：欧洲。对于以色列人而言，它不是某种知识体系，或某种修养和谋生手段，而是个体生存所面对的实实在在的疼痛。上一代犹太人在欧洲教育中长大，欧洲是他们的"家"，地理意义的和心理意义的，那是他们的"应许之地"。但是，在不断地被"清洗"中，"家"变成了敌人，比传统的敌人更彻底。

这是犹太人几千年以来流浪史的再次呈现，赖以为家的欧洲遗弃了他们，而希伯来语也并不是他们的母语，他们也无法理解正在以色列兴起的集体乌托邦主义。个体的尊严、美好和理想，在这样的多重遗弃中，难以抵抗。这些接受了欧洲文明的归国以色列知识分子精神上无所归依，既要面对被欧洲遗弃的命运，也要面对以色列国家主义的批判。

"我父亲可以读十六种语言，讲十一种语言，我母亲讲四到五种语言，但他们非常严格，只教我希伯来语。"父亲会十六种语言，但都已变得不合时宜，父亲一生只能是图书管理员，那个时候的耶路撒冷，拥有博士学位的老师比要来上课的学生多。而他的希伯来语也经常说错，祖父也是，因为希伯来语也并不是他们的母语。

回到耶路撒冷，这些在欧洲成长的犹太人面临着身份的错位和多重的失落。

但是，"在那些年，在我的童年时代，我们从来没有交谈过。一次也没有。一个字也没有。没有谈论过你们的过去，也没有谈论过你们单恋欧洲而永远得不到回报的屈辱；没有谈论过你们对新国家的幻灭之情，没有谈论过你们的梦想和梦想如何破灭；没有谈论过你们的感情和我的感情、我对世界的感情，没有谈论过性、记忆和痛苦。我们在家里只谈论怎样看待巴尔干战争，或当前耶路撒冷的形势，或莎士比亚和荷马，或马克思和叔本华，或坏了的门把手、洗衣机和毛巾。"

"欧洲"，已经变为一个不可言说的暗伤，埋藏于每个人的内心，构成悲伤的一部分。

那么，知识呢？全世界的犹太人都被召唤到以色列，知识是最不匮乏的东西。

以色列著名学者，"我"的约瑟夫伯伯，一个身材纤弱的、爱哭的，喜欢高谈阔论的，夸大自己重大作用的知识分子。在以色列国，他们也享受着特权，却同样是琐碎和世俗的（约瑟夫伯伯一生和阿格农先生进行着可笑的明争暗斗）。在他们的身上，有着受伤者典型的夸张人格。作者用一种杂糅的、略带嘲讽的语言把约瑟夫伯伯身上的矛盾性，以及以他为代表的知识分子在以色列的尴尬处境给描述出来。

知识变得陈腐，耶路撒冷的文化生活带着些做作，并且对于以色列的现实而言，它是苍白而无用的。

哪怕再小的一个家庭，都包罗万象，它所折射出的光线通达无数方向。任何一种历史，无不由个体的命运和痛苦组成。但是，当我们在叙说时，我们总是容易忘掉个人，而是去讲述集体，总是容易忘掉个体的悲欢离合，而去讲述必然律。奥兹用一种枝枝蔓蔓的笔触，把家人间的相互凝视和追寻嵌入历史的最深处，或者，不如说，他让我们看到，正是这些凝视和追寻构成了历史的本质。

你没事吧，妈妈？

第五十九章，作者第一次触及"我"对母亲的最后记忆。在阴冷的天气里，母亲和我去图书馆找父亲，并且相约吃饭。这本是极为平常的事，但是，读到这一章节时，却让人震颤。

"你没事吧，妈妈？"一个儿童，在和母亲出去逛街的过程中，连续四次担忧地问母亲。这句话就像悲伤的旋律或某种可怕的预感，一直回旋在儿童的心里。他充满天真的问话就像一种不祥的预言。

母亲究竟有着怎样的眼神、怎样的步伐和怎样的言语，让一个还处于混沌时期的儿童有着如此的预感？我们不知道，奥兹也不清楚，因为当他说这句话时，他还没有想到死亡，虽然这句话里已经包含着死亡的阴影。

"许多年来，我因为我的母亲丢下我结束自己的生命而感到气愤，因为我的父亲失去我的母亲而感到气愤。我也生自己的气，因为我想肯定是我在哪里出错了，否则我的母亲不会选择自杀。"正是在这样的情感之下，奥兹进入了迷宫一样的回忆之中，他拜访死者的幽灵，重新进入过往的生活，复活每一个人，复活他们的相貌、举动和思想，直到追寻出母亲自杀的真正原因。

也许自杀只是一瞬间的行为，但是塑造自杀这一想法的过程却是漫长而琐细的。一个人精神内部的坍塌，谁能说得清楚？母亲的忧郁从何开始？她公主般的童年，正值反犹浪潮兴起的布拉格求学，初到特拉维夫和耶路撒冷的日子，到底都经历了什么？她在寻找什么，又失落了什么？奥兹把叙述交给了索妮娅姨妈。

"你们这些出生在以色列的人，永远也搞不懂这一点一滴如何慢慢地扭曲你所有的情感，像铁锈一样慢慢地消耗你的尊严，慢慢地使你像一只猫那样摇尾乞怜，欺骗，耍花招。"姨妈这句话包含着沉痛的经验和生命的感受。作为富家出身的女儿，母亲从小生活在一个完美的世界中，纵使她的身边有残酷而又绝望的生活（父母不幸的婚姻，同时爱上一个男人的母女，酗酒卖地的上校和他被大火烧死的老婆），也因她的教育和身份几乎视而不见。

母亲一直生活在一个浪漫的、纯粹精神的状态中，她希望自己未来的家庭也是如此。直到1931年去布拉格上大学，欧洲的反犹主义激烈尖锐，那时，母亲的精神才开始遭遇现实。

庸俗与现实，确信与怀疑。突然间，生活呈现出另一个面目，残酷，毫无缘由。只因你是犹太人，不管你如何优雅、美好、自尊，这唯一一个不可去除的身份就可以将你打入黑暗之地。琐碎的生活本身、父亲对政治虚无的狂热、历史的突然狰狞、文学的浪漫主义等等，这些看似不经意的东西都成为重压，压倒母亲疲惫的心灵。

母亲为什么自杀？也许，是因为她无法看到尊严遭受打击，她无法承受那过于沉重的历史，无法想象那毫无理由的屠杀，无法忍受这庸俗、无望的生活，"她无法忍受庸俗"。

"父亲嗜好崇高，妈妈则沉醉于渴望与精神尽兴"。在日常生活中，父亲沉迷于政治，母亲却不关心，或者说，她希望能够面对自我，以此找到真正的自己，政治的、国家的高义，在某种意义上，是以消解个人、自我为前提的，哪怕它们以"正义"的面目出现。

在整个耶路撒冷都处于一种狂热的政治辩论之中时，母亲格格不入，好像一个旁观者，更像一个叛徒。她陷入迷失之中无法自拔，冷漠、脆弱、阴郁。她的阴郁似乎在反证着一件事：政治的激情只是一种虚妄，无法对抗四分五裂的生活，也无法弥补永遭创伤的心灵。也因此，在她和父亲的对话中，她的话语中总"蕴涵着强烈的冷静、怀疑、尖锐奥妙的嘲讽以及永久消逝的伤悲"。

有时，她以讲述过去来表达她微弱的对抗，"若是讲述过去，讲述她父母的住宅或是磨坊，或者是泼妇普利马，某种苦涩与绝望就会悄悄进入她的声音中，那是某种充满矛盾或含混不清的讽刺，某种压抑着的嘲讽，某种对我来说太复杂或说太朦胧而无法捕捉的东西，某种挑衅和窘迫。"有时，她给"我"讲述有关森林的童话，但那童话也总是充斥着杀人和阴谋。

母亲在嘲讽什么？与其说她对那些政治的腔调有着天然的疏离和反思，毋宁说，她对新国家的成立并不持乐观的态度。不是她不想有国，而是她感受到这国之脆弱，预感到这国或者会更彻底地遗忘她所遭受的痛苦。

失眠、偏头疼、忧郁，耶路撒冷的天空是灰败的，耶路撒冷的生活带着细菌、谎言、虚妄，那是耶路撒冷几千年的分裂、犹太人几千年的流浪带给母亲的。

也许，从两千年前，犹太人在大地流浪之时，母亲的痛苦就已经开始了。

围绕着母亲自杀，奥兹探讨爱与伤害的生成，探讨个体内部精神的崩溃与族群命运之间的复杂关系。现实生活的丧失、族群的被驱逐、文化的无所归依、新国的虚无等等，这些一点点累积并最终淹没了母亲，也伤害了身在其中的每个人。这是一种内部的失败，紧张与痛苦，荒凉与寂寞，最终带来难以言说的崩溃。但是，谁又能说得清呢？

在写到母亲时，作者的语法几乎是碎片式与随笔式的，文本本身就像记忆一样，呈碎片化，朝不同方向辐射。这一碎片细腻、暗淡，不可捉摸，充满着某种阴郁，却又带着点淡远的温柔。在对私人生活进行考古般追忆的过程中，任何一个微小的物品、事物、动作、神情和感官气味都呈现出雕塑般的重量感。

"你没事吧，妈妈？"小说最后回到一个孩子对母亲的呼唤，以母亲的眼睛看她去世之前上街散步时的情景，想她所想到的过往人生，伊拉的自我焚烧，少年的纯洁甜美，青年的屈辱失落以及死亡的来临。

母亲于1952年1月6日结束自己的生命。那一天，父亲、约瑟夫伯伯，整个以色列的国民正在争论是否应向德国索赔。

以色列暴雨滂沱。

母亲的自杀使奥兹着迷于对女性、女性心灵的探索，他为我们贡献了一系列忧郁、沉思并有着迷人品质的女性形象：《爱与黑暗的故事》中的母亲因无法忍受空洞的政治话语对个体生活的摧毁，无法忍受庸俗而自杀；《我的米海尔》中的汉娜充满细腻的情感和强烈的爱，她对犹太式的"节制"提出抗议和质疑；《了解女人》因女人的自杀而让男人开始寻找生活并发现自我；《沙海无澜》则让我们看到女性的坚韧、豁达和生命力。

女性的疼痛遍布生活的每一细微之处，奥兹对这些疼痛进行最为深入的描述，他爱她们。他似乎有一个执念，所有的故事都是关于爱的故事，而女人，是这爱的中心。

耶路撒冷的道德或"拓荒者"看着你

全人类的痛苦被加载到了耶路撒冷，"父母把四十瓦的灯泡全部换成了二十五瓦的，不光是为了节约，主要是因为灯光明亮造成一种浪费，浪费是不道德的。我们这套小房子总充斥着人权的痛苦……"漫长的、几千年的隐痛在成立新的国家之时，变为一种小心翼翼要维护的东西，因为那是他们成为一体的唯一象征。这是根本的矛盾。建国是要永久消除这一伤痛，但一旦消除，那统一性和合法性又来自于何处？

个人的日常生活变成一种道德生活，首先成为道德禁

153

忌，而他人就是这一道德的监督者和禁忌的缔造者。大家小心翼翼，政治的、集体的要求最终变为自我的道德约束而显示出它的严酷来，所谓的个人空间成为一个必须减弱到无的东西。

约瑟夫伯伯的身体为什么会显得那么孱弱、可笑？他的爱国宏论为什么变得苍白无力？母亲对生活的要求为什么变得那么不自信，且小心翼翼？父亲所会的十六种语言为什么变得多余无用？

因为这背后有一个新人的比衬，这个新人，即"拓荒者"。"拓荒者"，类似于"社会主义新人"，生机勃勃的大地力量，乡村、肉体、体力、劳作，这些新人以他们的无私和健康在新以色列国建构一个乌托邦的、充满未来感的世界。与住在耶路撒冷的那群善于享受的、阴暗的、只会清议的知识分子不一样，在"拓荒者"们所住的"基布兹"，每个人的道德是清洁的，他们无私地奉献自己。

"我父亲决定追随著名伯伯和大哥的足迹。就在那里，在紧紧关闭着的百叶窗之外，工友们在灰尘弥漫的公路上挖沟铺设水管。"这是作者习惯性的笔调。当他以庄重的口吻谈到一种理想或知识的时候，随之而来的就是现实生活的形态，当在描述耶路撒冷高雅、陈腐的知识分子生活时，突然间插入来自基布兹的健壮、红润的挤奶女工的广告，形成一种略带讽刺的、矛盾的、双重辩驳的语言（和母亲在给他讲故事的语调相仿）。它们之间相互消解，最后，意义变得暧昧，或者虚无。就像他在叙述约瑟夫伯伯的爱国宏论时，同时也让我们看到约瑟夫伯伯那涨红的脸和突然间的世俗化。

在谈论耶路撒冷的知识分子时，奥兹略带讽刺和一种忧郁的情感，谈"基布兹"的生活形态及"拓荒者"的精神构成时，他是谨慎且思辨的。"拓荒者"们以一种生机勃勃的力量建设充满希望的新以色列国。从零开始，不要历史，不要犹豫，只要行动。所有人都为一个目的劳动，真正的劳动，在荒漠里挖掘前进，在阳光下翻土采摘，阳光、大地，构成一个新的阳刚的以色列，它和耶路撒冷的阴郁刚好构成对立面。

新的对立和压抑正在形成。知识与大地、集体与个人、自由与监督，它们之间呈现出哲学和政治上的分歧。敏感的知识分子生活与简朴的乡村生活，苍白、纤弱与健壮、红润之间，互相嘲讽，并形成微妙的冲突和矛盾。

"教育之家在父亲眼中乃无法驱除的严重危险。红色潮流……"接受过欧洲精英教育的父亲，对"红色潮流"有着本能的谨慎看法，他希望"我"成为约瑟夫伯伯那样的学者和大学教授，坚决反对"我"去"基布兹"，因为他认为那是一种粗鄙的、没有文化的生活。但作为"以色列国家一代"的"我"，在以色列建国的热潮中成长，生活在耶路撒冷苍白的知识圈，每天又看到公交车上那红润、健壮的挤奶女工，在学校接受的也是"希伯来教育模式"（朝着新人和英雄主义方向教育，要求投入到"大熔炉"的集体建设中去，长大后将被送去"基布兹"从事劳动），这样环境下成长的"我"不可能喜欢父亲的生活。

"复兴一代"与"以色列国家一代"，"耶路撒冷"与"基布兹"形成非常实在的对立。这两种身份和两个空间有着天然的分歧和道德上的差异。当面对"建国""大地""无私"这样的名词时，所谓的"个人""知识""权利"很难抗衡，更何况一个正在成长的少年。

作者多重讽刺，但也意味着多重失落。耶路撒冷的生活是不确定的，有着一种让人难以解释的迷惑。奥兹以文学的复杂天性写出了以色列建国时期多重概念、多重元素在普通生活中的交织形态。

"我"要逃避，逃避救赎和复活，逃避父母所失落的、但同时却仍然向往着的那个"欧洲"，"我想让一切停止，或者至少，我想永远离开家，离开耶路撒冷，到一个基布兹生活，把所有书和情感都甩在脑后，过简朴的乡村生活，过与大家情同手足的体力劳动者的生活。"

基布兹的伦理

"基布兹"在希伯来语里是"聚集""团体"的意思，现在成为以色列主要的一种集体社区形式，它是在所有物全体所有制的基础上，将成员组织起来的集体社会，没有私人财产。基布兹的吃、穿、住、行都是集体安排，孩子过的也是集体生活，由幼教乐园集体抚养，只有傍晚一段时间与父母相聚。基布兹在这荒漠之上建造一个个繁茂的绿洲，研发了世界领先的滴灌技术，种植出可供全国食用的农作物和各种各样甜美的水果。在以色列建国过程中，基布兹的作用有非常大的象征性。

这是一个什么样的空间？它让我们想到什么？苏联社会主义时期的集体农庄？新中国建立初期的人民公社？苏联和中国的已经宣告结束，只有以色列的基布兹还存在，并且据说以色列的政界上层有相当一部分人来自基布兹。

从长远的人类文明来看，它们所出现的契机、承载的想

156

象及在现实中的偏差会被无数学者研究，但是，我更感兴趣的是奥兹在写到基布兹时的潜意识及由此造成的独特语感。

基布兹在文中出现的很多时刻，都直接构成了对耶路撒冷知识分子生活的嘲讽。这一嘲讽来自于两种生活形式本身之间的差异，隐藏在背后的却是：以色列要选择怎样的道路？

耶路撒冷的知识分子以文化式的阴郁保留并传承着犹太民族几千年的痛苦，它是以色列建国合法性的自证，也是以色列历史共同体的想象者和建构者。基布兹的青年则厌恶这些过于冗长而压抑的悲痛，他们以愤怒的原始力在荒漠和强烈的阳光下建构新国。他们自成一体，纯洁无比，为一个共同的目标而奋斗。

毫无疑问，这是一个巨大的乌托邦，是一个几千年处于被遗弃之中的民族的自我救赎，是对"家"极端向往和渴望下的产物。

但它究竟意味着什么？是否就是以色列的未来之路？它遮蔽了什么样更本质的问题？

奥兹选择了一种自我辩驳式的复杂语式来写。当在耶路撒冷生活时，"基布兹"作为一种全然不同的面貌和美学形态监督着大家的生活，并塑造着耶路撒冷新的道德和生活。但当十五岁的"我"来到基布兹后，基布兹的面目开始真实，也更加暧昧起来。劳动固然光荣，集体固然昂扬，理想固然纯洁，但是，作为个人的"我"仍然跃跃欲试，想寻找个体存在的意义。"我"与尼莉的恋爱是全书中最明朗的色调，个人的情感蒸蒸日上，"劳动""集体共有"无法阻挡个体思想的诞生。这正是基布兹的矛盾之处。尽管所有的规定清晰而美好，尽管有完善的制度、补贴和相应的考虑，但是，人性本身所具有的"个人"特点仍然无法被规约。

在《沙海无澜》中，奥兹更是以基布兹的生活为核心，书写一个基布兹的青年约拿单离开重又归来的故事。约拿单厌倦了基布兹，厌倦了平淡的、毫无个人性的生活，蓄谋着离开，他的离去也揭开了基布兹内部的诸多问题。奥兹借此对基布兹的架构、观念特征和未来性进行了分析。在经历了无数磨难之后，约拿单又回来了，和妻子、妻子的情人和平共处，并获得内心的安静。

约拿单的选择和《爱与黑暗的故事》中的"我"最终背离基布兹完全相反。这看似自相矛盾，其实包含着奥兹真正的思考。奥兹没有以简单的对错、好坏来衡量基布兹在以色列当代精神中的作用和价值，他在写一种生活的形成和内部可能包含的冲突。他让我们看到它形成的过程，它从一个试验到成为一种象征意义的过程。

这甚至可以说是奥兹的政治观点，在此意义上，奥兹经常被认为是有左翼倾向的作家。但我以为，他并非把基布兹作为一种理想社会结构来写，而是作为一个可供探讨和分析的问题来写。

当代以色列历史学家施罗默·桑德在他颇富争议的历史学著作《虚构的犹太民族》中有一个大胆的论证，他认为关于"犹太民族"这个词是建构出来的，"他们起初收集了犹太教徒和基督徒宗教记忆中的诸多片段，他们富有想象力地从中建构了一个'犹太民族'的漫长的连续的谱系。"这一说法引来了无数的批评，但是，有一点很有启发性：人类生活并非全然连续性的和因果的，也许都只是一种想象和塑造。

这也正是作家的任务。一个作家不是为历史的必然律提供依据，而是发现溢出历史之外的偶然和不确定。或者，这些偶然和不确定昭示着人类生活另外的可能性。

在这样的思想逻辑中，"我"成为"农业劳动者中的一个蹩脚诗人"，"我"发现了自己对写作和思考的热爱，发现了舍伍德·安德森，发现了真正的生活就是自己正在经历的生活，而不是经过过滤和选择的生活，"我认定有损于文学尊严、被拒之文学门外的人与事，占据了中心舞台。""把我离开耶路撒冷时就已经摒弃的东西，或者我的整个童年时代一直脚踏、但从未弯腰触摸的大地重新带回给我。我父母的困窘生活；修理玩具的夫妇家里总是飘着的淡淡的面团味儿与腌鱼味儿……"

由此，作者重新发现父亲、母亲和他们的世界——虽然，他们一直都在。

奥兹经常强调他所写的只是一个家庭、一个人的故事，我们能够感受到他小说中对所谓"整体性"和"国家性"的某种质疑。充满伤痛的现实和历史并非就使一些大的话语拥有天然合法的理由，它既不能成为国家、民族要求个人牺牲自我的条件，也不能成为政治发动战争的前提。他以一位作家的自由之心意识到超越历史冲突和族群界限的必要性，当他在反复思辨当代以色列的政治结构和生活形态时，当他在思量家庭内部的爱与妥协时，当他在反复回忆并书写"那个富有同情心的阿拉伯男子，将年仅四五岁的我从黑洞洞的深渊里救出，并抱进他的怀抱"这一场景时，我们看到了一位真正的和平主义者和人类主义者。

奥兹不是国家主义者，也不是民族主义者，他所反思的正是以此为名的血腥历史和对生命的摧残。

《爱与黑暗的故事》是自传、散文、历史著作，还是小说？据奥兹本人讲，以色列的很多图书馆，在摆放这本书时，都有过犹豫，不知道该如何归类。都是，又都不是。

它的确是自传。奥兹母亲的自杀是这本书的起源，书中的家族故事，他自己去基布兹的经历，都是真实的。而书中的重大历史事件也都是真实的。散文？也完全可以。《爱与黑暗的故事》整本书都是散文化的：絮絮叨叨，琐细破碎，无限向内，空间不停蔓延，随处可以停顿凝视，越来越多的记忆浮现，房屋、气味、花朵、灰尘等等，它们不断扩张，直到溢出文本之外。而情节呢？若论情节，似乎太过简单了。

奥兹说他很高兴这本书如此难定位，这恰恰说明它拥有一些复杂的品质。但是，在许多场合，老奥兹又很狡猾地说，《爱与黑暗的故事》其实只是一个故事而已，关于爱的故事。这个故事远比自己母亲的和家族的事情，远比以色列的历史古老得多，因为，自人类诞生之初，故事，就成了人类重要的陪伴和隐喻。

奥兹是个故事迷，擅长于编织和叙事。2016年6月，奥兹来到北京。短短的几天时间，在闲聊和访谈之中，他就为大家编织了很多故事。他说无论看见什么，一个眼神，一个动作，苍蝇飞过去，风吹来，他都会在脑海里编一个故事，让它们重新活一遍。

一旦故事开始，叙事开始，小说就拥有了一种全新的逻辑，而真实的人生，不过是其中的元素而已。但是，如若没有这真实的人生，故事又从何开始呢？这爱与黑暗，又何至于如此久远，让人震颤不已？

死亡的维度与关于世界的想象

　　阅读东欧作家丹尼洛·契斯的书并非同仁的介绍，或者看到如布罗茨基、桑塔格等人的大力推崇，而是因为在无意间看到这样一个书名："死亡百科全书"。彼时我正迷恋于小说中的死亡叙事，勘察文学者所描述的死亡原因、方式和作家的情感态度。

　　拿到《死亡百科全书》和《栗树街的回忆》，一下子便被这个孤独愤怒、学究博杂又极具超现实风格的作家所吸引。布罗茨基认为契斯的语言有一种诗性，确实如此。但这一诗性并非明朗、动听，却以含混、破碎和幽暗为特征。1935年出生于塞尔维亚的契斯一生经历复杂，父亲是匈牙利籍犹太人，母亲是信奉东正教的塞族人，这一混合而分裂的身份成为他以后命运和思考的起点。纳粹时期，他和家人不断逃难躲避，屠杀、抢劫、恐惧、战争和儿童的混沌、纯真交织在一起，形成《栗树街的回忆》的基本主题。作家没有正面书写战争，而是用一种断裂式的语法，突然而至的军队，父亲的软弱与卑微，流血、战争与成长都同时呈现在儿童幽暗而遥远的内部空间中，仿佛是心理的闪回，却又是残酷的现实。这种混杂式的断裂书写与政治生活对个人生活的摧毁相一致。

　　在《死亡百科全书》的开头题记中，契斯引用了乔治·巴塔耶的一句话："我对死亡的狂热就像是在庭院前开个小窗。"的确，对契斯而言，"死亡"并不是生命和世界的终结，而只是开始、起点，或者，起源。书中共收录了九篇小说，全是有关"死亡"的主题。契斯把东欧的古典神话、基督教故事、历史文献、民间传说和当代政治结合在一起，以一种"显而易见的反讽和潜在的戏仿"给我们展示了"形而上学"层面的死亡形态。要特别注意的是，许多时候，作者的诗性语言中暗含着调侃和他所谓的戏仿，这使得他小说中的崇高和抒情变得暧昧，并暗含着嘲弄意义。

我个人最喜爱这本小说集中的同名小说《死亡百科全书》。

主人公"我"应邀去瑞典开会，在约翰逊夫人的引导下来到皇家图书馆。在那里，在因父亲刚刚去世的悲伤心情驱使下，"我"看到了著名的《死亡百科全书》，并翻阅到有关父亲的记录词条。"这本百科全书的与众不同之处（除了它是唯一存在于世的一本以外），在于它描述人物关系、遭际和风景——这些构成了人生的繁复细节的方式。比如说，关于我父亲出生地的信息就不仅仅是完整、准确，而且还附上了地理和历史资料。因为它记录一切。一切。"

"一切。"关于父亲的一生，事无巨细，全部时刻都有记叙。所有的事物都必须要被书写，哪怕是父亲经过时一粒尘埃的移动，"以毋庸置疑的公正、无私的方式"，记录下"那些震慑尘世旅途，启程前往永生之境的人们有关的一切"。因为在《死亡百科全书》的作者看来，所有时刻都非常重要，哪怕在街头交错而过的一个人、一棵树，也都有意义，也不应该忽略，"没有任何事被遗漏，也没有任何事被忽略，就连道路的状况、天空的颜色，和家长马可全部的财产清单都巨细靡遗。……生命的每一个阶段，每一种体验都被记下：捕到的每一条鱼，读过的每一页书，摘下的每一株植物的名字。"

契斯对"生命与世界的关联性"非常感兴趣。他把生命置于一个无穷的网络之中。世界是无限关联的，并且因共在而产生空间和意义。因此，《死亡百科全书》描述了还是小男孩时的"父亲"清晨如何醒来，壁钟里的布谷鸟如何把他惊醒，男孩手中的军用水壶，欧洲战场归来的士兵，等等。在翻阅《死亡百科全书》这本书时，主人公"我"又再次跟随着"父亲"成长、生活，感受着当时的空气、植物、气味，并经历现实和内心风暴。

"每一个人都是神圣的。"

或者，世间存在的每一种事物都是神圣的。这本包罗世间万象的《死亡百科全书》尊重每一个生命，尊重生命中每一时刻的经历，尊重生命每一时刻所看到的、感受的事物，"我认为这也是这本百科全书的编者想传达的重要信息——在人类的历史上没有任何事是重复的，乍看起来相似的事物其实完全不同；每个个体都是他自己的恒星，一切都一再地发生并永不再发生，无尽地重复它们自身的事物也仍是独一无二的……若不是编者执迷于'每一个人都是唯一的，每一件事情都是独特的'的观点，那么除了关于人和地方的那些细节，还提供这些神父、登记员的姓名，对婚纱的描述，克拉列沃城外的葛雷迪克村的名字，又有什么意义呢？"这种对个体生命的极端尊重正是契斯所要强力表达的，它们在《死亡百科全书》中都被赋予神圣的存在。从另一层面来讲，它恰恰是对他所经历的时代——第二次世界大战中的大屠杀、国内民族主义的偏执等等——的极大反抗。

《死亡百科全书》结尾处富于隐喻性。小说再次回到纯粹的个人性，以对生命内部损伤的叙述来象征大的摧毁的暗压。晚年的时候，父亲突然开始画画。家里所有的地方都被父亲画上各种各样的花，在一个花瓶上写满了城市所有咖啡馆的名字（作者把这些名单也罗列了下来）。而他画的一朵血红的橘子样的花（"看起来更像是一个巨大的去了皮、剥成瓣的橘子，交错着细致精巧、血管一般的红色线条"），据医生确认，"那看起来确实很像父亲体内的肿瘤"，"他的癌症症状首次出现之时，正是他开始绘画的时候。他对花朵图案的痴迷，也与疾病扩散的过程相吻合"。

人的内部秘密与行为之间有一种神秘的联结和呼应。虽然并无重大意义，却似有某种启示。生命充满着意外、奥秘和美好，父亲以绘画的方式展示身体内部的某种恶性的生长。花的形状和癌症的形状同构，美与恶同构，互相纠缠，同时互生意义。

毫无疑问，"繁盛的花期已经持续了好多年"。这"繁盛的花期"既是父亲身体肿瘤的生长形态，也可以说，是我们所面临的世界的病症形象。

《死亡百科全书》几乎是一种回环往复的结构，"书中套书"。这样的叙事给小说增加了严肃的学术气质，因为百科全书本身是知识的产物。它写的不是生活本身，而是写一本书如何描述生活。而作为读者的我们在看这本书在如何描述生活，小说内部好几重空间。与此同时，小说开头的"致M"，又为文本增加了一种诉说意味和凝视意味，非常亲密，同时又可以进入内心。（但其实文中"你"只出现一两次，作者只是制造一种叙事感觉。）

读契斯的《死亡百科全书》，不止一次想到博尔赫斯的短篇小说《阿莱夫》。这两本书有共同的结构方式和世界观，都致力于让无限的世界在有限的空间栩栩如生地再现，致力于用奇妙的语言塑造"一个包罗万象的点"。只不过，契斯是用"一本书"，博尔赫斯则是用一个闪亮的"圆球"。

《阿莱夫》从一个伤感的爱恋情绪写起，起点很小很轻，但写到最后，这个起点又变得很重，作家在叙述一个存在的哲学问题。在充满遗忘与荒诞的世界中，我们该如何存在？我们跟随着博尔赫斯来到那个存放"阿莱夫"的幽暗地下室里，而它的主人只是一个自大、自负而又混乱的，声称拥有全世界的蹩脚诗人。

一个包含了世界所有景象的器物会是怎样的器物？世界所有的景象同时都在——所有的脸，所有的眼，所有的海洋、山川，一个人的出生、童年、少年、衰老和死亡同时都在你面前，无限繁复，却都清晰异常，同时都在——那是一个什么样的容器？它是阿莱夫。在犹太神秘教里，它指无限的、纯真的神明。

这几乎是一种神秘的世界观。在中国的象形文字里，有多少这样神秘的指向，它既是天地、时间的存在方式，也是某种思想和意识的传达。诺兰的科幻大片《星际穿越》中，飞行员被困在五维空间里，跨越不同的时间轴线，所有的时间同时存在。

165

时间可以指向过去，也可以指向未来，无限宽阔的空间可以同时展现，这在视觉上要通过敞开的层架完成，但在小说中，它只能是语言的次第盛开和一个关于世界存在的总体想象。

最后，小说创造一个总体的想象的世界景观，这是关于世界可能性的想象，几乎是一个科幻的多维空间。

契斯在《死亡百科全书》的开头部分写道：

这本百科全书的与众不同之处（除了它是唯一存在于世的一本以外），在于它描述人物关系、遭际和风景——这些构成了人生的繁复细节的方式。比如说，关于我父亲出生地的信息就不仅仅是完整、准确，而且还附上了地理和历史资料。因为它记录一切。当我阅读它时，他出生地的乡村在我眼前栩栩如生，像从那些段落、字句里飞了出来，而我感到我就在它之中：远山峰顶的皑皑白雪，光秃秃的树，孩子们在结冰的河面上溜冰，像勃鲁盖尔的风景画里一样。在那些孩子中间，我清楚地看到了他，我的父亲，虽然当时他还不是我的父亲，但他是将成为我的父亲的那个人，曾是我父亲的那个人。然后，乡间忽然变绿了，树梢的花蕾绽放了，粉红的，白色的，山楂花就在我眼前绽开。太阳缓缓上升，照耀着克拉列维察，镇上教堂的钟敲响了，牛在牛舍里哞哞地叫，朝阳绯红的反光映在农舍的窗户上，融化了屋檐上的冰柱。

接着，仿佛一切都在我眼前展开……

我们不妨再占一点篇幅，把博尔赫斯描写"阿莱夫"所呈现的世界也摘抄出来比较：

阿莱夫的直径大约为两三公分，但宇宙空间都包罗其中，体积没有按比例缩小。每一件事物（比如说镜子玻璃）都是无穷的事物，因为我从宇宙的任何角度都清楚地看到。我看到浩瀚的海洋、黎明和黄昏，看到美洲的人群、一座黑金字塔中心一张银光闪闪的蜘蛛网，看到一个残破的迷宫（那是伦敦），看到无数眼睛像照镜子似的近看着我，看到世界上所有的镜子，但没有一面能反映出我，我在索莱尔街一幢房子的后院看到三十年前在弗赖本顿街一幢房子的前厅看到的一模一样的细砖地，我看到一串串的葡萄、白雪、烟叶、金属矿脉、蒸汽，看到隆起的赤道沙漠和每一颗沙粒，我在因弗内斯看到一个永远忘不了的女人，看到一头秀发、颀长的身体、乳癌，看到人行道上以前有株树的地方现在是一圈干土，我看到阿德罗格的一个庄园，看到菲莱蒙荷兰公司印行的普林尼《自然史》初版的英译本，同时看到每一页的每一个字母（我小时候常常纳闷，一本书合上后字母怎么不会混淆，过一宿后为什么不消失），我看到克雷塔罗的夕阳仿佛反映出孟加拉一朵玫瑰花的颜色，我看到我的空无一人的卧室，我看到阿尔克马尔一个房间里两面镜子之间的一个地球仪，互相反映，直至无穷，我看到鬃毛飞扬的马匹黎明时在里海海滩上奔驰，我看到一只手的纤巧的骨骼，看到一场战役的幸存者在寄明信片，我在米尔扎普尔的商店橱窗里看到一副西班

167

牙纸牌，我看到温室的地上羊齿类植物的斜影，看到老虎、活塞、美洲野牛、浪潮和军队，看到世界上所有的蚂蚁，看到一个古波斯的星盘，看到书桌抽屉里的贝亚特丽丝写给卡洛斯·阿亨蒂诺的猥亵的、难以置信但又千真万确的信（信上的字迹使我颤抖），我看到查卡里塔一座受到膜拜的纪念碑，我看到曾是美好的贝亚特丽丝的怵目的遗骸，看到我自己暗红的血的循环，我看到爱的关联和死的变化，我看到阿莱夫，从各个角度在阿莱夫之中看到世界，在世界中再一次看到阿莱夫，在阿莱夫中看到世界，我看到我的脸和脏腑，看到你的脸，我觉得眩晕，我哭了，因为我亲眼看到了那个名字屡屡被人们盗用，但无人正视的秘密的、假设的东西：难以理解的宇宙。

在读黑塞小说《悉达多》，突然又想到博尔赫斯的《阿莱夫》。两者的表达方式和内部逻辑极为相似：一个微小事物内部包含着世界的全部意象。前者是一张脸，后者是一个圆球。唯一不同的是，黑塞注重时间和众生，博氏注重空间和物象。一个倾向自然，一个倾向知识。

他看不见悉达多的脸了，却看见其他一些脸，许多的脸，长长的一个行列，一条奔腾的河流，成百上千的脸，全都来了又走，可同时又像全都仍然在那里，全都在不断地变化，不停地更新，却又全都是悉达多。他看见一条鱼的脸，一条鲤鱼的脸，无比痛苦地张大了嘴，一条垂死的鱼的脸，眼睛已经翻白——他看见了一

168

个新生婴儿的脸，红彤彤的，满是皱褶，哭得已经变了形——他看见一个杀人凶手的脸，见他正把一把尖刀刺进另一个人的身体里——同一瞬间，他看见这个凶手被锁着跪在地上，脑袋正被刽子手一刀砍下来——他看见男男女女赤身裸体，正以种种姿势疯狂做爱——他看见一堆直挺挺的尸体，无声、冰冷、空虚——他看见许多兽头，公猪的头、鳄鱼的头、大象的头、公牛的头，还有猛禽的头——他看见群神，看见了克利什那神，看到了阿耆尼神——他看见所有这些形体和面孔之间发生千百种联系，相互帮助，相互爱护，相互仇恨，相互毁灭，又相互促使新生，每一个都体现着死的愿望，体现着热忱而痛苦的对无常的信念，然而却一个也没死，每一个都只是发生了变化，都总是获得新生，都总是旧貌换新颜，只是在新颜与旧貌之间，却未见时间的推移——因此所有这些形象的面孔，都静止着，流动着，繁殖着，漂向前方，涌流混合在一起；然而在一切之上，却始终笼罩着一层薄薄的、虚无的，然而又存在的某样东西，像是一片玻璃或者冰，像是一层透明的皮，像是水形成的一只碗或者一个模子或者一张面具，这个面具带着微笑，这个面具正是悉达多微笑着的面孔，正是果文达刚刚才用嘴唇吻过的那个面孔。

黑塞似乎更倾向于宗教里面的万象归一，博尔赫斯则擅长于纯粹哲学的幻想，把人类存在带入到复杂的语言迷宫中；而契斯则以文献、历史和反讽的形式开拓并揭示现实世界的内部景象，这一现实世界，即东欧的崩溃、黑暗和恐怖，以及人类在"虚空的虚空"中的抵抗。或许，也正是在此意义上，苏珊·桑塔格认为，契斯"维护了文学的荣誉"。

艾柯在演讲集《一位年轻小说家的自白》中，把如博尔赫斯的《阿莱夫》、拉伯雷的《巨人传》、乔伊斯的《尤利西斯》等小说中的一些段落摘抄出来（以此类推，也应该包括《死亡百科全书》和《悉达多》中的段落），把这样的罗列、枚举式写法称之为"诗性的清单"，认为其真正的目的在于传达"一种无限性"。

实际上，不管是《死亡百科全书》，还是《悉达多》《阿莱夫》，其重要的诗性品质除了语言的多义和奥妙之外，它们都改变了日常世界的时空维度，为我们想象了一个坚果壳大小，但却包罗万象的世界。正如博尔赫斯在《阿莱夫》中引用《利维坦》中的诗句："啊，上帝，即便我困在坚果壳里，我仍以为自己是无限空间的国王。"

与大师的瞬间相遇

福楼拜《包法利夫人》

如波德莱尔所言："唯有包法利夫人是一个英雄，歇斯底里的英雄。"

道特镇和永镇像污泥一般死死地扯着爱玛试图飞扬的心，虽然她的飞扬也只是轻浮而毫无意义的挣扎。

福楼拜对永镇包食宿的金狮客店各色人等、对药剂师郝麦的描写可谓真实得可怕。女店家勒弗索朗瓦寡妇的一举一动，所说的话语内容，把那个时代的环境、生活及风俗表现了出来。还有在餐桌边吃饭时的各色人不同的心思，都描绘得细致入微，读起来并不冗长，反而引人入胜。

爱玛对爱情和男人的想望几乎完全按照浪漫主义小说的模式来。年轻的文书赖昂看了出来，投其所好，按照书面语谈那些浪漫的生活和情感。在这里面，有对文学的讽刺和对所谓理想生活的讽刺，这和《堂吉诃德》有异曲同工之处。

两种语言：一种是19世纪法国小城镇的世俗语言和生活，谈的都是经济、发财和家长里短；一种是爱玛的语言，是浪漫小说中的书面话语，充满着对资产阶级生活的想象，还有庸俗的爱情。两种语言形成两种倾向，往各自的方向前去，在文中构成一种张力。

双重讽刺：毫无希望和爱的生活。

爱玛就像一根试图脱离引力的箭，在奋力挣扎的过程中，既把小镇沉闷庸俗的生活之重体现了出来，又把箭射向的方向之轻浮虚伪呈现出来。浪漫爱情是骗人的，因为需要金钱的支撑。小镇的庸常人生让人窒息，她所居住的小楼和包法利先生都无不死气沉沉，让人厌倦。

布鲁诺·舒尔茨《鳄鱼街》

读有些作品，面对作者的文字，感受其中的气息的时候，会突然有种幸福的感觉。不是自己觉得幸福，而是觉得它的作者幸福。能够创作出这样文字这样世界的人，他的生命真是幸福。很少有文字能够达到这一地步，类似于突然而至的快感和高潮，进入迷狂的欣喜。文字的明亮，尽管他写的并不是明亮的世界，想象奇特，但所有的奇特都让它增加魅力。人的现实生活和感官结合在一起，形成一个崭新的世界形态。

所谓的虚实之间，其实是关于客观事物的主观意象，它和客观的存在构成一种参差。

福克纳《我弥留之际》

有一种内在的凝视和深情。即使是自私的想法，也因为这种内心独白而具有自我性和某种尊严。其实，写法更为重要。思想在某种意义上只是特别混沌的东西。这一写法本身就提供一种混沌的思想，其实，不是思想，是一种状态，人类生存的某种状态。

每个人都有自己的一套理由和看待事物的方式，因此，表达也不一样，甚至，语法也不一样。应该达到语法的层次。这样，语言自然就是人物的内心。

胡安·鲁尔福《佩德罗·巴拉莫》

那个伤痕累累的、充满死魂灵的村庄，永恒地屹立在拉美的时间深处。鲁尔福以爱情的梦呓状态写出对它的爱。那个"我"不断追寻的佩德罗·巴拉莫是充满原罪的现代拉美之父。"我那耸立在平原上的故乡，它像是扑满一样保存着我们的回忆。"结构和叙述方式过于鲜明，具有不可复制性。

菲利普·罗斯《再见，哥伦布》

两个少年男女懵懂、无聊而又残酷的爱。行文中有一种化不开的气息，不是纯情，也不是虚伪，而是莫名的心痛，那种与成人世界的污浊气息搅拌在一起，自己也慢慢浸染其中，但又浑然不觉的浓雾压进心灵的感觉。"绝对的幽默和极度的严肃"，这既是菲利普自己对文学的艺术要求，也是这本书鲜明的风格。

布考斯基《邮差》

生活就是生活。对无意义的生活和世界的诗性叙事。短句，口语，跳跃，一种拼贴风格和节奏。不是那种把一切都打碎了的恨意和悲愤，而是它本来就是如此。我们就是在这样一种混蛋世界里生活，自己也是一个混蛋。没有因果和逻辑，就是如此。

国内有一帮作家在模仿布考斯基，最终却只剩下了一种洋洋得意的派头。布氏的幽默和自嘲在这里变成了某种炫耀、油滑和自以为是。少了什么？也许，少了那股子把自身也投入进去的彻底的虚无。有的时候，能感觉出作家是为了写作而去骂生活和世界。只是一种姿态，没有真实，对其中的经验并不真正有体验。

这样的作家和风格不可复制，因为他的经验是独一无二的，他的经验和生活本身塑造了他的风格、内容和精神倾向。

对于后来的作家来说，布考斯基是毒药。任何的模仿都只会导致失败，只能是拙劣的赝品。

面对他，你必须警惕和自省。

奈保尔《斯通与骑士伙伴》

一个非常小的主题。老年将至，生命衰败。如何面对必然的消失的时候，人内心的挣扎和荒谬。

一个表面呆板的老人，在一成不变的生活之后，最后仍然处于一种被动的状态。那只黑猫是一个隐喻，不可抗的、莫名的、让人心惊的威胁，女人是另外一个侵入者，可是人在很快适应这种侵入。双方的相互试探、相互欺骗和相互控制，不能说充满恶意，但却充满某种卑劣和悲凉。

而骑士伙伴计划与其说是斯通老人振奋的机会，不如说是为自己的存在寻求解释，但最终，仍然无法避免被遗弃的命运。被遗弃是必然，任你如何挣扎。

之所以不觉得小说主题小，是因为作者对人物与世界关系的把握上有形而上的东西，但又非常具体。每一件具体的描述里面都包含着很阔大的抽象的意味。语言的意味，情绪和情感的指向很有讲究。

还有就是内心世界的把握非常细致，对人与人的关系也有准确的把握，尤其是，在面对莫名情绪时的处理，无疑是整个宇宙秩序的体现。

奈保尔《毕司沃斯先生的房子》

尘埃般的生活，精疲力竭。

那个大房子，充满隐喻。这个时候，越是细部描述，越具有隐喻性。

一开始是一个总括的叙述，有点基本交代的意思。然后开始以正叙的方式讲述毕先生的一生。情节在慢慢展开，人物具有某种抗争，虽然这种抗争并不彻底，正是这种不彻底的抗争使他不断被生活裹挟进去，被卷入泥淖之中。在这一过程中，拥有一栋房子，变成一个象征大于实际的行为。

先是毕先生丢小牛而使父亲死亡，失去了家里的房子，来到姨妈家成为寄居者。入赘莎玛家，进入到一个黑洞般的房子和家族生活中，每个人都是一个小恶魔，形象各异，很有象征性。在这过程中，毕先生始终是一个看不清自己形势的人。

被赶出去，到一个偏僻的地方的小卖部里。第一次拥有家，有家的模样和温暖。但是，家人来了，那被撕裂的不独立感和被侵犯感重又回来。

随着妻子的不断生产和小卖部生意的冷落，毕先生又回到城里。做种种零活，和大房子里的人做斗争并冷嘲热讽是最重要的事情。

后来，在房子不远处的山上盖了孤零零的两间房，残缺、可怜，却被一场大火烧了。

最后，看到一个书记员的房子，一个不合格的、危险的、粗糙的房子，毕先生被伪饰所迷惑，或者，他只愿意看到自己愿意看的。他如愿以偿，终于买了房子，虽然为此担负了高利贷，但终于拥有了这所房子。最后，也死在这所华丽的房子里。

他总算实现了自己一生的愿望。

感想：一个好的作品必须拥有某种象征性。而这种象征性必须通过层叠的细节来完成。细节的构造达到一种意象。最后的意象可以很简单，但意象背后的构成必须丰富，否则，意象的简单就变成真的简单。

得有情节的推进，一点点地推进和展开。就像一个人展开他的一生一样，得有发展性，这样，才有故事性，哪怕这一故事进展很缓慢。

在叙述相关的生活时，对与这种生活相关的人一定有深入的探查，而不应过于符号化。这恰好是展开社会场景的大好机会。

作品虽然写的是印度社群的生活方式、家庭关系，但并没有局限于此，虽然也有点奇观化，但总体还没有超出普遍人性的范畴，基本保持着一种张力和平衡。

因为对毕先生本人的性格有深入的把握，所以，其讽刺性并不是简单的否定。其温情也没有流于滥情，究其实，作者虽然同情毕先生，但还是与他保持距离。

萨尔曼·拉什迪《羞耻》

一个国家的非理性（的宗教）和政治暴力是导致社会羞耻以及无耻的根源。耻是什么？耻是每个人都感受到自身存在的非合法性，每个人都有负罪之感。就像小说中的那个奥马尔·海亚姆和他未来的脸蛋一直涨红的白痴妻子苏菲亚，他们的存在就是羞耻。但与拉美小说的风格有点过于接近。

帕慕克《伊斯坦布尔》

一座城与一种文化和一个人之间的关系，那是一个叫"呼愁"的名词，是个体生命与民族记忆的双重痕迹的体现。对空间的再现其实是对生命和时间的不断把握，它是人类追忆自身存在的一种方式。极具中产性。

库切《凶年纪事》

诗性和理性以结构的方式同时并进。通过一种并置的空间让读者感觉到人类的日常情感与政治生活的悖谬性，小说保持了库切一贯的沉思性和关怀性。结构新颖，但略显做作。

玛格丽特·杜拉斯《抵挡太平洋的堤坝》

当苏珊终于拿到男朋友的戒指之后，母亲非常羞耻，因为她早就等着这个戒指。卖掉戒指，偿还债务。这是家里唯一可行的路。那一天，母亲突然暴怒，毒打了苏珊一顿。作者通过这种方式来表达母亲的羞耻感。非常微妙，但极为让人震动。

小说以买一匹将死的老马为开头。里面夹杂着议论和对当时生活情景的描述，直接展示家庭的困境。

罗贝托·波拉尼奥《荒野侦探》

整个小说大的结构感非常强，结构本身赋予很多意味，而生活的破碎也有其独特的指向。其中的知识性，是整个拉美知识体系的再现。

如果写中国生活的话，你会看到，这样的知识体系很少能被纳入到世界知识体系中，它会变成一种怪异的、复古的东西。

如果有一本书，能够把中国古典知识纳入到现代知识体系和思维体系中，并且能够对小说精神产生影响，能够成为有效的小说元素的一部分，那么，这部小说应该是非常了不起的。在这个意义上，波拉尼奥已经是一个元小说家。

波拉尼奥的小说有一种全球性和现代性。只就经验而言，城市生活，咖啡馆，破碎，异化，空虚，追寻。而马尔克斯还是以前现代的经验为起点。

弗兰岑《自由》

把一个家庭的矛盾写得波澜壮阔，拥有了时代的全景。

第一章《友好的邻居》。以第三人称全视角写出帕蒂看似正常其实病态的性格。讨好所有邻居，但邻居并不喜欢她。有点杀人的感觉，冰冷无情。其中，以一对夫妻的议论作为偶尔的点睛。

第二章《错误已经铸成》。以帕蒂为视角，写少年时期被强奸、被父母忽略及由此养成的性格。大学青春时期的吸毒室友、爱上乐队的理查德，但是却被理查德的室友沃尔特所追求。和理查德一起去纽约，在矛盾中没有和理查德上床，飞向沃尔特家和沃尔特结婚。

帕蒂对儿子乔伊的错在哪里？她热爱乔伊，控制乔伊。当帕蒂和儿子发生冲突时，沃尔特完全站在帕蒂的立场之上，这使得孩子对父母有所怨恨。每个人都有自己理解世界的方式。尽管帕蒂把全部身心献给了家庭，但自己的内部精神却处于失衡状态。扮演一个好太太、好邻居、好妈妈和就是一个好太太、好邻居之间有着本质的不一样。《二〇〇四》这一节以理查德·卡茨的视角书写他自己的性、音乐与工作的糟糕生活，并借此观察沃尔特的"蔚蓝山基金会"的人口节制计划，后者有一种很微妙的讽刺性。《女人的世界》这一节以乔伊的视角写他和康妮之间不健康的性爱关系，康妮的独占性和失去自我的特性。逃避和追逐，占有和降服。穿插和他的好朋友富人子弟乔纳森的漂亮姐姐的爱情故事，是另一种风格的追逐和占有。带有富人阶层的空虚和傲慢。

《好人的愤怒》。沃尔特和帕蒂之间的紧张关系，帕蒂酗酒，沃尔特的助手拉丽莎爱着他。自然保护和人口节制变成了一件荒唐的事情。富人的资助只是一种堂皇的手段，背后还是要开发房地产。对整个事件进行了戏剧性的描述，在行进的过程中，一种讽刺被带了出来。

《够了》。理查德到了华盛顿，沃尔特要以他的影响力去宣传基金会，帕蒂在酗酒，拉丽莎在推动这件事。帕蒂给理查德看了自己的治疗手稿《错误已经铸成》，写了自己的内心创伤和对理查德的激情及对沃尔特的内疚。理查德看出来帕蒂其实是爱沃尔特的，虽然她自己意识不到。理查德把手稿放到沃尔特的办公室里，走了。沃尔特骂了帕蒂，和拉丽莎疯狂做爱。帕蒂去找理查德。"他的人生职责就是说出这肮脏的事实。"

《坏消息》。乔伊生意失败，面临良心的抉择。和父亲达成和解。

《错误已经铸成（结局）》。帕蒂的自述，回顾自己的家庭，每个人从中受到的伤害和性格的发展。"乔伊斯的政治事业并不仅仅造成或加剧了她的家庭问题，它同时也是她从这些问题中逃脱的方式。"

小说最后是某种和解，带有大团圆的意味。

美国式的家庭伦理和根的败坏，小镇的形态，极具美国性。陌生人在一起营造一种社区关系，看似热闹，其实彼此毫无联结。美国仍然没有"根"的感觉，在任何地方都是飘浮的，只有核心家庭是唯一联结彼此存在的地方。

帕蒂的病态。当她被强奸后求救于父母时，父亲的宽厚和母亲的事业毁了她。她试图给自己创造一个玻璃世界，希望能隔绝于外界的一切肮脏。

胶着状态，彼此胶着，扭结着向前行进。互相造就。帕蒂夫妇之间的关系造成了儿子乔伊的病态，重复了帕蒂室友的家庭关系。

詹姆斯·C.斯科特《弱者的武器：农民反抗的日常形式》

弱者的武器叫匿名反抗，它是看不见的力量，同时也是唯一可以选择的方式。斯科特的另一著作《国家的视角：那些试图改善人类状况的项目是如何失败的》，对在政治命令下的国家规划项目进行详细考察，尤其是农业方面的政策，反思极端现代主义与人类生命、国家制度之间的关系。解释了20世纪乌托邦式的大型社会工程失败背后隐含的逻辑。

H.孟德拉斯《农民的终结》

"农民的终结"，在书中并不纯然是一个判断句，而是一个疑问句，或者，是一种蕴含着惊恐、担忧和省察的自言自语。真正失落的并非只是某种身份，而是一种文明方式，它曾经是人类与自然同根同体的象征，但作者避免把乡村生活和农民价值理想化。作者从家庭经济方式、生产方式等方面，分析了在工业革命的冲击下，法国农业社会的崩溃和瓦解。作者最后又充满希望，从法国农业、乡村的复苏看到了新型乡村的希望，但他谨慎地把从事农业生产活动的人称为"农业劳动者"，而非"农民"，非常有意味。"农民"一词包含着文化形态的属性，而"农业劳动者"则只是一种职业。

文学在树上的自由

有一天，一个男孩儿跟他的伯爵父亲怄气，爬到树上威胁他父亲说："我再也不下来了。"从此以后，他真的没有下来，他在树上，在无边无际的森林之上度过了他的一生。生活，谈恋爱，偷情，宣传思想，发动改革，作者写得非常详细，甚至写到了这个孩子如何在树上大小便。当生命的终点，所有人都期待他回归大地，或者终于可以嘲笑他时，他也没有让人们得到满足，最终他抓住一个热气球垂下的绳子消失得无影无踪。这就是卡尔维诺的《树上的男爵》的内容，一篇具有超常想象力和象征性的小说。

想象着一个人，不停地在树与树之间跳跃，以最大胆和最谨慎的动作保证自己不落到地面上。他来到森林的边缘，站在最外面的那棵树上，俯视着无限远的平原和大地，那是怎样一个广阔的世界？树上的天空，无限自由的世界，它广阔，叛逆，倔强，无拘无束。他漫长的一生在为这一世界的存在与彰显而做注脚，并最终成为一种精神的隐喻。他并没有妨碍人的生活，但是，他以他不同于一般人类的生活而给人类以打击，并使人类看到了自己的庸常、琐碎、软弱和精神的委顿。

好的文学作品总是让人无限向往，充满着意外和期待，同时，也因为其中丰富的意味而让人长久地回想。

《野草在歌唱》是多丽丝·莱辛的处女作，也是其成名作。买了莱辛的一批书：《天黑前的夏天》《金色笔记》等，但最喜欢的却是《野草在歌唱》，也许是漫长而炎热的夏天所带来的无望刚好契合了这本书的意蕴。作品充分显示了作者细腻的心理描写和对女性生存的内在关注。作品主要写的是穷苦白人在非洲的殖民生活。这一错位本身就非常有意味。有一种被困的意味，人被困在土地上，困在自己的内心。而背景是炎热、干涸、无望的非洲。黑人和白人之间形成奇异的两个世界，一个文明的，一个愚昧的。当面临具体环境的时候，白人所接受的自由、平等、民主等观念非常虚伪而淡漠，渗在骨髓里面的是一种歧视。就像小说女主人公玛丽和她的雇工之间的爱情，在深深的偏见之中痛苦地挣扎。

　　小说写得非常内心化，玛丽的内心挣扎是最真实的，而炎热的非洲则是她内心的反映，客观的反倒变为主观的，有一种奇异的心灵延伸的感觉。无边无际的绝望。玛丽的感情遭遇的不只是自己的内心，不只是白人与黑人，而是那绝望的非洲，没有任何希望的非洲。

　　许多人都在谈卡佛的小说，已经到了不看就不是一个称职的批评家的地步了。买了《卡佛短篇小说选》，的确不错。那样一种小镇生活，那样的夫妻情感，没有任何的希望和光亮，虽然也有谅解，但这谅解终究抵抗不了人心灵的虚空。每个人都是一座孤绝的城堡，外人很难进入。读卡佛的小说，流过心灵的是刻骨的寒冷，生活的寒流，人的寒流。

灰色、冷漠、漫长的人生与生活，永无尽头。静水深流，不是温暖，而是冷彻全身的孤单。

理查德·耶茨的《十一种孤独》描写的是人类世界，人与人之间的不可沟通性，人的永恒孤独给写了出来，虽然有点刻意，但却又是真实的存在，很残酷，是人性的真相。我们谁不是这样？漫长人生中的和谐与安静在许多时候只是克制与妥协的产物，内心的流动是什么呢？我们的手放在爱人的肩膀上，心中却在想着另外的人另外的事，这不是最正常的吗？而许多时候，我们所伤害的不正是我们最亲密的人吗？如作者所言，"如果我的作品有什么主题的话，我想只有简单一个：人都是孤独的，没有人逃脱得了，这就是他们的悲剧所在。"

说不清为什么，虽然被卡佛和理查德小说中那种细致、微妙的叙述所吸引，但根本上不是很喜欢他们的小说。不是叙述不好，也不是不深刻，而是对他们所叙述的生活有一种根本的疏离。或许，中国的生活还不是这样一种中产阶级内在人性的冷漠，社会与外部的巨大冷漠是摧毁中国生活的最强大力量。

略萨的小说《公羊的节日》改变了之前我对政治隐喻小说的偏见。好小说超越了题材的束缚，使我们感受到真正的艺术的魅力。"公羊"本身所具有的隐喻性很有意味，公羊，既是全民敬仰的中心，也是一种性能力的象征；既是民族寓言的象征，也是个体独裁，包含着身体独裁的比喻。很有启发性。

一种人物自叙式的写法，三条线索的人物同时自述。看似没有感情，但却因为人物的内心独白而显得很有力量。乌拉尼娅是愤怒的、仇恨的，她的仇恨看似是对着父亲和多米尼亚独裁者，实则是对着那个时代，同时，通过她多年离去的眼睛又把多米尼亚国现实的状态给呈现了出来。元首的语言是充满力量的，规则、忠诚、有效率，充满性欲是他对自我的基本要求。暗杀者则是犹疑、软弱与紧张、坚定交织在一起。小说整体混沌多层，细部则是清晰有力的。

元首的自语和尿失禁的细节非常好。把元首对权力丧失的恐惧给形象化地展示出来。独裁者最为自信的是他给多米尼亚带来的变化，他觉得为此屠杀是值得的。独立之后，多米尼亚的秩序、富裕和自立性是显而易见的，但我们能否因为这个就忽略了他的暗杀、专制与荒淫无度？略萨的回答是否定的。

指挥暗杀的将军罗曼的心理写得非常好。真正杀了元首，他却更加害怕。元首虽然死了，其精神仍然凌驾在他的灵魂之上。他的行动仍然绝对自觉地服从元首，不在场的元首比在场更可怕。写得最为复杂的是人民对独裁者的感情。崇拜，犹如神一样的尊敬。在这种无限尊崇的心态下，人民失去了独立思考的能力，失去了自我的愿望。尤其是作者写元首散步时每个官员的心态，非常精准、鲜明。

每隔一段时间，我都会再次翻阅德国哲学家雅斯贝斯的《时代的精神状况》这本书。它能让你重回常识之中，神智变得清明一点。作者从人的精神发展层面对西方以技术化和科学化为主要内容的现代性发展提出反思，并批判那种认为文明、科学、知识可以取代一切的观念。"一种对教化的敌意已经形成，这种敌意将精神活动的价值贬低为一种技术的能力，贬低为对最低限度上的粗陋生活的表达。这种态度是同这个星球上的技术化过程相关联的，也同一切民族中的个人生活与历史传统相脱节的过程相关联。"技术化时代的真正可怕之处在于，它使人类失去某种敬畏，实用主义成为最有理的标准。这不正是近三十年来中国的发展症结和思维倾向吗？

当技术至上时，那些不能度量衡的东西失去了可存在的依托。因为缺乏整体意识和历史意识，缺乏对"无用"的尊重——这一"无用"包括"文化""艺术""尊严""理想"等词语，真正的个人性却在衰退。迷信科学、知识，而遗弃信仰、精神，因为它是无用的，没有具体的实用性。当所有的文化领域、公共事业领域都一定要与创收、产业、效益相联系时，这个民族的精神危机正在迅速蔓延。政府与民众、医生与患者、老师与学生、知识分子与大众，相互之间没有道德的渗透，没有信任，没有尊严，没有爱与尊重，如雅斯贝斯所言，"这正是个体自我衰弱的征兆"，也是民族精神衰弱的征兆。

或者我们并不一定需要去读这些艰涩的哲学书，但是，我们一定要有反思我们的时代和生活的能力，这样，作为个体的你才能够拥有历史与传统的整体视野，才能够抵御时代的流行思想，并拥有真正的理解能力。

阅读可以使人清明，因为好的书籍就是空气，必不可少，同时也使你的呼吸更为澄澈，更为深远和丰富。

铁皮鼓、黑暗军规与纯粹精神

君特·格拉斯的《铁皮鼓》中最让人难忘的是那个孩子，那个背着铁皮鼓不停地敲，尖叫声可以使玻璃破碎的小孩儿奥斯卡。他是一个被压抑的人，在污浊的空气中，他不愿意再长大，只守着自己的铁皮鼓。他敲着铁皮鼓，目睹母亲阿格内斯和表舅布朗斯基激烈而又扭曲的爱情悲剧；感受到父亲马策拉特的善良、麻木和残忍，对政治只是懵懵懂懂的理解，然而却无限忠诚于他的党；他看到外祖父藏在外祖母的裙子下做爱的场景，而舅舅出于偶然选择的波兰籍却导致了他的死亡。他看到这条街上形形色色的小人物。生与死是如此普通，充满着无望的灰色和激情，却带着巨大的悲剧性。每个人心中都有自己的情感，以各种扭曲的方式表达着自己的情感。

还有其他善良而麻木地生存着的人们。犹太玩具商马库斯热爱着奥斯卡的妈妈，却被砸烂了商店，再也不能给奥斯卡送铁皮鼓；赫伯特是一个侍者，经常打架，最后却死在博物馆里的一个女雕像前，因为他要和她交欢；格雷夫是童子军的领袖，他爱那些充满活力的青年人，他们却在战场上一个个死去，最后，他为自己设计了一个完美的绞刑架，上吊自杀了；母亲在情人和父亲之间挣扎，最后，死在食物中毒上，因为她忘不掉那海边码头上无数钻来钻去的鳗鱼的场景，另一个原因，她又怀上了不知是父亲还是情人的孩子。

一双可以自由观察生活的眼睛，一个不合时宜地做着反抗和某种妥协的灵魂，可悲可怜的灵魂，这是西方许多小说的形式。它既是整个小说的线索，同时也是小说的灵魂和风格。它使小说变得幽默，潜藏着悲哀的幽默。个体的生活以前所未有的沉重滑稽和可悲可笑被叙述出来。格拉斯赋予奥斯卡一种模棱两可的品质，他既看到了许多别人无法意识到的事情，他也无法完全明白，同时又用自己的解释来叙述一切，有时候，他聪明、阴险，有时候，却又像真正的小孩一样无辜清白。

战争和情感，两者以相同的杀伤力伤害着人类的生活。战争以它不容置疑的权威改变着人类的生存方向，它专制统一的语言下是个体生命的不断被摧毁和崩溃。美国作家约瑟夫·海勒的《第二十二条军规》以另外一种幽默书写战争的梦魇和残酷。

一群想尽办法在战争中活下来的战士，却被永远也不可能让你完成任务的第二十二条军规圈在死亡线里面。这是一个永远"无法摆脱的困境"。"第二十二条军规不存在，对此他确信无疑，可那又有什么用呢？问题在于每个人都认为它存在，而更糟糕的是，它没有什么实实在在的内容或条文可以让人们嘲笑、驳斥、指责、批评、攻击、修正、憎恨、谩骂、啐唾沫、撕成碎片、踩在脚下或者烧成灰烬。"这就是战争的荒谬和可怕，它是一张天罗地网，你无法逃出来。

米洛是个无耻的投机商人，一听说有生意，他的一切神经都为之震动，什么也拉不回来。为了能赚钱，他甚至做出了里面裹棉花的巧克力，并且说服大家吃下去；他与敌我双方做生意订合同，和敌方规定，如果打下一架美国飞机，给一千美元，而同时，又和美方订合同，由他来负责轰炸，从两者那里他都可以得到成本费和酬金。于是，米洛同时指挥两边的人打仗，不管怎样，他都可以获得巨额利润。

痴情、单纯的内利特在又一次增加到八十次的飞行任务中死了，麦克沃特因为低飞把桑普森劈成了两半，自己也撞到山上自杀了；丹尼卡医生因为误解而被当作活死人，他不断抗议，然而从那以后，再也没有了生存的空间；邓巴莫名其妙失踪了；等等。上校仅仅为了晋升或某个小小的情绪，就可以把士兵的命运紧紧掌握在手中，没有人可以反抗，因为有第二十二条军规，任何时候都可以随着他的意思改，并且马上成立，具有军法效力。

约塞连一次次的挣扎、抗议都以失败而告终，他不得不每天面对着战友们一个个死去的痛苦，"从基德·桑普森的腿，约塞连又会联想起可怜的、呜咽不止的斯诺登在飞机尾舱里冻得要死的情景。约塞连始终没有发现遮盖在斯诺登鸭绒防弹衣里面的伤口，错误地以为他只是腿上负了伤。等到他把这个伤口消毒包扎好，斯诺登的内脏突然喷涌而出，弄得满地都是。晚上，当约塞连努力入睡时，他会把他所认识的、但现在已经死掉的男女老少的名字统统在脑子里过一遍。他回忆起所有的战友，在脑海里唤起他从童年时代起就认识的长辈们的形象——他自己的和所有别人的大伯、大娘、邻居、父母和祖父母，以及那些可怜的、总是受骗上当的店小二——天一亮就起身打开铺门……他暗自猜想，死是不可逆转的趋势，他开始认为自己也快要死了。"

只有傻奥尔最后成功地逃脱了，用装疯卖傻的伪装和可爱的奇思妙想坐着小皮筏，后面拖着一个钓鲟鱼的小钓鱼竿喝着下午茶成功地从地中海渡到了遥远的瑞典海边。这使千方百计想活下来、最后几乎走投无路想要放弃的约塞连受到了启发，只要装成傻瓜那样就容易些了。他太明显地表达自己的反抗和不满了，每次，在就要完成飞行任务的时候，他的反抗行为都引起卡思卡特上校的惊慌，从而再次给全队增加飞行任务。只有傻瓜才可以生存。

于是，约塞连找来了奥尔常嚼在嘴里的七叶树果和龅牙，像奥尔一样，跑得无影无踪。

读三岛由纪夫的《丰饶之海》四部曲，《春雪》《奔马》《晓寺》和《天人五衰》，感受到作家对人的纯粹精神的迷恋。

关于三岛由纪夫的剖腹自杀，人们有一个最大的误解：以为他因为忠于天皇而走入了愚忠献身的误区。真实的情况是，他的"天皇观"只是为他追求纯粹精神提供了一个契机和可见的理由，他所追求的乃是人的内在的纯粹性。为了这一信念，三岛由纪夫要抛弃世俗的一切细小的干扰。

小说中那几个美少年是纯粹情感的产物，所赖以自傲的就是他们的独立、美貌和对尘世最天然的反叛。天皇，既是精神、纯洁的化身，又是神的化身，地位和血统的完美结合，是人类为自己塑造的迄今为止最高贵、最神秘的神。他的形象在象征意义上代表着人类权力、威严、梦想、智慧、美貌的极致。

那几个美少年也是纯粹观念的化身。他美到极致，并且时时以为自己的美暗示着某种超于别人的东西，他必须与众不同，要么是感情，要么是为国牺牲的信念，要么是独一无二的恶。善与恶的转换就在那一刹那，他追求生命的至善、至美，然而，却是毫不留情、让人战栗的恶与冷酷。

人在追求纯粹的时候是让人望而生畏的，那是一种暴烈的力量，非常可怕，但却又让人感受到生命的质量和美来。美存在于恐怖之中，这也是日本"菊与刀"的力量和魅力所在。

看完这样的书，心中有一种巨大的不舒服感，非常沉重、难受、恶心（对自己的生活状态），又难以名状，仿佛有什么力量压迫着你，让你无法轻松无法快乐起来。一种精神的压迫力，它让你不得不重新审视你的生活和内心世界，它让你意识到你的没有强大精神力量的内心生活，没有力量，没有信念，世俗而又庸俗，没有一点力度（而三岛由纪夫小说中的人物正是充满了这种生命的力度美）。我们在妥协着，不断地寻找着更为舒适的活法，可是，生命的美的本质却离我们越来越遥远了。相形之下，中国作家对生命的感受太圆熟了，太缺乏真诚了。没有这种力量的支撑，没有这种对生命的激情，我们的作品当然会污浊不堪。

应该说，三岛的作品极富蛊惑力，这种对纯粹而又极致的生命美的追求是人类的天性，而在日本的文化中，又恰有这样一个传统。

恶毒马尔克斯

每天晚上的睡前点心，有点可笑？不敬？但是，的确如此，每天急匆匆地处理许多事情，所有的准备忙碌都为晚上躺到床上拿起书的那一刻，安静、深沉、灿烂而又美好的一刻，这一刻才是我生命中最重要的，所有的一切都只是铺垫。

马尔克斯是赞美孤独的。他知道人类本质上是孤独的，永远无法相互接近和理解，奥雷良诺们的孤独的神情是人类最真实的情感。无论是奥雷良诺的战争，还是奥雷良诺第二的狂欢，都是因为害怕孤独，当年那个小孩手触冰块的吃惊使他意识到人类是多么深刻地处于不可知之中。孤独和相互拒绝毁灭了马孔多，也将意味着人类最终毁灭的原因。

"汇集了不可思议的奇迹和最纯粹的现实生活。"1982年瑞典皇家学院授予加西亚·马尔克斯诺贝尔文学奖时写下这样的授奖词。的确如此，除了奇妙地表现人类永恒的孤独处境之外，《百年孤独》吸引人的主要原因是他充满玄机的话语，这种玄而又玄的话语首先给读者以趣味、新鲜和好奇。你会觉得马尔克斯太鬼了，简直是一个魔鬼。只有魔鬼才能如此大胆、恶毒地使用语言，才能使平凡的日常对话像捉迷藏似的拥有多种可能性。你禁不住莞尔一笑，你才想起马尔克斯在捉弄你了，他不惜花费很多笔墨给你设置一个圈套，让你顺着惯常的逻辑往里钻，在关键时刻，你以为你将成功地预测出事件的未来，但是，且慢，这是最危险的时候，马尔克斯在得意扬扬地偷偷笑呢！但是晚了，你已经上当了，事情和你想的恰恰相反。像阿玛兰塔和意大利人皮埃特罗·克雷斯庇之间的恋爱，阿玛兰塔不顾一切拆散皮埃特罗和雷蓓卡，她爱皮埃特罗，爱得发疯，最后，她终于赢得了皮埃特罗。他们之间有着比雷蓓卡更深沉、更热烈的爱情，小说描写阿玛兰塔对皮埃特罗最细腻的爱，甚至于描写了阿玛兰塔如何憧憬皮埃特罗的家乡和他们未来的生活。

我们会想，阿玛兰塔肯定要和皮埃特罗结婚了，不会再有无限期的推迟和不断的事故，但是，事情就出在阿玛兰塔身上。当一切都顺理成章，皮埃特罗终于向她求婚时，她冷静地对他说："别天真了，克雷斯庇，我死也不会跟你结婚的。"我们这些读者该怎么办？除了和皮埃特罗一起目瞪口呆、号啕大哭以外，没有一点办法，马尔克斯这个玩笑未免太恶毒了，我们心里恨恨地想，因为你永远也猜不透他下一句想要说什么。但是，等你再一次静下来，你觉得这样太妙了，阿玛兰塔的复仇和她的爱情是成正比的，她对皮埃特罗的爱情有多深，恨就有多深，就像她对雷蓓卡的恨一样。只有时光流逝，多年之后，她才明白她有多爱雷蓓卡，但是，这并不妨碍她继续恨她。这是真正的孤独，我们知道彼此相爱，但是，我们拒绝相爱，永远恨下去。

在《霍乱时期的爱情》中，当七十三岁的阿里萨对终于守寡的、七十岁的费米尔娜说"我是纯洁的，我只爱你。我仍是童男之身"时，你觉得马尔克斯简直是在胡扯淡。在像高傲的鹿一样的、纯洁美丽的费米尔娜拒绝了阿里萨之后，他的一生都在不停地进行各种艳遇。但稍微停顿一下，你又觉得简直太准确了。是啊，谁能说阿里萨对费米尔娜不忠呢？他一生中无数的情爱只是为了更爱她，只是为了在有机会再次走向费米尔娜时更加纯洁。马尔克斯小说有太多这样的奇思妙语："伦理这玩意儿，我要往它上面拉上两堆屎。""穿上鞋，帮我来结束这场狗屎不如的战争吧。"一种迷人的随意和举重若轻。

马尔克斯把心里的感受完全当作现实来写，不加任何解释和铺垫，更没有比喻、关联词之类的话语媒介。如他对吉卜赛人的磁铁的描写，应该说这是他心中对童年时期所看到现象的感受，那是任何人都有的一种感受，如果我们写，可能会说："那磁铁就好像把村庄所有的东西都吸走了一样……"但是，马尔克斯说："大伙儿惊异地看到铁锅、铁盆、铁钳、小铁炉纷纷从原地落下，木板因铁钉和螺钉没命地挣脱出来而嘎嘎作响，甚至连那些遗失很久的东西，居然也从人们寻找多遍的地方钻了出来，成群结队地跟在墨尔基阿德斯那两块魔铁后面乱滚。"他描写雷蓓卡和霍塞·阿卡迪奥之间旺盛的情欲："他们的邻居对那种叫喊感到害怕，一夜里整个地区的人都被这种喊叫惊醒八次，就是午睡时也得惊醒三次。人们都祈求这种毫无节制的情欲不要侵扰了死者的安宁。"

一切就是真的，在他那里不容置疑，不管你信不信。其实，读者也知道它并不是真的，我们并不去求证它的真实性，我们懂得马尔克斯想要表达什么，并且，这种夸张的手法常常使读者更加心领神会。可以说，马尔克斯最深最透地理解了小说的实质，它用最大的胡言乱语说出最真的东西。他放肆地使用语言，从一个极端走向另一个极端，因此，他达到了一种自由。马尔克斯是个说谎话的高手。他不对现实和读者负责，他只对他自己的心灵的真实性和小说的本质负责。

马尔克斯最好地掌握了辩证法，他常常在语言和思维的两极走钢丝，但是，却从不失手。阿玛兰塔爱皮埃特罗，因此，她必然恨他，因此，她会拒绝皮埃特罗的求婚。深谙辩证法的马尔克斯深知阿玛兰塔会拒绝的，以人类最固执的高傲和孤独。俏姑娘雷梅苔斯不懂人间的戒律和爱情，因此，她对于男人才具有最大的吸引力，她的纯洁是她最大最致命的诱惑。

菲南达·德·卡庞奥，奥雷良诺的妻子，活在自己虚构的高贵之中不能自拔，雷蓓卡和阿玛兰塔活在自己的爱情之中，如烟的世事对她们没有任何影响，她们活在自己的世界之中，她们从不相互理解，甚至从不思考对方的存在，只有自己是唯一的。唯有母亲乌苏拉是唯一务实的人，是大家唯一的精神统一体，只有她的努力可能实现相互之间一点可怜的沟通。佩特拉·科特，奥雷良诺的情妇，具有很旺盛的情欲，而这旺盛的情欲带来她牲畜般的迅速繁殖，她和庇拉·特内拉（奥雷良诺上校的情妇，她和他的兄弟霍塞·阿卡迪奥生了一个儿子。一个拉皮条的妓女，会算命，有很强的预言能力）是作品中最具有民间生命力和民间精神的人物。家族的最后两个人奥雷良诺和阿玛兰塔·乌苏拉（奥雷良诺的姑姑）乱伦，生下了有猪尾巴的孩子，存在一百年的家族被飓风卷走，消失了。

马尔克斯永远带着好奇感叙述他的主人公，仿佛他也被他们弄得无可奈何，正如每一个读者一样，他也无法知道下一步他的主人公会做什么，他是未知的，他假装毫不知情，装得那么像，以至于我们每个人都被骗了。

195

白痴、疯子与先知

帅克，有着一双无辜的、清白的、善良的眼睛的"好兵帅克"，当灾难降临的时候，他的眼睛和表情、饶舌发挥了最大的作用，从而安全地游走在愚昧的军官和混乱的战争之中，一个在民间最有生命力的人，善于保全自己，阳奉阴违，说假话不眨眼睛（相反振振有词），讽刺诙谐，又一本正经，使所有的一本正经在他的"正经"之下变得可笑而又荒谬。

你会爱上他的，这个最最聪明的人，他能适应各种恶劣的环境，以"白痴"为名，这个社会只有变成白痴才能生活下去。

"白痴"在于他知道一切并都把它说出来。他没有人们期待的表情，如恐惧、害怕，相反，他总是光明磊落，坦率亲切，人们受不了的正是他的施施然、身处危急时的故事和不期而至的爱国主义歌声。最妙的是帅克所讲的故事，"有一次"，"想当初"，这是他的高谈阔论和荒谬令人发笑的故事的通常的开头，讲各种存在的或虚构的笑话成为帅克的叙述特权，他一开口，就意味着滔滔不绝的胡编乱造。萨拉热窝事件在帅克那里成了"坐小车的人的必然结局"，而看征兵告示时，帅克高呼"皇帝万岁"只不过是帅克狂欢的一次机会，帅克面对各种不平的平静恰恰反映了民众对政府的失望和不满，帅克的无知的表象只是在提醒民众的存在并形成一种反差。政府和人民各行其是，两套语言，通过帅克的笑话杂糅在一起，绝妙地揭露了政府的本质。卢卡什上尉，一个毫无个性，但却自以为风雅而又傲慢的无用的上层人，对帅克的装疯卖傻毫无办法，也不能理解，但却非常依赖他。

帅克的故事（就政事发表议论或具有民间色彩的狂欢化讲述）具有双重和多重所指。除了故事本身有趣之外，更重要的是我们会因此联想到它此情此景时的所指。这种所指恰恰和故事本身构成一种反向意指，从而具有巨大的张力和讽拟作用，历史的大叙事和个人话语的错位产生了意外的效果。换言之，故事的内容如它的笑、歪曲事实、夸张、荒谬的本质以及它的无拘无束的自由和想象的本质，使得帅克所讲的故事产生了另外一种意义，即它的道貌岸然的表象和企图压制人民的性质被揭露了出来，有效地解构了它的所谓正义和爱国的言辞，揭示了政治生活不易被觉察的虚假本性和可笑性。民间故事偷换和覆盖了官方话语的大叙事，历史的书写在帅克的"想当初"之中呈现出了另一面。帅克的故事之所以如此有魅力，还在于它把大人老爷们放逐到了和我们（读者）一样的地位，看到他们的色厉内荏的本质，他们被帅克，包括我们尽情地嘲笑，看着他们在那里咆哮、发怒又无可奈何的丑态。他固执地把自己的经验强加于历史的宏大叙事中。杜布中尉，愚蠢的教员，充满了权力欲，却常常被帅克毫不留情地解构掉。还有卡茨神父，一个吃喝嫖赌骗无所不做的无赖，宗教已经成为一个最形式化、最虚假的附庸，彻底的腐败反而成为一种狂欢化的存在，神父滑稽的举

197

动恰恰是对自身的解构。

所谓的正义和侵略在人民那里并没有具体的意义，他们关心的只是把铺子开好，多卖几条狗，明哲保身，可是，任何时候，这种愿望都是一种愿望而已，有各种密探渗透在生活的每一个角落（正如政府宣传、文化语言环境和生存环境一样），你不知什么时候就已经上套了。其实，这里表现的并不仅仅是人民和官方的对立和战争的无意义和残忍，而且揭示出人类生存的怪圈和无意义，我们都在表演着什么，为了生活，或为了所谓的尊严，而生命本身只是一文不值的东西，谁也不会在意它。"在荷马和托尔斯泰那里，战争有一种可以充分理解的意义：人们为海伦或是为俄国而战。帅克和他的伙伴去前线时却不知道为了什么，甚至连什么是震惊也不知道，而且也不想知道。"

"白痴"是中外文学家的最爱，许多著名作家的优秀作品都与他分不开，可以说，"白痴"在文本意义中占有很大的功劳。福克纳的《喧哗与骚动》《我弥留之际》中的班吉和卡什都是典型的疯子，陀思妥耶夫斯基的《白痴》、鲁迅的《狂人日记》和当代作家阿来的《尘埃落定》都是以疯子或白痴（绝不是傻瓜）为主角。

作家之所以青睐疯子大概有以下几方面的原因：无所羁绊的想象空间。作家可以不受所谓正常主角的理智的束缚，不用考虑这样、那样写是否符合人物的性格，是否符合生活中这一类型的人，思想的自由也由此达成。利用精神病的生理特点，如跳跃性强、混乱、敏感等等，可以自由组织情节结构，塑造一个最真实而又最虚幻的王国。还有一点，可以更真切地表达人生的感受，疯子是活得最纯粹的人，他们只关注自己的内心世界，主观的感受是他们对这个世界言说的方式，从而和现实的世界构成两重性，并互为观照，文本的意义更为复杂多元。其实，可以说，大部分作家只是在借疯子之口表达自己对世界和存在的感受，在某种意义上，他是作家心灵思想的外现。因此，大部分疯子扮演了先知的角色。疯子的意义恰恰在于揭示出不为我们注意的那些理所当然的事情的不那么理所当然的一面，展示了它生成的过程，提出怀疑，并质疑它的合理性。

如福克纳《我弥留之际》中疯子卡什这样想："可是我拿不准谁有权利说什么是疯，什么不是疯。每个人内心深处好像都有另一个自我，这另一个自我已经超越了一般的正常和不正常，他怀着同情的恐惧与惊愕注视着这个人的正常和不正常的行径。"而鲁迅的疯子也在经书中读出了五千年"吃人"的历史，他们都在强调生活的这种怀疑本质。不同的是，福克纳怀疑的是生活和人的存在，强调生活只是一个无法下判断的抽象存在，所谓人的存在只是存在于人对他人和对自己的想象之中；鲁迅的疯子则更多质疑的是社会既定秩序和道德话语权力的有效性。其实，也可以说，他们的怀疑是对人的存在的哲学意义的怀疑，"疯子—先知"形象的共存恰恰揭示出人类的这种生存悖论。

两个书单

无意间看到在不同要求下开的书单，每本书下面附有简单的理由。颇有意味。

一

社会学、人类学、历史学和文学之间有微妙的相通之处，都是以"人"及人类生活为基本起点，展示其特征和内部的关联方式。只不过，前者更倾向于对社会结构进行分析和总结，后者则侧重于对人类生活和人性的复杂性进行揭示，前者更倾向于对必然律的寻找，后者则对偶然和不确定性充满兴趣。

个人一直偏爱阅读此类书，一方面从中能够获得关于历史的实感，另一方面又有文学的趣味。对于一个写作者而言，只有对社会历史有更充分的理解力，才能够对社会与历史中的人有更充分的理解力。熙熙攘攘的人生从来都在，通过这些书，你可以看到他们鲜活的人生、奇特的遭遇及人生背后的逻辑种种。

名单无所谓排名，想到哪一本，就写哪一本。

1. 列维·斯特劳斯《忧郁的热带》

人类学的诗性写作。诗与真的完美结合。文学叙事达到了人类学的穿透力和结构性。

2. 孔飞力《叫魂：1768年中国妖术大恐慌》

以扎实的档案资料，从"叫魂"这一生活现象入手，讲述贩夫走卒和普通百姓的思想来源，对所谓的"乾隆盛世"进行分析。书中提出一个基本问题："盛世"在普通人的意识中究竟意味着什么？

3. 沈艾娣《梦醒子：一位华北乡居者的人生（1857—1942）》

对晚清一个普通知识分子的生活和思想轨迹进行考察，背后包含着对文明体系、文化转型和人的精神危机的考察。

4. 子安宣邦《东亚论——日本现代思想批判》

在西方文明的冲击下，"东亚"如何成为"东亚"？东亚作为一种文明形式与西方文明的冲突，是相互之间的博弈与较量。

5. 史景迁《王氏之死：大历史背后的小人物命运》

以追寻一个小人物的命运轨迹为核心，以蒲松龄的小说为纲，对清初整个社会的风俗、人情、经济和情感状态进行考察。极其文学化，同时，又有严谨的资料考证。

6. 费孝通《乡土中国》《江村经济》

《乡土中国》对中国乡土社会的基本形态——社会格局、伦理形态、性格特征——进行了非常精准的概括和总结。直到今天，它依然是理解中国社会和中国人性格的一本重要参考书。

《江村经济》对20世纪30年代中国在面对"世界化"时乡村的嬗变进行了考察。不只集中于经济层面，对当时的乡村生活、精神和文化也进行了细致的描述和分析。

7. 黄仁宇《万历十五年》

从最普通的一年里对万历年间的历史、政治和文官制度进行了层层剥笋般的分析。充满悬念感、故事化，并且，能够感受到在浩瀚资料中爬梳历史逻辑的快感。

8. 立德夫人《穿蓝色长袍的国度》，明恩溥《中国人的气质》

通过晚清时期外国人眼中的中国，不只是了解外国人如何看中国，还可以从中感受到自己关于"中国"的概念从何而来。

9. 彼得·海斯勒《江城》《寻路中国》

当代外国人眼中的中国。如何理解自身的时代和精神，这是每一代人都面临的最艰难的课题。这两本书既有陌生化视野，也有独特的人类学视角。真正的阅读态度不是急于认同或反对，而是一种思考和辨析。

10. 丹尼尔·笛福《瘟疫年纪事》

以非虚构的方法，通过虚拟的资料、数字和人物，塑造"真实"和"现场"，以重返瘟疫的内部场景。这是一个非常好的写法，或可称之为"虚拟非虚构写作"。

11. 契诃夫《萨哈林岛》

萨哈林岛是俄罗斯著名的流放地，小说家契诃夫以一个社会学家的严谨和文学家的敏锐对该岛和岛中之人进行考察。

12. 卡波特《冷血》

新闻报道的手法和小说手法相结合。小说开头不断出现"在他生命的最后一天"，充满叙事性。在展开情节的同时，美国当代的精神状况也被呈现出来。

13. 诺曼·梅勒《刽子手之歌》

一部真实生活的小说。

14. 张赞波《大路》

中国式的大路，中国式的发展。

15. 奈保尔《印度三部曲》

关于印度的生活、宗教与文化。

16. 萨义德《最后的天空之后》

丧失了耶路撒冷之后的巴勒斯坦人的流散。

17. 鲁思·本尼迪克特《菊与刀》

关于日本性格的极具象征性的分析。

18. 尼·别尔嘉耶夫《俄罗斯思想》

关于俄罗斯哲学、思想与性格的考察。

19. 梭罗《瓦尔登湖》

20. 亨利·贝斯顿《遥远的房屋：在科德角海滩一年的生活经历》

同样是关于自然的描述与思考，可以和《瓦尔登湖》对照阅读。两种不同的意味。

21. 詹姆斯·C.斯科特《弱者的武器》

一个社会中的弱势群体如何寻找自己的空间，并弥补在现实中得不到的公正。

二

文学类的一个书单。好像总是想到初见时的情景。

1. 《二十世纪西方美学名著选》

最初的西方美学流派启蒙。

203

2．《胡河清文存》

被他阴郁而清亮的眼睛所迷惑，不是来自于身体，而是来自灵魂和语言之国的震颤。

3．《浮士德》

十几岁的时候在一个游走的乡间旧书摊上看到的，被里面充满救赎意味的插图所吸引。

4．《熙德之歌》

西班牙最古老的史诗。

5．《荒原狼》

关于知识分子精神的叙事和探讨。

6．《外国现代派作品选》

1980年代文学青年人手一册的书。

7．《小说鉴赏》

关于小说技巧的探讨，初学者可读。

8．《安娜·卡列尼娜》

爱情的最初启蒙。女性竟然遭遇如此多的困境。

9．《伦理学辞典》

伦理学的基本概念。

10．《儿子与情人》

关于矛盾人性的伟大叙事。和《查泰莱夫人的情人》的昂扬清新、富于批判性不一样，《儿子与情人》沉郁并有凝神的意味。第一次对"爱"产生置疑，原来"爱"的里面也包含着黑暗和残酷。

小说的写法：契诃夫和纳博科夫

某一天，午后宁静，天空灰暗，细雨缓缓下。无意间读到契诃夫的《农民》，就好像被天气中了魔似的，我被小说中朴素的生活和歌咏一般的旋律深深吸引，陷入一种深深的忧郁和沉思之中。契诃夫笔下的"农民"，不只是俄罗斯的农民，也是中国的农民；不只是俄罗斯的大地，还是中国的大地和大地上的人生。

一个在城里贵族家庭做仆人的农民尼古拉，因为生病丧失了劳动力，只好带着妻女回到家乡。生病了就得回家，没有理由。家乡并不是一个可以安宿的地方，吝啬肮脏、伤害别人也伤害自己的老太婆，粗暴酗酒的守林人大哥，充满恐惧的大嫂，漆黑的一无所有的小屋，最后，因为交不起税，村长把老太婆的茶炊拿走，这是他们唯一还象征着尊严和生活的家具。尼古拉一家成了这个家庭的沉重负担。尼古拉充满激情地回忆他在莫斯科的生活，老太婆却伤心地看着儿子，说，你成了挣不了钱的人了。只有小儿媳菲奥克拉拥有青春的身体和活跃的生命力，和乡村美丽的风景构成一致，老太婆却觉得她的小儿媳像恶魔一样。

冬天来临，尼古拉再也挣扎不动，悲惨死去。家里再没有一粒多余的粮食，尼古拉的妻子奥莉加和女儿萨沙只好离开，准备再次回到莫斯科。借助奥莉加的祷告，契诃夫说，农民粗鲁、相互伤害，但他们也是人，没有人帮助他们。在回莫斯科的路上，奥莉加遇到那个曾到家里短暂坐过的失业老厨子，他们彼此没有相认，各自朝着不可知的前路走。在村庄，他们相互攀谈，谈城里的美好生活。在通向城市的路上，他们却互不相认。也许，他们都知道他们将面临艰难，他们谁也帮不了谁。

在小说的结尾，母女俩对着一个新的房屋敞开的窗户请求施舍：

> 奥莉加对着敞开的窗子深深地躬了一躬，用婉转如唱歌般的声调说：
> "正教徒啊，看在基督的分上，施舍一点吧，求上帝保佑你们，保佑你们的父母在天国安息。"
> "正教徒啊，"萨沙也唱起来，"看在上帝的分上，施舍一点吧，求上帝保佑你们，保佑你们的父母在天国……"

母亲用"婉转如唱歌般"的声音乞讨，她真诚地渴望新的生活展开，她对窗户里面的人有基本的信任和向往，当她天真的女儿萨沙也跟着唱出同样的歌词时，却给人很强的悲伤之感。

这单纯的重复，这天真的乞讨声，形成一种旋律，像一条河流，像无休无止的生活，回荡在广阔的乡村上空。未来的苦难、未来的命运正在展开，没有终止。

整部小说，从尼古拉生病回到村庄，到尼古拉死去，奥莉加母女绝望地离开，就好像一出完整的人生悲剧，村庄的整个生活场景，政权、地主，农民政策、农民命运，人性的状态，都鲜明而细微地呈现出来。小说的基调让人伤心，像污泥一样，无法摆脱的梦魇一样的生活。但中间又有明亮的因子，那就是乡村的风光和菲奥克拉的生命力。它们形成一种矛盾性。生命在这里无用地挣扎，又奇异地充满着生命力。每个人都在寻找出路，虽毫无出路，但还在努力生活。

契诃夫的大部分小说和戏剧都有一个内核：探讨生活该往何处去，人应该以什么样的态度和价值去面对生活；什么样的生活才是人的生活；不只是对生活表象进行叙事，内部充满紧张的思辨。这使得他朴素的文字和平淡的结构获得了张力。

契诃夫的作品里面有基本的紧张和主题，即，作为一个人，该以何种价值和理念生活，作为一个民族，俄罗斯人该是怎样的生活和价值观。这也是20世纪初期俄罗斯小说的基本主题。但是，中国的当代小说，基本上没有这样的主题，几乎只是对生活景观的叙事。我们不关心，或者说没有能力关心这一宏大的问题。并且，在中国的语境下，很容易就成为道德主义。

但我想，人应该过怎样的生活，在具体的社会环境下，人应该选择什么样的道路，什么样的价值观，这些主题是很迷人的，是文学的基本母题。卡夫卡后的现代小说取消了这一主题，而着迷于对人的困顿本身进行书写，对人如何走出困顿的具体探讨则基本不涉及。

和契诃夫的现实主义完全相反，纳博科夫坚决反对文学与现实有关，他是词语（物）和修辞（旋律）的迷恋者。但两者的文学却都散发着一种美。这正是文学迷人和不可思议的地方。

纳氏的所有小说都蕴含着一种极端的风格，傲慢、偏执、沉迷，格局狭小，但最终却形成独特的世界观和文学观。

他曾经说过一句话："风格和结构是一部书的精华，伟大的思想不过是空洞的废话。"他觉得不应该在小说里呈现思想，认为衡量一部小说的质量如何，最终要看它能不能兼备诗道的精微与科学的直觉。

在谈到如何给《洛丽塔》的女主人公和男主人公取一个合适的名字时，他说："为了我的小仙女，我需要一个诗意、念起来节奏欢快又小巧可爱的词。最清澈明媚的字母之一是'L'。后缀'-ita'充满了拉丁语的温柔，这也是我想要的。因而就有了：Lolita（洛丽塔）。但是，这不应像你和大多数美国人的发音：Low-lee-ta，'L'发得太沉重拖沓，'O'音又太长。应该像'lollipop'（棒棒糖）中的第一个章节，'L'清亮柔和，'lee'别太尖锐。当然，西班牙人和意大利人念这个词肯定会有调皮和爱抚的腔调。另外需要考虑的是她原来的名字，那水源般的名字，像令人愉快的喃喃低语，'多洛莉丝'含义中的玫瑰和眼泪。我的小姑娘那悲惨的命运必须与她的可爱与清澈一并考虑。"[1]

男主人公亨伯特·亨伯特（Humbert Humbert），"这个低沉的叠加名字显得非常污秽，也很有挑逗意味。这是一个讨厌鬼取的一个令人讨厌的名字。这也是一个君王般的名

---

① 纳博科夫：《独抒己见》，浙江文艺出版社，2012年版，第25页。

字，我确实需要狂暴者亨伯特与谦卑者亨伯特之间的一种庄重共鸣。它本身也可以引申出许多的双关语。"[1]

《爱达或爱欲》是否是一种戏仿或描写乱伦可以通向幸福之路的书？"如果描写乱伦意在代表一条可能通向幸福或不幸的道路，那我就是一个表现普遍观念的畅销书说教者了。我仅仅想要 'bl'sibling（同胞）、bloom（开花）、blue（蓝色）、bliss（喜悦）、sable（貂皮）这些词中发音。"[2]

纳博科夫对词语本身的物理结构极度重视。

他早就宣称，他的写作没有社会目的，没有道德信息，"我所有小说的功能之一是要证明：一般意义上的小说是不存在的。我写作中根本没有什么目的，除了把书写出来。长时间遣词造句，直到我完全拥有这些词语并享受写作的快乐。"[3]

他对形象本身的关注远远大于对文本意义的追求。音韵本身大于词语的意义，发音的感受、声音的节奏大于词语本身。追求一种物质的美，构成某种近似于生理意义的揭秘的快感和震颤。他认为："写作的快乐完全取决于阅读的快乐，一个短语带来的欣喜、欢乐由作者和读者分享，由得到满足的作者和感恩的读者分享。"

对词语的迷恋除了音节上的，还有就是准确意义上的使用。

纳博科夫要求文学体现出一种科学的激情和诗歌的耐

---

[1] 纳博科夫：《独抒己见》，浙江文艺出版社，2012年版，第26页。

[2] 同上书，第127页。

[3] 同上书，第119页。

心。看重细节胜过概括、意象胜过理念、含混的事实胜过清晰的象征、意外发现的野果胜过人工合成的果酱。事实上，一个人的科学感越强，他的神秘感越深。纳博科夫迷恋于他的蝴蝶论文的准确性所拥有的美感。语言的精准所带来的快感可能缘于人类对符号对应的天性和直觉。当你想到一只蝴蝶翩飞于某一个高度、带着某种花纹、属于哪一科时，它带来的是认知的快感，好像找到了你与这个世界之间的对应关系。

纳博科夫对记者所有关于其语言象征层面的提问都给予最简单的否定性的回答，包括《洛丽塔》中关于美国的、汽车旅馆的、亨伯特教授少年初恋的。他不认为他自己有这方面的企图和要求。

他试图取消文学中的语文学特征，即取消了语言作为一种历史和文化符号的存在，只留下物的对应，排除其象征和隐喻的层面。

《普通语言学教程》中说："语言就是一种历史文献。"[①]这恰恰是纳氏要反对的。语言就是语言，一个词只指称一个意义，虽然他喜欢戏仿，喜欢互文，喜欢在他的文本内部夹杂着谜语一样的描述。

纳博科夫认为，根据作家的描述，应该能画出乔伊斯的都柏林地图或19世纪俄罗斯火车上硬卧车厢上的格局。如果不这样，便读不懂《尤利西斯》《安娜·卡列尼娜》。

福楼拜在《包法利夫人》中以冷淡的笔调写爱玛服毒身

---

① 索绪尔：《普通语言学教程》，北京：商务印书馆，2010年版，第312页。

亡的过程，舌头发紧、四肢抽搐、高声诅咒、疯狂狞笑等，充分展示爱玛死亡前的丑，丝毫不留情面。纳博科夫认为，福楼拜正是"以冷漠的临床细节来表现爱玛死前愈来愈剧烈的痛苦"。

纳博科夫着力于探讨卡夫卡《变形记》中的甲虫到底几条腿，身高多少，他的甲虫意识占多大比例，人的意识占多少比例，随着时间的推移，这两种意识在如何转换，等等。他觉得，如果不对此有仔细的分析和感受，那么，便无从感受《变形记》的伟大之处。

换句话说，纳博科夫强调，必须要关注作为"物"的格里高尔的存在，这一"物"越细致，越具体，就越能参与到文本的结构中去。所以，当作为"动物"的格里高尔和作为"人"的格里高尔激烈地搏斗时，人的分裂、格里高尔的痛苦和家人的无情被充分展现出来。但是，这一切都有赖于作家对甲虫的真实感的塑造。如果卡夫卡没有对"甲虫"进行详细描写，作品就无法形成如触角一般的感觉进入到读者的心里。一切都让人恶心，难以忍受，甲虫腿上的细毛在你的灵魂里无力地晃动，黏液东一道西一道，散发着难闻的味道。这是一种真实而强烈的生理感受，进而对读者形成巨大的心理冲击。

他蔑视什么？

他蔑视文学中的现实，蔑视实用主义。实际上，作为一个在枪林弹雨中逃出俄国的白俄时期的知识分子，他有着对国家、政治和体制的沉痛个人经验。但他的写作，从不涉及此类问题。他对文学中的所有关于社会现实的指导都不认同："果戈理神秘的教导主义或托尔斯泰功利的道德主义，或陀思妥耶夫斯基反动的新闻主义，都是他们自己制造的糟糕玩意，从长远来看，没有人会把它们真正当回事。"[1]

这是纳博科夫对自由的追求及表现形式，是一个已经饱经现实讽刺的人对现实近乎情感与非理性的排斥。

他认为，文学中的想象世界大于现实世界。或者说，想象世界创造了现实世界。"说福楼拜式的社会影响了福楼拜式的人物，就是在做无意义的循环论证……我反对人们在女主角爱玛·包法利受到客观社会环境影响的论题上纠缠不休。福楼拜的小说表现的是人类命运的微积分，不是社会环境影响的加减乘除。"[2]

在这一思想的另一面，就是对"庸人"的反对。

他认为好的作家都是对庸人的反对。《包法利夫人》中全是庸人（郝麦，得奖的老妇人，以及包法利。关于他们，作家所描述的每一个细节，包括穿着、打扮、行为都透露着庸俗的氛围），唯有包法利夫人是"具有英雄的种种气度"（波德莱尔语）；《变形记》中的父亲、母亲、妹妹，纳博科夫形容为"萨姆沙一家围着那只怪诞的虫子无异于凡夫俗子围着一个天才"。

好的作家总是携带着极强的个人风格，他对世界或文学的认知也许有偏见，但这一偏见却极富启发性，它拓宽、丰富，或者改变了我们对世界的认知。我想，这也正是文学的作用。

---

①　纳博科夫：《独抒己见》，第65页。

②　纳博科夫：《文学讲稿》，上海：上海三联书店，2005年版，第114页。

小说的写法：三部书

一、詹姆斯·乔伊斯《都柏林人》

在1906年致格兰特·理查兹的信中，乔伊斯这样写道："我的意图是写我国的道德历史，我选择了都柏林作为地点，因为这个城市处于麻木状态的核心。我试图从四个方面把它呈现给无动于衷的公众：童年，青年，成年，公共生活。故事按照这个顺序安排。大部分都采取审慎的平民词语的风格。"

这是他对自己的短篇小说集《都柏林人》的设想。他把它作为一个城市和都柏林人精神状态的一种表达。所以，并非只是个简单的短篇小说集，它有鲜明的整体性。

狭小的空间，封闭的精神世界，冷漠的态度和人生，散发着一种绝望的气息。但是，每个人又都文雅，有修养，有内在的孤独之感。每个人都沉浸在自我的世界里，难以超拔，也难以改变。

这就是都柏林。

《一次逃学》：沿途看到的风景，很有象征意味。两个男孩性格的差异，那个变态的老头，成人世界的丑陋。

开头兴致勃勃，结尾逆转。一种毁灭的意味。打击与摧毁。世界的某种面目慢慢呈现出来。

213

《阿拉比》：所有的激动最后都是一场虚空与愤怒。其实，市场灯光并不是灯光，而是人渐次消失的情感。在这种冷酷中人物开始成长。

《伊芙琳》：一个人物的素描，但却以矛盾而又复杂的方式把人物内心刻画出来。结尾尤其具有情感的力量。伊芙琳被无边无际的海洋所淹没，她没有办法挣脱自己的生活，并不只是因为情感，也是因为习惯。因为对未知的、陌生的惊慌，在那一刹那，"像是一只孤独无助的动物"。这一结尾显示了作者对人性方式的洞透，一旦试图回到原来的轨迹上，激情和未知的象征，如她的情人，就变得遥远且没有任何吸引力了。人在自由选择面前，反而失去了能力，被吓坏了。

前半部分是静止的，伊芙琳的视角和沉思默想。结构和旋律非常简单，就是一种描述，对家庭内景的叙述。

最后，切换到码头。伊芙琳拉着弗兰克的手。混乱而陌生怪异的场景，暗喻着未来的人生，并对以前生活予以否定。以前不管怎样，"还是有住的也有吃的"。

《母亲》：基尔尼太太让女儿参加音乐会，成为伴奏，说好的"八块钱"，最终，却因为乱糟糟的音乐会看到了危机而执意先要钱。基尔尼太太的偏执并非一定是为了钱，而是因为觉得女儿不应该出现在这种场合，俗气的、拼凑的，不够规格的音乐会，降低了女儿的声誉。她通过要钱来维持一种尊严。其结果却是，她性格深处的冷漠和敌意也被大家看到，她女儿的音乐生涯完了，她所努力维持的体面生活也完了。

小说从基尔尼太太自己作为少女时期的生活写起，因为钢琴的舞台之感和她的矜持及对自我的期许使得她和世界之间始终隔了一层。她嫁给基尔尼先生只是为了获得一种世俗的保证。她很看重这种保证，甚至女儿学钢琴，也不只是为了高雅，而是为了带上一种光环，以最终在世俗中获得这样的保证。

在帮忙筹办音乐会的过程中，基尔尼太太已经显示出她的精明、有条理和冷酷的一面。她有条不紊地帮忙，也有条不紊地实现自己的目的。

小说花了很大篇幅重点写音乐会的乱。小城特有的个性外现，每个人都漫不经心，看似倾听，但其实也只是一种社交。同时，每一个人都带着自己那点可怜的精神特征来获取注意或一点利益。乔伊斯对出场的每一个人都进行了各具特色的描写。正是这一个个姿态、神情和语言的特色描写，构成了一幅都柏林的生活场景。

基尔尼先生是呆板而不愿意搅入任何麻烦的先生，哪怕这一麻烦涉及自己的妻子和女儿，"基尔尼先生捋着自己的胡子直视着前方"。郝勒汉先生是瘸腿、积极但却无能的组织者。男低音是一个清洁工的孩子，"缺心少肺地用戴手套的手抹了一两次鼻子"。格林夫人不断转换方向的惊讶目光。

从客观的第三人称和全景式的俯瞰直接转向基尔尼夫人的视角，书写基尔尼夫人的内心世界。

《圣恩》：从咖啡馆的场景写起。柯南在洗手间摔倒。完全陌生化的、客观的描述。全景描写。一个朋友出现，把"那人"变为熟悉的、小城内的人。拉回视线。

柯南坐在出租车上。作者对柯南的生平做了简单交代。

回到家中，妻子和孩子的出现，变为内景。柯南酗酒。朋友们开始想法治疗他，把他带进宗教之中。

有一种恐怖和恶心的感觉。朋友们以道德为名约束和限制他的生活，其实是想把他拉到同一阵地中，以获得安全。

《死者》：当男主人公在世俗世界中完满地展示自己之时，他没有意识到自己的庸俗，他的确在为每一个人着想，照顾每个人，为大家奉献上精心准备的演说，一个好侄儿、好丈夫、好合作伙伴。但是，这一切，被一个年轻的、站在花园那边的、淋雨等待心爱姑娘的、苍白的肺结核小伙子打败了。而他，已经死了。男主人公永远不可能战胜他。所有的雪花都扑过来，无边无际的空虚。

二、舍伍德·安德森《俄亥俄，温斯堡》

美国小镇的精神与人生。一个短篇一个人，每个人都有自己的故事、精神困境和诉求。特别简洁，但充满意味。

舍伍德·安德森能够看到并写出每个人内心的灵魂，他对生活和世界的爱使他对他笔下的人物无比了解和心意相通。

《畸人书》：童话般的语言和寓言。简单清澈的力量。对真理的把握和坚持是人们成为畸人的基本原因。

《手》："飞翼·比德尔鲍姆"的那双灵巧而又无法控制的手成为他激情和爱的罪证，也因此遭到人间的放逐和嘲弄。作者以悲悯朴素的语言写这样一个紧张、羞涩和被损伤、被侮辱的人。他完全被生活吓倒，但却始终保持着内心的庄严和渴望。他只能通过和乔治谈心来达到内心的缓解。最后由作家来讲这个故事。作家不时跳入文本。小说结尾处"飞翼"捡拾面包屑的细节把这样一个人内在的庄严性体现了出来。既滑稽可笑，又让人感伤、震动，最后形成一股深远的情感，贯穿于人物的一举一动和历史遭遇之中。

他和乔治的谈话，其实是早年生活的延续，但他害怕这种激情，最终成为一个未老先衰的人。

小说一开始写路边的他，全景式的，非常开阔，把人的渺小和挣扎写了出来。

《母亲》：精神上被压倒的女人，在自己给自己设定的情绪中走向死亡。

《异想天开的人》：一个充满着各种大胆而天真想法的男人，结果，却具有控制人的能力。充满幽默和生命力，但确实又是飘忽在云端的一个人。

人物素描——瓦恩河的雨和云；"什么是腐朽？是火。"——垒球教练——对植物的想法（似乎还混沌未开）——面对女朋友凶恶的父兄的宣讲（因为过于怪异，反而吸引了这两个人）。

完全沉浸于自己的世界，其他人不过是他宣讲的对象。他住在乔治家的旅馆里，乔治又一次成为旁观者和见证者。

《上帝的力量》：牧师面对肉体的诱惑。它的结尾和《教师》连在一起。牧师跑到了教师家里，开始宣讲，并认为自己成功克服了诱惑。

一开始是牧师的视角，牧师偷窥教师的生活、动作和肉体，一方面欲望在不断上升，另一方面又试图战胜欲望。最后，当女人赤身裸体祈祷时，牧师觉得，上帝正通过这个女人显示他存在的真理。而女人祈祷，则是因为欲望没有得到满足。她的动作和举动所呼应的是《教师》一篇中的结果。

《雪夜》：开头酒馆里的对话就像一个楔子一样，无实质意义，但又打开了小说空间。青年乔治为爱所困。全城只有四个醒着的人：乔治、守夜人、女教师、牧师。四个维度，四个场景，四种生活，都有内景的呈现。然后，汇集到报社的那间小屋。而守夜人，既是背景，一个不变的生活的象征，同时，也是看尽一切悲欢离合的外视角。

《上帝的力量》中的牧师从小说的另一个空间闯入这一空间，在年轻的乔治看来，不是上帝显示真理，而是"像个疯子一样闯入"，更增加了荒诞之感。守夜人仍然在美梦之中，一种静态的、漠然的期待，与这三个人的激情刚好形成反差。

人物是共同的。场景各不相干，但却又常常互为因果，增加某种趣味性。

三、胡里奥·科塔萨尔《南方高速》

科塔萨尔的小说情节极为缓慢，一瞬间的心理活动变得无限漫长，最日常的生活细节，行为、对话和动作慢慢被照亮，并被赋予新的意义。他给漂浮无依的人类生活以重量，哪怕只一个眼神都拥有本质化特征。

他选取的大多是个人最平常的片断：堵车（《南方高速》），向亲人隐瞒亲人去世（《病人的健康》），羞愧（《妈妈的来信》），在简约、准确又连绵的描写中，在一个突然的刹那，这些行为变为人类普遍行为的图式，揭示出人类的内心逻辑和变化。《万火归一》古代和现代纠缠在一起，同样的爱情，同样的气息，一个竞技场，一个巴黎公寓，里面有一种迷人的气息。他的小说不是如马尔克斯那样把拉美神话融入，进而成为魔幻现实主义，他的魔幻来自于对现实世界里面人的心理的突然揭示，犹如奇迹，但又无比真实。

如《病人的健康》漫长的铺陈，一家人都为向妈妈隐瞒孩子去世而努力，每个人如何掩饰表情，如何一天天坚持谎话，好像一个家庭温情剧。

但是，在小说的最后，突然让我们看到它的真相：不是妈妈需要谎话，而是谎话已经变为生活的一部分，它已经是真实。这一刹那，一切都变得轻盈，人类的心理秘密被洞悉，前面所有看似沉闷庸常、无意义的细节突然被串联在一起，成为一种因果，从而具有了真正的意义，也即所谓的诗性思维。人类的诗性存在。每一个瞬间都拥有饱满的意义。这和现代主义的荒诞气息和存在主义略有不同。卡夫卡小说中的人类生活本身是绝望的和荒诞的，但这些荒诞的和绝望的人类生活场景组合在一起，形成一种诗性气质，这一诗性气质没有改变他所描述的生活本身。科塔萨尔的小说总是在结尾处，或某一处赋予生活本身以诗性存在，他对人类的情感和存在并不完全绝望。

通常几个人的心理活动自由穿插，没有引号，没有人称，让你自己从话语中找到相对应的人物，虽然带来阅读的难度，但却有种迷人的气息。这种迷人来自于它邀请读者去探索，有停顿，加入自己的思考，一起开启一种历程。和博尔赫斯的小说有很相似的地方。

不同人称自由转换，时间和空间被切割，每一块被切割出来的碎片就像完整宇宙游离出来的陆地，尽管已经分离，却仍和中心保持着一种内在的张力，并且，因为这分割，有光、水、空气渗透进来。

小说的写法：女性书写
或关于女性的书写

一、艾丽丝·沃克《紫色》

主人公在污泥和爱中成长。超越了种族主义和女性主义，但同时又确实在书写种族主义和女性主义，作者把握了一种微妙的平衡。这一平衡主要来源于作者深入到家庭内部，从家庭内部写具体的人性形态、生活情景和情感方式。

西莉，一个善良、软弱到完全失去自我的女人，唯一的爱是自己的妹妹，妹妹却又被自己的丈夫觊觎。

索非娅，西莉继子的妻子。带着原始的独立精神。她的独立意识并非后天教化出来的，而是天然的对独立的追求和向往。她身上蕴含着最有力量的斗争精神。她的光彩和她所承受的苦难成正比。

莎格，歌手。拥有清醒的意识、独立的生活能力，有才华，和男人是既斗争又相互需要的状态，符合人的基本要求。她和西莉的丈夫艾伯特之间的爱情也是女性获取爱情的样本。

男人们，西莉的继父，艾伯特，哈普，既是污辱者和伤害者，也是被污辱者和被伤害者。在他们身上，体现了女性生活内部的多重阻力。

从《紫色》中，可以看到，一个作家如何从社会潮流中找到自己写作的基点，如何发现并把握人类痛苦的核心，但另一方面，又超越这些潮流，发掘更广阔的意义。《紫色》写作于1980年代，正是美国女权主义兴起的时期。当时整个社会观念非常激进，黑人女权主义既要面对总体意义上的种族歧视、白人中心主义（包括女权主义的白人中心主义），又要面对内部的性别歧视（黑人与白人之间、黑人与黑人之间）。

所以，我们看到，《紫色》中既写到女性之间的友谊、爱与理解，女性的物化，写到黑人男性对黑人女性的压迫、污辱，也写到黑人男性人格的扭曲和痛苦。

小说结构非常有意味。以书信体为小说主体。西莉写给妹妹的信起头是"亲爱的上帝"，是永远发不出的信，既是内心独白、是倾诉，更是无望。

这样日复一日、毫无希望的信件的罗列，本身就呈现出一种意义，西莉的痛苦和忍耐在不断积累，读者的情感也在不断积累。

二、玛格丽特·阿特伍德《使女的故事》

文学是想象世界的一种方法。

小说最本质的问题是：一个作家如何想象世界，既不被现实秩序所束缚，同时，又是关于现实的书写。

《使女的故事》是关于反乌托邦的书写。在新的制度下，女人的功能只被局限于生育的功能，没有任何权利，不能有任何情感和人性，只能是一件物品的存在。那些训诫、定期的忏悔、广场集会和家庭聚会，都以规训、监管女性为目的。在这样的情况下，新的国家遍布耳目，举报、告密随处发生。

《使女的故事》是关于女性的书写，但又不只关于女性，它还揭示了在绝对的权力下，每个人是什么样子。每个人都是角色、工具的时候，即使位高权重如大主教，也只是角色和工具。最后，大主教也被别人替代了。每个人都无法自保。

关于人性的特点。作者在其中反复提到一个主题：我们是在多大程度、多快速度下适应新的社会形态，并且，在这样新的社会形态下，产生新的人性特征。在这里，作者对人性持一个极大的怀疑态度。

人类的遗忘程度超出了自己的想象，很快，就适应了新的规则。自由的走动、表达，都被忘掉了。

极为呆板的、没有任何情感的过程、目的，身体和情感不再是身体和情感，只是角色。阿特伍德是绝对的批判者。

怎么可能社会会倒退到那个地步呢？现在看来也有可能。瞬间就倒退了。一个制度规章的改变，互相的告密，越轨。

不单是社会制度，也是人性的特点。

《使女的故事》类似寓言体，隐喻性非常强烈。

女性的观点。阿特伍德是非常鲜明的社会批判者和女性主义者。在她的其他作品如《别名格蕾丝》中，对女性被物化的状态进行非常大胆的书写，并且探讨了女性一旦被物化之后，女性自身又面临着怎样的扭曲、抗争。在这一意义上，或者不如说她的小说是一种"反寓言体"。

女主人公小心翼翼地想活下去，想被触摸。

三、卡森·麦卡勒斯《伤心咖啡馆之歌》

一种歌谣式的旋律。但这种咏唱只是内在的爱情旋律，并非民俗。它虽然与那个"小镇"相关，但并非与小镇之间有本质关系。

歌谣的旋律感如何产生？作者不紧不慢地推进情节，每当写到关键时刻时，叙述者跳出来，借用第三只眼，把故事推远，"现在，需要对所有这些行为作一个解释了"，"前面提到过，爱密利亚小姐结过一次婚"等等之类的话，以产生整体的视野，把它紧紧包裹在"故事"中，这样，读者始终是以听故事或看故事的心情参与到故事的推进中，有距离感，也产生了品味之感，和故事里的旁观者一起围观整个事情的走向。

另外，作者反复描述小镇的夜晚，灰尘、闷热、核桃树、广场、工厂、苦役者的歌声，尤其是到情节的关键时刻，笔调非常慢。仅仅是亨利说出他哥哥要出狱回来这一细节，作者至少花费了八页，从黄昏一直到夜里一点钟，从那个生疖子的小孩哭，到爱密利亚小姐治疗好这个孩子，从小罗锅夸张表演，一直到耐不住瞌睡离开，亨利才说出那句话，"我今天收到了一封信"。

譬如马文回来后，爱密利亚小姐准备和他决斗时，作者一直在铺垫气氛。从马文回来小罗锅一瞬间迷上那一刻开始，整个小镇和爱密利亚小姐的气氛就开始朝着恐怖的方向推进。

四、伊凡·雅布隆卡《蕾蒂西娅，或人类的终结》

花了两天时间读这本书。

一个普通的十八岁女孩被奸杀，由此成为一个社会事件。作者深入到女孩的家庭，写她成长的历史，另一线索回溯当时案件的过程，两条线索齐头并进，把法国社会的内部问题给展示出来。不只是社会民生，人性破产，包括政治在其中的利用。那个女孩成为一个符号，没有人关注她作为一个人的尊严和应有的价值。

对女性的暴力史并不是一个特殊的个案，而是触目惊心的普遍情形。它是人类文明史上一直没有解决的问题。

蕾蒂西娅短暂的一生一直被暴力所包围，这其中，最为严重的是各种表现形式的男性暴力，它们最终也夺去了她的生命。作者让我们看到法国社会内部千疮百孔的生活和人性形式，蕾蒂西娅并不是一个特殊的个案，她是我们每一个自己。

她的双胞胎姐姐杰西卡是她的另一面。接受男性对她的侮辱，以换取家庭的温暖和一个孤立无援的孩子所需要的保护。她的人格自我矮化，对自己的权利不敢争取，她把得到的一点点温暖看得无比珍贵，哪怕以被强奸为代价。

我想到了波拉尼奥在《2666》中列举的墨西哥城的女性被杀案，枯燥，没有任何情感，也没有尽头，就好像生活本身，就好像那些上了滴滴车的女孩子。女性被杀的各种形式，到最后，公众的情感麻木，就好像她们从来不存在过，甚至连尊严都不曾有。

当一种形式的暴力反复出现时，它的触动性就没那么大了，它被当作生活必然的一部分，进而，它演化为一种天然的观念。它被不断示众，不断重复，同样的情节，同样的场景，同样的姿态，最后被演化为一种丑陋的形象，女性的丑陋形象，而成为一种整体形象。

第三辑　千江有月，万里无云

如何寻找传统的现代性

我想从一部电影谈起。台湾导演侯孝贤的电影《刺客聂隐娘》坊间评论两极化趋势非常鲜明。就我自己的观感而言，这部电影确实有很多值得讨论的地方，但是，它给我们展示了一个世界的存在，静穆、雍容，同时，又有着人性隐忍和生命激情的世界。这一世界，你可以说它是东方的，但同时你也可以说它是象征世界里最富于完整性、最美的世界。它迥异于现代的文明世界，但却具有现代性，一种来自于古典世界和古典人性中的现代性。

因为震惊于这部电影中象征世界的表达，我又重新找出裴铏《传奇》中的小说《聂隐娘》来读，想寻找出小说内部的多种可能性。我想思考的问题是，如果说我们要激活一种文学传统的话，就《聂隐娘》而言，有哪些是可以转化并拥有传达可能的？

首先，《聂隐娘》的叙事是否具有现代性？通读整篇小说，虽然很短，但包含了两重叙事声音：一个是全知全能的视角；一个是第一人称"我"，即聂隐娘的自述。前者客观、无情感，扮演着俯瞰众生的角色，有时还夹杂着感慨和惊叹；后者则压抑、平淡，但暗含着情感的涌动。两者之间形成一种反差，形成参差和错位，并产生出一种意义。这两种视角互相渗透，在文本中形成多重的叙事空间，既有大的世界观的呈现，又有个体的挣扎和努力。文章总体的空寂意

227

味和个体的隐忍及对人性本真情感的珍惜构成一种富于矛盾性的张力。尤其是聂隐娘从初期学习刺杀之时"见前人戏弄一儿，可爱，未忍便下手"，到最后几无情感，行事果敢，可以说是道与人之间争斗的结果。

其次，人物是否有现代性？聂隐娘这样一个女侠，没有文明世界中的道德感和正义感，只有个人之大义，与现代观念中的"道德"完全不一样。你可以称之为古典江湖世界中的"义"，但也可以说她是一个无政府主义者，一个绝对的个人主义者。前者是传统观念中的定位，后者是现代观念中的定义，看你如何去阐释它。

最重要的是，她身上有一种自由之美，含混的，但却包含着某种萌芽的，在前现代的世界萌芽出现代因子的美。她创造了一个世界，一种飞扬的姿态和一种人生方式，倏忽来去，遁入天地。

可以说，《聂隐娘》给我们提供了另外一个想象盛唐的途径。现实的盛唐可能是雍容、有序的，是整个世界文明的最高峰，而在《聂隐娘》中，它想象了另外一个盛唐——自由的、飞扬的、自我的世界，它给我们想象了一个另类文明世界。

我们回过头看中国古典文学，许多作品都有这样的超越性和普遍性。它既是典型鲜明的中国故事，但同时也拥有更广阔的象征性。如蒲松龄的《聊斋志异》，那样一个志怪世界，但里面对社会的讽喻和对人性的描写却几乎是普世性的。汤显祖的《牡丹亭》则毫无疑问对人类情感世界进行了回环往复、缠绵悱恻的叙事。《红楼梦》《三国演义》等四大名著，包括《金瓶梅》，它们对中国生活、中国经验的描述并非因为那是在一个封建时期而独特，更是因为它们对这一生活之下的人生和人性有超越性。它超越文本所表达的特殊语境，建构了一个具有象征性的文明世界。它可能没有现代国家概念，但它有对生活和美的至上追求，它也有规则，譬如家国观念，但却也有对自由的个性的追求，譬如《红楼梦》中的宝黛爱情。

作为有五千年历史的国度，中国有久远的、隐藏于生活深处的文化形态和文明知识，譬如算命、生辰八字、五行八卦等等。在我们的现代观念里，这些中国古代神秘知识，已经作为"陈腐"的象征而被我们遗弃掉，它们所包含的宇宙观、世界观和人生观，也都被阻隔在历史之外。

但是，如果我们换一种姿势或者话语方式来看待中国古典文学和中国古代神秘文化，或者，会有不同的空间和通道出现。

在今天，古典文学、文化传统及相应的知识谱系和当代文学之间有一种很难弥合的断层，这一断层的原因很多，譬如，"五四"激进的现代革命，文学革命颇为"道德化"的文学观，白话文的大众化追求，教育的断层等等。这些我们姑且不论，它们所造成的直接后果是，在思维方式上，当代作家更多接受西方文学的精神，譬如孤独、怀疑、单独的个人（这些当然很好，但却缺乏一种根本性的背景），语言上是缺失了中国古典话语的现代白话，很难有幽深、杂糅的语言。一个根本的现实就是，我们对世界的想象是单面的。我们把西方传统带入到我们的文学之中，但却很难把中国古典文学的传统，乃至于中国传统所包含的世界观、经验形态融入进去。这一融入并非是全盘接受，也包括批判。我们几乎可以说一无所知，那是一个被尘封了的世界，被阻断在历史的深处。所以，既无所谓传承，也无所谓批判。我们没有河流，找不到在河流中沉浮、跳跃、挣脱或拥抱的感觉。我们就像一个孤儿，被孤零零地放置在沙滩上。现代文学时期的作家们大都拥有传统资源，即使在新文学的狂飙时代，也依然能够在他们的作品中呈现出来。当代作家却很难拥有这种能力。

伟大的作家既继承传统，又创造传统。他能使很多词语、知识重新焕发生机，他能够激活、洗刷尘土，并且赋予它现代意义。他甚至可以改变一个生存共同体的思维和审美的趋向。如歌德、托马斯·曼，如鲁迅，不管在思想上，还是美学上，都提供了一种全新的人性方式和精神形态。

美籍阿拉伯裔学者萨义德在《人文主义与民主批评》中提倡"重回语文学"。他认为，重回语文学，就是重回人文主义，通过对语言的溯源重新回到历史生成之初，去寻找言词背后的"历史生成"，也即寻找传统，在批判中继承。其实，这正是一个写作者和研究者在面对传统时的基本任务。"人文主义是努力运用一个人的语言才能，以便理解、重新解释、掌握我们历史上的语言文字成果，乃至其他语言和其他历史上的成果。以我对于它在今天的适用性的理解，人文主义不是一种用来巩固和确认'我们'一直知道和感受到的东西的方式，而毋宁是一种质问、颠覆和重新塑形的途径，针对那些作为商品化的、包装了的、未经争辩的、不加辨别地予以合法化的确定的事实呈现给我们的那么多东西，包括在'经典作品'的大红标题下聚集起来的那些名著中所包含的东西。"①

如果回顾萨义德的学术史，如《东方学》《文化与帝

---

① 爱德华·W.萨义德：《人文主义与民主批评》，新星出版社，2006年版，第33页。

国主义》《知识分子论》《最后的天空之后》等著作，就会发现，他所强调的"语文学"和"人文主义"具有特别的含义，即从自我身份和文本所涉及的语言传统出发，对身处的世界、文本和文化进行交互性的分析。他特别强调学者的自我身份——对他自己而言，是"西方和阿拉伯—伊斯兰传统"混合状态——对学术思考的影响。这里的"人文主义"并非指普遍意义的人道主义关怀，而是指一个学者以语文学为切入口，在对文本语言的词源学分析基础上，使语言回到所附着的和所涉及的社会语境、民族历史和传统资源中，最终对自身所处时代的种种事实进行质疑、批判和敞开。正是以此立场，他写出学术著作《东方学》。在文中，他把"东方"看作是"西方"的"他者"的建构①，并敏锐地发现加缪作品中所隐藏着的具有超稳定结构的"法国形象"，它表现在加缪对阿尔及利亚土地上阿拉伯人的空缺描述中，阿拉伯人只是一个模糊的结构和没有主体性的符号存在②。

---

① 爱德华·W.萨义德：《东方学》，北京：三联书店，2007年版。尽管后来的学者从多个角度批判萨义德这种后殖民主义的分析方法，但《东方学》对理解世界文明冲突和文化冲突的起源确有启发性。

② "具有讽刺意味的是，无论加缪在他的小说或叙述性作品中讲述故事，法国在阿尔及利亚的存在，或者被表现为超出叙述之外的，一种不受时间与诠释所限制的形象（如娅宁）；或被表现为唯一值得作为历史加以叙述的历史。"萨义德：《文化与帝国主义》，北京：三联书店，2003年版，第255页。法国在加缪的小说中被视为超稳定结构，是终极的正确。在中国的当代文化结构中，西方文化也是一个超稳定结构，在对待传统文化和自身民族性格时，作家所表现出来的非主体性和模糊化的倾向都使得"西方"成为萨义德所言的"一种不受时间与诠释所限制的形象"，是一种元结构和判断自身存在的基本依据。

我感兴趣的是萨义德对文学批评通向"人文主义"的独特界定：语言和自我身份。前者是通往人文主义和传统的方法与途径，后者是论者的情感起点和理性起点。"从字面上讲，语文学就是对言词（words）的热爱，但是作为一种训练，它在所有重要文化传统——包括构成我自己成长环境的西方和阿拉伯—伊斯兰传统——的各个阶段，都获得了一种准科学的知性和精神的声望。……所有这一切包含着赋予语言的一种细致的学术关注，认为语言在其自身之内承载着它确实可以或者实际上并未承载的知识。"①

对于写作者和文学批评者而言，重回语文学，首先意味着重新把目光投向语言、词语本身，从对语言的持续关注和追索中发现文学内部所透露出的幽深的时间和空间，从而寻找"传统"的面貌和含义。这不仅是因为语言可以发掘历史，而是因为"构成民族的正是语言"，"语言就是一种历史文献"②。重回语言和言词，意味着重新进入语言所产生的民族历史与时间之中，在对语言的探索中寻找历史。在此过程中，语言所蕴含的深远信息慢慢浮出地表，它的氛围、流转，它的对抗、妥协，它的转喻、象征；等等。探讨语言的生成过程和使用方式，也即重新回到历史源头，去寻找被遮蔽在时间深处的真相。这也是一种批判主义的学术态度。

对语言的探询逐渐指向自我的历史生成和现实存在。学者对自我身份的强调固然可能会带来思维的偏狭和某些盲

---

① 爱德华·W.萨义德：《人文主义与民主批评》，第67—68页。

② 索绪尔：《普通语言学教程》，第43、312页。

点，但对那些致力于思考与自身相关的社会、政治、文化的学者来说，这应该是一个基本的前提。否则，就无法找到思考的原点和启动点，更无法穿过迷雾一样弥散在自身周围的现象去寻找最核心的问题。鲁迅在对国民性、传统性等所有问题的思考中都是从"我"出发，首先基于对"我"的追问和怀疑，因为"我"也是这一历史构成的一部分，梁漱溟、王国维一代的学者都具有这样的自我感和历史感。萨义德究其一生思考自己与阿拉伯传统、美国文化之间的关系，一个失去家园的阿拉伯人，一个在美国精英文化中拥有地位的人，一个在伊斯兰传统中长大但却是基督教徒的人，等等。这多重身份和多重文化的矛盾，既是他生存的真实状况，也是他思考世界的起点。德籍犹太裔哲学家汉娜·阿伦特并不回避自己的犹太人身份，而是以此出发，思考二战以来欧洲现代政治制度的种种问题。这一出发点反而使她的认知具有独特的启发性和穿透力。日本当代思想史学者子安宣邦在《东亚论——日本现代思想批判》序言中的第一句话便这样说："从我们自身的体验中去追寻，何谓20世纪的'近代'、何谓'亚洲'乃至'日本'？这是我作为思想史学者的使命。"[①]以追究"自我形象的生成"起始，这是子安宣邦思考近代日本的生成的基本经验起点和伦理起点。

T.S.艾略特在《传统与个人才能》中，谈到作家历史意识及其与传统的关系："不但要理解过去的过去性，而且还要理解过去的现存性；历史的意识不但使人写作时有他自己

① 子安宣邦：《东亚论——日本现代思想批判》，吉林人民出版社，2011年版，序第1页。

那一代的背景，而且还要感到从荷马以来欧洲整个的文学及其本国整个的文学有一个同时的存在，组成一个同时的局面。这个历史的意识是对于永久的意识，也是对于暂时的意识，也是对于永久和暂时的合起来的意识。就是这个意识使一个作家最敏锐地意识到自己在时间中的地位，自己和当代的关系。"①

今天，我们谈所谓的"中国经验""中国生活"，并非只是指当下的、现实的中国现象和现实，它也应当，也必然包含这一经验和生活背后遥远的过去。如果我们看不到这一经验背后的历史性，看不到中国古典文学背后的深远处，看不到一个人眼神背后历史的总和，看不到他不经意的语言中所包含的气候、地理、性格，同样，看不到他眼神中所包含的新的思维的影响，就不可能对当下的经验和生活、对这一经验中的个人性有更深远的叙述和思考。

唯有如此，我们才能在文学的象征世界中创造出如《刺客聂隐娘》那样自由的世界。它与现实的经验世界构成一种张力，是从这一世界中诞生的自由之子，既有现实的批判性，又给我们创造一个生机勃勃的朝向未来的美的世界。

① 　T.S.艾略特：《传统与个人才能》，载《二十世纪文学评论》（上），上海译文出版社，1987年版，第130页。

遗失的身体、语言和镜像中国

　　这本书，你最好夜读。万物俱静、心神合一之时，你所有的感官肉身都被调动起来，追逐着自书中缓缓溢出的香，感受它精妙复杂的美与奥义。真的，你能闻到香味，能闻到清少纳言"枯了的葵叶；雏祭的器具；绸绢碎片"，能闻到李贺的"袅袅沉水烟"、张华《博物志》中"香气闻长安四面数十里中，经日乃歇"的西域奇香和让宋徽宗神魂颠倒的"龙涎香"，那从久远历史散发出来的香萦绕着你，让你心醉神迷，神思万里。还有那些人，"那位'异国名香满袖薰'的少年武士"到哪儿去了？那失落的利玛窦怎样走在通往皇宫的路上？那在黑暗中消失的"李子神父"到底从何而来？为什么是"穷波斯"不是"富波斯"？那是我们曾经有过的身体和生活吗？

　　但是，且慢，这不是一部感官之书，它让你着迷，但不会让你沉迷。你当然会被书中怪诞神秘之器物与之知识所吸引（其实，怪诞神秘源自我们的遗忘和对生活表象的过分执着），它们的来路太过奇特，好像你从来不曾触及，你更被吸引并为之着迷的是它们被编织的方式，在语言的往返缠绕和对那一缕香、一朵玫瑰、一本奏章的执着追寻之中，生活和历史的另外镜像被呈现出来。

《青鸟故事集》①是一本书中之书，是一次关于知识的再建构，《博物志》《太平广记》《开元天宝遗事》《太平御览》《中国基督徒史》《中国之欧洲》《旧中国杂记》……时间倒流，那被遗忘了的长安，已经坍塌的街道、房屋，已成尘埃的裙裾、瓦罐和床铺再次恢复，世界重又细致入微、栩栩如生，马戛尔尼又回到那艘大船上，利玛窦带着他的钟表正赶往皇宫，小斯当东正在向"李子神父"学习汉语……所有的知识元素、普通器物都被包容进去，一瓶香水、某首诗词、一句谚语、某个瘦削的背影都是作者要品味的对象，也是《青鸟故事集》的主角。以它们为起点，时间再次开始。但是，这些又不是传统意义的知识，就像艾柯的《玫瑰的名字》、卡尔维诺的《宇宙奇趣》，以"物"起始，却不止于物，而是对"物"之来源，物所包含的人类心性、历史和象征进行考察。所以，"穷波斯"不只是"穷波斯"，而是携带着远方信息的旅人，"玫瑰"与"蔷薇"的混淆也不是简单的错认，而是一次漫长的跨文化旅行。

李敬泽把知识解放出来，变为活的纹理，重新编织我们的生活。看似闲话野史、边角废料，却恰恰勾勒出历史形成的另类逻辑。你可以说它是知识考古（如果不做勘察，难以从那么多隐秘混乱、夸张戏谑的历史碎片中有所发现），几乎无一句无来处，奏章、杂书、公文、诗句都严密可靠，但是，叙事和逻辑所依靠的却是作者巨大的想象力，作者在用一种新的方式重新理解世界。即使帝王将相，也不涉及权力野心或阴谋，他触摸的是即使作为常人也可能忽略的"多

---

① 李敬泽：《青鸟故事集》，译林出版社，2017年版。

余物"，用另外一个词，叫"审美"。这些知识、事物与生存、贫富无关，但却是人存在非常重要的一部分。他让我们看到这些"多余物"的重要性，看到它的魅力和迷人之处。在物质世界的内部，牢牢附着着精神的需求，就像宋徽宗的龙涎香、利玛窦的钟。他们的行为也许是个人行为，却也微妙地参与历史的行进之中。

所以，初看《青鸟故事集》，感觉它非常传统，古雅、玄妙、文人化，承继了中国文学"文"的传统，远有搜神志怪、笔记体小说来对应，也颇具唐宋传奇之神韵，又很有现代文学时期随笔式散文的意味。譬如，梁遇春的《春醪集》和钱锺书的《写在人生边上》，纵横捭阖，旁征博引，意趣横生。细细品味，又都不尽相同。它的旨意不只在表达文学趣味和人生的某种况味，考古不只是为了考古，博物不只是打捞风物，它指向更宽阔的面向。

李敬泽有更大的野心。他要重新起高楼，创空间，注气息，他要把游离于历史之外的、已经遗失于时间黑洞之中的书、物和人再次拉回，让我们重新发现世界。叙事和修辞不只是技巧，它就是世界本身，是审美，也是意义。语言的气息、时空的转换、物的选择都包含着作者对世界与美的认知和理解。所以，他不仅要寻找弥散在长安的香气，要沿着这缕香气，或者说"碎片化的知识"，去追溯它的根本来源，还要建构一个新的意义世界。在《发达资本主义时期的抒情诗人》中，本雅明不只是在论波德莱尔的诗的意象，同时，他也给我们建造了一个波希米亚式的、充满着游手好闲者的巴黎世界，他重新复活了19世纪上半叶巴黎的文化和文学形式、工业和资本形式，他对当时文人的生活、创作方式及与社会的关系进行了精微考察，并且让彼此关联起来，成为一个有机体。本雅明曾经说过，他最大的梦想是"写一本完全由引文组成的书"，这样的引文其实已经呈现在他所有的文章中，那种碎片化的、随时而至的资料和史实结构成一种叙事，并形成一种文体。这种随时中断式的、无限关联的、时空共在的叙事，在卡尔维诺那里，被称之为"百科全书式叙事"："每个人的生活都是一部百科全书、一个图书馆、一份器物清单、一系列的风格；一切都可以不断地混合起来，并且以一切可能的方式记录下来。"①卡尔维诺称这是一种"积极的怀疑主义"："像是一种赌博与冒险，不倦地努力，要在讨论、各种方法、各个层次的意义之间建立起关系来。知识作为一种繁复的现象是一条把所谓的现代主义和被定名为后现代的主要作品连贯起来的一条线索。"②其实，不只是现代主义或后现代主义，我们把视野扩张一点，这一"积极的怀疑主义"也应包含古典作品和现实生活。

　　知识不再只是僵硬的知识，公文不再只是固化的公文，它们都被编织入一个新的链条之中，这一链条既形成新的故事、意义，也形成一种文体、叙事。本雅明致力于完成一个巨大的野心，让知识建构生活，并赋予世界以新的形象。在这一过程中，好像完成了洗涤，又好像得到某种"灵光"的注视，"时空的奇异纠缠，遥远之物的独一显现"③，当知

---

　　①　卡尔维诺：《未来千年文学备忘录》，辽宁教育出版社，1997年版，第87页。

　　②　同上书，第81页。

　　③　本雅明：《摄影小史》，载《迎向灵光消逝的年代》，广西师范大学出版社，2008年版，第36页。

识以某种奇妙的叙事、逻辑和语言连接在一起时，它就像一位魔术师，一次化合作用，产生出一个新的事物和新的意义。这正是小说的基本要义。

我们看到，李敬泽的写作也同样具有这样一种"百科全书式叙事"的特点。无论是早年的《河边的生活》《小春秋》，还是近年来在《十月》杂志的专栏《会饮记》、《当代》杂志的历史专栏《讲谈》，你会发现，这些散文（姑且称之为"散文"吧）很少有通常的叙述文体，几乎都是融知识、考古、博物和现实于一体。《河边的生活》中历史考古随处而至，如河边石子处处闪光，这些闪光不是因为作者在发历史幽思，而是他对每一处山河、古迹、庙宇确有相关的考古和博物知识，这些考古学、博物学的知识直接参与到语言和修辞之中，形成一种亦史亦文、典雅潇洒的风格。《小春秋》在对《春秋》《左传》等中国古代原典解读的基础上，加入了黑色幽默和现代思想的成分，那些历史事件和人物在古老大地上仍在奔突，他们的形象、面貌和精神从来没有离我们如此近过。2016年在《十月》杂志上的专栏《会饮记》进一步发挥并扩张了这样的风格。《精致的肺》《坐井》等，玄幻奇妙，每一篇都像一幅华丽而充满无数细节的画卷，有《清明上河图》的栩栩如生，如昨在今，也如今在昨。历史和现在、过去与当下，雾霾和五国城的风，西安机场的那碗面和齐国的水，它们之间不再有距离，都活生生地在你面前。在这里，历史人物和当代人物、历史生活和当代生活，就活在同一时空里。宋徽宗那一瞥之间的惶恐和感受着的冰冷，也包含着萧红面对的大雪，梁鸿、李敬泽在人群前表演的脆弱，维特根斯坦的"真"与"假"的悖论，也包

239

含着冯唐译诗的尴尬和孤傲。

在《利玛窦之钟》中，李敬泽引用了日本作家远藤周作的一句诗："主啊，人是这么的悲哀，海是这么的蓝。"那一刻，所有的人，宋徽宗、萧红，包括远藤周作、《沉默》中的那个传教士，他们的内部精神和面临的境遇是相通的，被隔绝的历史和那些遗失于时间深处的人物再次被唤醒，并拥有能量，他们和几百年、几千年后的人一起，迎接四面八荒吹来的罡风。每个人都既是瞬间的，同时也具有永恒性。这不单单是高超的想象力，也不单单是对历史典籍的把玩程度，更重要的是，汉语及相关的历史、故事、修辞在此已经变成一个充满灵性的生命体，他在尽力打造那样一个有着巨大肺活量的文学空间，它以崭新的建筑形式给当代文学增添新的种类和精神方向。《当代》专栏《讲谈》则以大历史修辞的形式出现，如果说《小春秋》是在历史碎片的基础上对人物及其世界进行素描式的勾勒，那《讲谈》的面向则更宽阔一些，作者充满"造物"的野心，开始更严谨的爬梳和格物，他要进行大历史的建构，他要做的是"大春秋"。

在此意义上，你完全可以说《青鸟故事集》是一部小说（不管是随笔小说、考古小说，还是侦探小说等等之类）。极致的想象力，离奇乖张又合情合理的情节，再加上恍惚迷离的空间叙事，它们构成一个华丽幽远的美学世界。李敬泽就像一位隐身民间的侦探，像那个穿行于"交叉小径花园"的间谍，根据一个模糊暧昧的线索，甚或只是一句"袅袅沉水烟"，就奋不顾身又乐在其中地跳入时空迷宫和浩瀚文献中，迷失、歧义、发现、渺茫，只为寻找玫瑰何以被错认是蔷薇，或者追踪那个无处可逃的逃亡者，又或只是追随那缕香气。语言之香，文字之谜，这是一场古老的游戏。我们从语言中寻找、描述并确立自身。

何为青鸟？报信之人。语言是其必要的媒介，它的任务是要传达真实。但是，正如柏拉图著名的"洞穴"理论，人们会把自己的影像当作真实。而语言则是关于影像的描述，是影子的影子。它是产生误解的根本缘由。

误解，其实是误读。而误读则是世界形成的根本。大至国家外交，譬如最著名的晚清"马戛尔尼"外交事件，小至对一句话的不同理解，都会因为误读产生新的意义，并且改变事件的进程。《飞鸟的谱系》就是一篇关于误读的叙事。它的故事主干是美国人威廉·亨特《旧中国杂记》中所写的一个案件。印度水手犯案，法官请来英国人老汤姆，老汤姆又请来会说几句印度话的木匠翻译阿树，于是，几个人进行了一场"驴头不对马嘴"式的、让人捧腹的对话，法官在审讯，阿树在推销自家的家具，印度水手则一头雾水，旁边一群洞若观火的人在围观。这个场景非常具有隐喻性。语言在人群的上空乱飞，没有达成任何交流。但，这就是交流。正如作者所言，"语言的相遇是两种互不交融的'现实'的碰撞，只有它们能够将双方引入同一个现实平面"，而"历史就这样在多种多样的想象和幻觉的冲突中展开"，这也正是16世纪以来中国和西方相遇时的基本状况。

《飞鸟的谱系》从道光皇帝所阅奏本的修辞写起，从纸上语言进入历史，从一个案子说到马戛尔尼，再回到唐代的元稹，转而到1943年的开罗会议，然后，回到最初随船来华的"李子神父"，回到误读最初产生的时刻。在某一时刻，几个知识点突然对接，眼神豁然碰撞，火花四溅，遥远不相干的时空和身体连接起来，产生T.S.艾略特所说的"化合作用"，碎片变为了整体的一部分，并从陈腐化为生机。唐代元稹的诗与马戛尔尼使团中的那个"李子神父"之间发生了联系，1943年的开罗会议和《旧中国杂记》中的那个案件有了同质性，它们都是"返与他心腹""翻来诱同族"。不只是翻译，而是误读之后语言象征的浊化。李敬泽用"杂质"这个词来形容语言进入异质文化之初的形象，暧昧、纠缠、混淆，还有侵入、威胁和因为彼此面目不清而产生的警惕感。在这里，李敬泽展示了自己的历史观，世界并不仅是"事件"的世界，也是普通人并由普通人参与创造的世界。"引人注目的人与事不过是水上浮沫"，鸦片战争、八国联军侵华起因不只是教科书中告诉我们的那些，可能仅仅是因为那个错误百出的、经由无数次"鸟译"而面目全非的奏章，它才是故事的最大主角。

"科学思想"得益于以"新"的方式看事物的能力。文学也同样。世界看似只有一个，生活看似只有一种，但是，当你用不同眼光去理解并记忆它时，它便有无穷个。在这个意义上，事件的生活只是生活中最微小的一部分，或者，它更容易遮蔽更为复杂的存在，而那些微小不易觉察的事物却常常也改变着历史的面目。或者说，日常生活更主宰历史。这是他的历史观，也是他的文学观。

东方、西方，从来都不是截然对立或分明的存在，它们各自携带着关于远方的想象，彼此缠绕交织，或者说相互歪曲，就像《红楼梦》中刘姥姥进到大观园中看到的那个"箩柜筛面一般"的西洋钟。同时，也在歪曲和谬误中产生新的结果和意义。"布谢没有梦到的是，那棵银树也是一面有着神奇魔力的双面镜子，东方和西方、中国和欧洲，在镜子的两边相互凝望。""镜中之相""水中之月""梦中之梦"，这既是近代中国在世界中的形象，也是我们理解自身时的状态。在很多时候，我们通常是以"他者"之眼理解我们自己。或者，从来就不存在什么本来面目，虽然"皇上的知识体系是坚如磐石的堡垒，异域风物只是堡垒外随处开放的野花"（《利玛窦之钟》），但最终，这个孤绝的自我还是败在了一个重重误读之后的奏章上。利玛窦终其一生都没有走进紫禁城，那些西洋钟也成为废物堆积在历史的角落，即使如此，也并未能阻止"世界"还是轰隆隆地开进紫禁城，并且，还将继续。

《青鸟故事集》试图从我们的知识、文化和"物"的蛛丝马迹中寻找那被遗失的身体，自由饱满的身体，寻找在漫长旅程中遗失的语言、意义和气味，寻找陌生人的脸及他们的表情，试图勾画出隐藏在"时间上游"的过去，那在黑暗中涌动的无名个人和无名行为，"历史的面貌、历史的秘密就在这些最微小的基因中被编定，一切都由此形成"。

这是一次漫长的旅程，但也是一次寻找真实与美的旅程。

千江有月，万里无云

一碗一碗的饭，
阿母盛的那碗我最爱；
一领一领的衫，
阿母缝的那领我最爱；
一条一条的路，
阿母住的那条我最爱——

我还记得，读到这首歌谣时，是春天的一个下午。彼时我坐在一片麦地的中央，读的是台湾作家萧丽红的《千江有水千江月》。当时我大约十四岁吧，正在贪婪地阅读所有能到手的文学作品，除了当时正流行的琼瑶、金庸的作品外，也读《论语》《道德经》《穆天子传》《边城》《飞鸟集》《简·爱》《安娜·卡列尼娜》等等。阅读给我打开了一个世界，让我领悟到人性的复杂、文字的美好和故事给人带来的震撼，当然，也让一个情窦初开的少年融入一种特殊的感伤和怅惘中。

我从书中抬起头来，田野里麦苗青青，挤挤挨挨，活泼泼地往上抽条，远处是弯曲东流的大河，春日和煦的阳光笼罩在身上，我的泪水一滴滴在往下掉。至今我仍能记得那泪水，贞观和大信，世间极纯的女子和奇特、豪情的男子竟然因误解而各分东西，贞观心痛无以解脱，突然听到这歌谣，想到母亲和故乡，想到故乡的安稳和温暖，顿然流泪。

在那一刹那，我被一种极悠远的美与时空震动了。十四岁的我，虽还不太懂男女恋爱时的小世界，但对书中所描写的家、家族、人情和人世有很深的感动。

那是一个深远、优雅的世界与文明。有评论者认为，"没有一本小说，像这本书这样，把中国的人伦社会和世俗生活，写得如此美好"。的确，《千江有水千江月》把中国世俗生活写得极美。人伦、礼仪、道德，家庭之爱、夫妻之爱、男女之爱，都充满着一种有序、有礼的美；还有敬重。作者的字里行间，是对人、天、地和世间一切的珍惜和敬重。

在这里，世俗生活黏稠、丰富、温暖、惬意，与天地四时相合。

它写出中国生活的包容性。佛家、道家、儒学，它们对中国生活都有影响，混杂在生活的丝丝缕缕之中，也充塞在中国的时间和空间中。在日常生活中，以身、言、行、礼传承下来。

作为生活在当代的中国人，我们对中国传统文化，对中国生活的内在结构性，对一个家族的情感，到底还懂得和感受到多少？一个民族的文化并不能因为它有了某种缺点，就全面否定它。由它的正面而形成的人生是多么多情、含蓄、空灵。它让人向往，既是对那样一种亲情关系、人际方式的向往，也是对那样一种生命方式的向往。

贞观的大家族，姨、舅公、堂哥堂弟、堂姐堂妹，不管是生活在日本、台北，还是哪一个城市，都以外公外婆住的布袋镇为中心，欢笑、幸福、悲哀、凄凉皆在一块儿。在这里，一个人习得所有的人生知识，性格、亲情和生命观，它是最自然的教育。在这里，一个人就像回到母亲的子宫，温暖、安全，能够疗伤，能够获得力量，重新出发。

这是一个圆的生活，人在这个圆中，方才有意义，如果离开了它，就是圆缺了一角，你的存在也失去了意义，所以，村人死亡，也愿意埋在自己的那块地的一角。"这一家一族，整个是一体的，是一个圆，它至坚至韧，什么也分它不开。"

布袋镇就是一个大的村庄和大的家庭，"每个人真正是息息相关，再不相干的人，即使叫不出对方姓名，到底心里清楚：你是哪邻哪里、哪姓哪家的儿子、女儿。"小说也写邻里纠纷、彼此长短，但同时，这些纠纷和长短都在相互的影响中得到修正。每一次家庭团聚、串走亲戚，或进庙烧香、住观静修，以及端午清明，都是一次彼此慰藉、支撑依扶的机会，它们使生活在其中的每一个人都团在一起，最终成为一个坚韧的圆，谁也离不开谁。

这是我们的文化故乡，在今天，它的很多特性都被作为负面因素而被批评，但是，它里面所包含的生命情态、文化形状和文明的奥秘却被忽略。作者在文中花大量笔墨写植物、天空，写布袋镇的海，写每一个平凡人物的喜怒哀乐，他们是这自然界的一分子，既卑微又伟大，既有限又无限，因为他们都各自遵循了最本分的宽容、热爱和努力。

贞观的阿公躲避邻居偷瓜大伯之心甚于那位大伯，因阿公不愿意那位大伯被看见而羞耻，作者萧丽红把阿公形容为"宽厚余裕"。

被阻隔在日本、多年未归的大舅终于归来，却带着已然成婚的日本老婆，这让在家日日许愿、希望夫君平安的大妗没了归处。再见亦是流泪、心痛，但终归人平安就好。大妗为了还愿，更为了不让大舅为难，坚持去观里吃斋念佛，以让大舅和日本妗子安心生活，这又是怎样的"痴心纯厚"。

大舅回家，因为是大喜，要做好一盘盘油饭，送给邻居，邻居也回礼半盘白糖，"这礼俗是怎样起的，又如何能沿袭到今天，可见它符合了人情！邻居本在六亲之外，然而前辈、先人，他们世居街巷，对闾里中人，自有另一种亲情，于是在家有喜庆的时候，忍不住就要分享与人；而受者在替人欢喜之余，所回送的一点米粮，除了礼尚往来之外，更兼有添加盛事与祝贺之忱。"

作者萧丽红用一种古典、含蓄、优雅的语言讲述这样一个家庭，这样一种生活方式和文明方式，里面有活泼、清新的歌谣谚语，有繁复黏稠但却有义有情的风俗民情，也有哀婉、悠远的爱情诗歌。它的语言与内容完全匹配，都是从这一方土地中生长出来的。

《千江有水千江月》并不是我所读到的最好的一部小说，它在结构上有拖沓的倾向，在情感叙事和人性展示层面，也略有简单化倾向。但是，我却始终念念不忘。成长之后，在一天天的阅读与写作中，我在想，究竟是什么使我难以忘却？或者，有一点非常重要，它使我看到了一种生活内部的美，它恢复了我对自身族群的生活和文化的信心。

作者在后记中讲了一个"情"与"缘"故事：

圆泽是唐朝一个高僧，有天与好友李源行经某地，

247

见有个大腹便便的妇人在河边汲水，圆泽于是与源道："这妇人怀孕三年未娩，是等着我去投胎，我却一直躲着，如今面对面见了，再不能躲了，三天后，妇人已生产，请到她家看看，婴儿如果对你微笑，那就是我了，就拿这一笑作为凭记吧！十二年后的中秋夜，我在杭州天竺寺等你，那时我们再相会吧！"

当晚，圆泽就圆寂了，妇人亦在同时产一男婴。第三天，李源来到妇人家，婴儿果真对他一笑。十二年后的中秋夜，李源如期到天竺寺寻访，才至寺门，就见一牧童在牛背上唱歌：

三生石上旧精魂，

赏月吟风不要论。

惭愧情人远相访，

此身虽异性常存。

这就是"三生有幸"的由来！唯是我们，才有这样动人的故事传奇；我常常想：做中国人多好啊！能有这样的故事可听！

这美、这好听不是来自于它符合某一宗教的教义，而是来自对生命的瑰丽的想象，对约定、友谊、缘分的最高体认。它是我们原始思维的一部分，"中国是有'情'境的民族，这'情'字，见于'惭愧情人远相访'（这'情'这样大，是隔生隔世，都还找着去！）见诸先辈、前人，行事做人的点滴。"中华民族是一个讲究礼仪的民族，礼仪不只是为了自己的美，而是要表达"她对人世有礼"，对他人要有分寸，这是一份内化于心而形于表的对生命的尊重和平等。

中国人是讲究家庭、讲究四时因合的群体。不管走多远，生命总会重归大地，重归故乡，因为只有在这里，你才能安静，才能在琐碎、平实而又踏实的生活长河中找到最初的温暖和爱。

一本好书，一个好的故事，其实是在想象一种人生，想象我们可能的或已有的生命与生活。它让我们意识到，生命其实还可以如此美好，人与人之间还可以有如此回环往复、缠绵温厚的情感，即使是最后无奈的分离和岁月的流逝，也因"守礼""有情"而保留一份尊严和想望。

少年时代阅读的那本书不知因何而得，也不知因何而失，但那温暖久远的情感却始终存留于灵魂的某一角落。

2012年5月，在北京的一个旧书摊上，突然看到，欣喜若狂，压抑着内心的激动，赶紧抢买了，紧紧抱在怀里，犹如失而复得的珍宝。

有时候，想到自己的书架里放着这样一本书，就好像自己的房间里也是"千江有水千江月，万里无云万里天"。霎时间，一个温暖灿烂、美好平安的世界在眼前展开，它既是古老的，也是崭新的，是已经逝去的，但却也化为基因永远存留在我们的记忆深处，并且成为文明的因子和性格，一代代传承。

从"声、色、气、味"说起

——北方、南方与川地文学

当年写博士论文时，由于题目与区域文化有关，不自觉中，总会用对比的眼光去感受地域之间、地域文学之间的不同，这就发现，在小说领域，确有北方和南方的差别。作为一个地道的北方人，作为一个热爱创作的文学研究者，在研读南方小说时，我时常感到一种障碍，准确地说，这种障碍让我自卑。在南方小说家的作品中，有一种气质，不论我如何揣度、如何模仿，我永远无法超越。这一障碍即对物质、对日常生活、对人的内在情感和精神的丰富细微的描述，还有那种对文明的体会、对生命的自信从容和雍容的态度，北方作家不可能达到。其实，地域和由于地域而产生的自然环境、人文环境的差异会影响作家的文化心理结构和气质倾向，它们形成作家作品独特的色彩、气息和别具一格的精神气质，它来自于作家童年最初的记忆，来自于作家第一次看世界时进入视野的感觉。于是，属于北方和南方的不同气质也在小说中体现出来。

在阅读小说的过程中，我时时为两者色彩的不同而震惊、感叹。南方和北方的小说有着明显的色彩差别：繁复、绵密与单调、广阔（意象）；敏感、细腻与厚重、灰茫（对生活细节的体味）。南方文学常有梅雨季节的阴郁，潮湿、难耐的烦躁，清丽空灵的沉思；而北方则是一种忧郁和荒凉，他们的背景是阔大的，那种平原特有的孤寂、单调和阔大的忧郁。南方文学沉浸在"物"与"情"的喜悦中，在细雨中从容地铺开生命、生活的场景，日子是丰富、细密、缓慢而有意味的；北方文学里只有生活，"生活"已经够作家们忙碌的了，他们迷失在"生活"的海洋里，和作品中的人物一同争吵，打架，斗嘴，争权夺利，而对于生命本身，他们没有时间去体会。于是，北方出现了杨争光、刘震云、李佩甫、阎连科，而南方则有王安忆、叶兆言、余华、苏童、魏微等。

由色彩的差别而起，南方小说和北方小说有着明显的叙述差别和审美差别：前者是抒情的文学，带着一点贵族气息，带着许多美感、忧伤、喜悦，甚至暴虐，这些情绪都能产生出审美的空间，着重于表达情绪；后者则是叙事的文学，是实在化的，有着实在的目的和用途，忧伤和喜悦都是实实在在的，有着物质特性，与美感的关系不大，着重于结构故事。前者的审美在于表达了生命内在的冲突，后者的审美则更多地表达生命与外在环境的冲突和生成，一个是自我的，一个则时时显示着他人在自我世界中的意义。这使得两者的小说精神产生极大的差别。

北方，无论是河南，还是陕西，很难出现像张爱玲、苏青、沈从文那样的作家。自然环境的贫瘠和荒凉在本质上决定一个作家的思维背景和情感方式。重读当年苏青的《结婚十年》，对其中所描述的女性心灵的挣扎与辗转深切认同，但同时，更为迷恋的却似乎是她作品中那种密实、细腻的生活气息，穿衣吃饭，婚礼人情，庭院树木，无不透露出作者对物质的丰富感受和一种艺术化的情致。胡兰成在评价苏青时说："苏青是宁波人。宁波人是热辣的，很少腐败的气氛，但也很少偏激走向革命。他们只是喜爱热闹的、丰富的、健康的生活。许多年前我到过宁波，得到的印象是，在那里有的是山珍海味，货物堆积如山，但不像上海；上海人容易给货物的洪流淹没，不然就变成玩世不恭者，宁波人可是有一种自信的满足。……她的热情与直率，就是张爱玲给她的作品的评语：'伟大的单纯。'……听她说话，往往没有得到什么启示，却是从她那里感染了现实生活的活力与热意，觉得人生是可以安排的，没有威吓，不阴暗，也不特别明亮，就是平平实实的。"

北方作家不可能有这样"平实""明亮""富足"的色调，不可能有张爱玲、苏青作品中的那种物质感，对物的细碎的喜悦、欣赏、品味，对旧式文明的咀嚼背后所隐藏的是从容、自信的贵族底蕴，可以把物质、把生活转化为艺术来欣赏。严酷的自然环境、低劣的文明条件、单调的北方乡村生活场景是大部分北方作家的童年记忆，没有所谓"文明"的物质环境，随时而至的战争、灾荒、饥饿不只是一个"惘惘的背景"，而是迫近于眼前需要解决的实际问题。没有热闹、踏实、富足的日常生活作为基础，他们所看到的是为基本的温饱而斗争、为一点点蝇头小利就争得死去活来的日常生活，他们的作品常常有一种绝望隐含在其中。南方作家也有绝望，但是是对生命的绝望，而北方作家多是对生活的绝望，他们还来不及把这绝望上升到生命的感受，这绝望是彻底的，有着彻骨的疼痛。因此，北方只可能出现徐玉诺的《一只破鞋》、师陀的《果园城记》。那果园城里的"城主"——威严的魁爷，在肮脏、布满灰尘的北方街道上背手而过，周围的妇女紧张地屏息着，又暗暗期待着能得到恩赐；北方作家不可能写出沈从文的《边城》，那明丽、自然、略带些哀愁的翠翠是只可能在南方温柔的河流边生活的。

张爱玲说："我发觉许多作品里有力的成分。我不喜欢壮烈。我是喜欢悲壮，更喜欢苍凉。壮烈只有力，没有美，似乎缺少人性。悲壮则如大红大绿的配色，是一种强烈的对照。但它的刺激性还是大于启发性。苍凉之所以有更深长的回味，就因为它像葱绿配桃红，是一种参差的对照。""壮烈与悲壮"，这是一对并不相悖的词语，但因前者有了生命的断裂感而多了一丝决绝和牺牲，而喜悦着生命细微处之美的张爱玲本能地排斥这一名词。"悲壮""苍凉"则有体味、感受和留恋在内，是欲去还留的徘徊和回旋，因此，多了旋律和音乐，多了情感和"参差的对照"，这正是南方美学的基本特征。当代学者赵园在《北京：城与人》的后记中这样写道："我依然时时梦到乡村，而且总是北方灰黄的乡村：冬日黯淡的天幕下的平野与远村，沙岸间的清流细柳，被鞋底磨亮的乡间小道与杨树夹峙的笔直的公路。我疑心北方式的单调与荒凉已透入了我的肌肤、浸渍性情且构成了命运。"这种"北方式的单调与荒凉"也许并不是赵园一个人的感受，而是千百年来中国北方文人的感受，它不仅是一种自然色调，也奠定了作家审美的基础。斯达尔夫人在《论文学》中论及德国北方文学与南方文学时，说："……北方各民族萦怀于心的不是逸乐而是痛苦，他们的想象却因而更加丰富。大自然的景象在他们身上起着强烈的作用。这个大自然，跟它在天气方面所表现的那样，总是阴霾而暗淡。当

253

然，其他种种生活条件也可以使这种趋于忧郁的气质产生种种变化；然而只有这种气质带有民族精神的印记。南方的诗人不断把清新的空气、繁茂的树林、清澈的溪流这样一些形象和人的情操结合起来。……在南方，人们的兴趣更广，而思想的强烈程度却较逊；然而产生激情和意志的奇迹的，却正是对同一思想的专注。""北方的气质带有民族精神的印记"，也许这句话带有某种地域决定论的倾向，但对于一直以北方为政治与经济中心的中国来说，却也有一定的道理。

自然环境的不同和物质生活的差异导致作品色彩美学倾向不同，实际上，政治环境的差异会导致作家作品主题的巨大差异：北方作家作品中有不自觉的家国同构意识，而南方作家则一直是个人生命体验占据重要的位置。南方作家对个人情感和生命的遭遇关注得要多，而外部环境，尤其是社会政治，较少成为他们思考的起点。但也并不是一成不变的，政治文化环境的变化也在不停地改变着文学的面貌。当中原城市作为帝王的首都时，如唐代古都洛阳和宋代朝都开封，也曾产生过细腻、典雅而又充满着雍容之气的艺术，开朗、富足、充满活力的生活流露其中。我们从唐代壁画那圆润、自信的线条便可感受出这一点，从白居易《长恨歌》那缠绵多情的基调也可略感一二。但是，整个唐朝是豪放的，杜甫的诗只可能出现在北方，在他的诗国有一种时时存在的"家国同构"结构，这是北方文人自然的胸怀和气质，是久居中原之地文人的一种霸气，它的文学和南方城市做帝都时的文学截然不同：北宋时期的《东京梦华录》中描述市民生活的"丰富、从容"，繁复的色调和优裕的光华，对日常生活的玩味，勾栏瓦肆，说书斗鸡，有一种让人沉进去的温柔之感

254

和颓败之气，这是一个繁荣帝国所特有的气息。

从整体意义而言，以上的分析有一定的学理性。但是，当真的把作家放在"声色气味"的地域背景中考察，尤其是，当你在真实的地域行走、观察、体验之后，当一个物质的地域中国呈现在面前的时候，才发现，用"南方、北方"这样的字眼来对地域文化、文学特征进行区分只能是一个较为笼统的概念，也许只适合于典型的南方、北方省份，比如江浙、河南这样的地方，而对于像四川这样具有鲜明地域文化特征的地方，这一划分会掩盖了许多细节的但却也是本质的不同。

那一年秋天和朋友一起，绕了大半个中国，从中原腹地河南开始，到广东、海南，其间，经过广西、湖南等地，然后，又到四川、西藏。对于南方，最大的感觉是太干净了，习惯了北方的风沙、灰尘，觉得南方干净得不近人情，但是，那清晰深刻的阳光与阴影、突然而至的骤雨、南方的潮湿的酷热却也使人能够更真切地体会到南方作家作品中的诸多气息。而感受最深的却是巴蜀之地——四川。

只有到了真正意义的蜀地之后，才能够参悟川籍作家作品中所隐藏着的神秘符码。

这是一种典型的盆地文化生态。川地的秀丽与明媚自不必说，它的边远与险峻之态更造就了巴蜀文化的基本形态。因其自在的封闭之态，所以才有巴金笔下的大家族那沉重压抑的生活——那种充满原型化的家族是最典型的中国封建家庭的生态图，才有沙汀笔下《在其香居茶馆里》中的众生相；但也因为自在，才有如今的安然与从容。在日益浮躁、

255

紧张的现代化都市生活的背景下，川地犹如世外桃源，行走在时间之外，虽然有许多新生事物的侵蚀进入，但是，其步伐仍然没有紊乱，街边竹凳竹椅，谈天说地，喝茶斗牌，浑然不觉日已昏黄，温润的阳光，灰色的天空，美味的食物，亮丽的女性，无不充满着使人想无限地沉下去的醉感；也因其自在之态，川地盛产独异的才子才女。郭沫若、巴金、沙汀、周文、翟永明等都是典型的代表，在这样险峻而秀丽、封闭而广阔的自然环境中，人以自然的性情生活、成长并感受着事物。如巴金、艾芜这样的浪漫主义者，就好像从山野中走出的孩子，以一颗好奇的、单纯的心去感受世界，字里行间充满着新鲜的纯真与超越世俗之上的自然之光。北方的政治文化与南方的主情主义对他们来说都只是后天的熏染，在他们的骨子里，有着因与自然之间的和谐关系而天然的对自由的渴望。巴山蜀水，这是一个很容易滋生浪漫情怀的地方。边远但不边缘，避开了名利场的纷争，反而更能达到思想的沉淀与独立。我的一班生活在川地的同学朋友，平日教书写文，周末喝茶起社，游山玩水，韬光养晦，几年未见，一个个神色爽朗，清辉流泻，明净异常，也使我依稀感触到川地的净化功能。

在品尝了川地数目繁多、难以名状的美味之后，迷失在重庆的浓雾之中的瞬间，川籍作家作品中另外一种气味突然被感觉出来。在第一个层面上，川籍作家作品中流露出无拘无束的浪漫与不谙世事的天真，但是，细细品味，却充满着厚实浓重的油烟味儿。那是诱人的、真切的人间烟火味儿，就像中午时分经过一家门口，从厨房里飘出来的是各种原料混合的爆炒味儿，隐约能听到里面热烈的声音。人情世故，家长里短，或以短小精致见长，或长篇如史诗，人物、故事、风俗、掌故，都娓娓道来，不疾不徐，充满着一唱三叹的趣味与强烈的泼辣气质，或者，这与川地本身的生存状态一脉相通。麻辣的火锅，无数多的风味小吃，随处可见的清秀干练的女性，人对物质生活的热爱与创造在这里得到淋漓尽致的体现与发挥。如果说北方以单调、寥廓使人产生一种悲凉之感，南方以繁复、细密让人产生淡远的忧郁的话，那么，川地则以一种厚重的味觉和世俗的享受使人油然而生"沉沦"之心。这或许也是川地作家与广义的北方、南方作家微妙的不同之处。北方作家的作品中没有吃的艺术，因为，吃只是吃，是温饱，是战斗，是奋斗的唯一目标，因此，北方作家一旦写到吃，有一股子狠劲，除了吃饱后的舒畅之外，似乎也找不到更多的能够传达北方作家乡情的地方了；南方作家的作品中的吃是点心，是轻轻一拈的举动，吃本身并不重要，重要的是姿势、仪态与心境；但川地作家的作品中的吃则是全方位的、实在的艺术与享受，是吃的过程，如川人之语，铿锵有力，但却回环往复，一波三折，也恰如坐在麻辣火锅的下风口，虽辛辣刺鼻，但却五味吃透，麻辣之中浸透着浓香，刚烈之中回旋着温柔。当看到一位优雅、美丽的川地女子，坐在热腾腾的火锅面前，一边说话聊天，一边用勺子耐心地替每一位朋友布菜、放料的时候，你会为她如此享受而莫名感动。如此从容、自在的享受，谁能说这不是生活的一种境界呢？或许生命在这其中也得到某种最大的尊重。

是的，川地女子亦是上帝给人间造就的一个奇迹。巴金笔下的鸣凤、瑞珏已经使我们感受到川籍作家心中的女性形象，但真正能代表川地女子形象的却是艾芜小说中的石青嫂子，一个坚韧、勤劳、不屈服于命运的典型的"辣妹子"形象。川地女子的美德、美丽已经得到全民族的广泛认同，她们任劳任怨，精明能干，"出得厅堂，下得厨房"，而其中最不可思议的是，她们极爱自己的丈夫，尊敬，甚至于宠爱。当你目睹川地女子对丈夫的服侍与呵护时，你不会想到那是男尊女卑思想在作怪，你看到的是一位伟大的充满母性光辉的女性，她全力关心、照顾她所爱的人，维护她的家庭的尊严与完整性，那是一种自然的奉献与宽广的温柔情感。

或许，这种因地论文的方式并不能揭示文学的全部含义，譬如一部作品的普遍性与共通性，但是，你会发现，当你用身处其中的眼光去阅读时，你会对作品的情感世界有更深切的体会。每一部作品，那字里行间的背后都有一个遥远的、模糊的，但却也是完整的、具有某种独异色调的世界，它有自己的色彩、气味、气质和呼吸。这一独特的"声色气味"既属于作家个体，但也属于那一方山水和人情。

土地的黄昏

"天色已黄昏。大地的轮廓消失了。黄昏是'明'与'暗'、'生'与'死'、'动'与'静'的交界处。越过这个界限，一切可见的'动'都变成了'静'。大地上的一切事物，都以一种'死寂'的形式在悄然生长。土地沉睡了，但它的分子和元素还在悄悄地行动，尘土的微粒和草叶的根茎都在喃喃自语。农民也沉睡了，但他们的梦还没有睡，梦在召唤稻谷和子嗣的种子选手。"

黄昏降临，阳光将退未退，光亮与阴影、温柔与热烈同时存在，大自然与生活显示出它的多重特性和内在的矛盾性。是的，黄昏是矛盾的，它暧昧又复杂，却呈现出生生不息的永恒奥秘。这一充满着神秘气息和辩证存在的开头奠定了张柠《土地的黄昏》的诗性特征。诗性，并非只是一种抒情或修辞，更是一种对存在的体验，一种感受及理解事物的角度。它不是对单纯的美的召唤，而是对万物生长的复杂性和内在的过程持最虔诚的态度，倾听、思考、体会，从中得到情感或理论上的思考，最终获得与自我、自然、各种事物同在的生命感知。

哲学的原则在于定义，社会学、人类学也是试图从一个部落或族群中寻找出某种规律性和普遍性的存在。但是，这不是《土地的黄昏》的任务，张柠并不想从中抽取一个类似于费孝通《乡土中国》那样的概念总结，相反，他认为，他的首要任务是"拆解"，是还原性的，"将笼罩在乡土之上的一些概念、成见、话语所构成的'覆盖物'拆除，让它们恢复到'分子'状态（或者说'材料'状态）。而所谓的'编码'，就是将那些重新变回材料的新的乡土文化'符码'，重新纺织一次，编出来的不再是概念，而是图案"。

在这里，"拆解"并非后现代主义意义下的碎片化或虚无化，也不是推翻或重新论证之前我们已认知的种种概念，张柠避开本源性的抽象理论探讨，重回大地深处，去寻找一个个细节和节点，让这些细节和节点鲜活并且富于象征力量，最终，组成一幅完整的"图案"。或者说，张柠想做的是，避开正午强烈的阳光（它会遮蔽一些事物），来到"黄昏"时刻，大地疲倦，光线减弱，各样事物自在呈现，花的委顿，露珠的生成，灰尘的下落，房屋的阴影，儿童的奔跑，器物的位置都因"明"与"暗"的临界点的到来而更富意义，更富时间感和结构感。他既是为了判断这是一种怎样的生活和结构，每一种话语、每一个"器物"背后包含着怎样的生活方式、心理机制和控制作用，但同时，又不想因为这一判断而牺牲掉其中每一个的"在"，两者互相彰显，并且处于"均衡"状态。它所写的既是人作为个体的活生生的"在"，但又并非这一活生生的"在"本身，而是以其背后的象征性为基本起点。或者说，他把"人"放置于结构之中，但结构却并没有束缚其中人的存在感。这也是他所强调的"用理性捕捉消逝"的根本所在。

张柠强调自己是一位"体验者"，是以强烈的经验色彩去感受这些"体验"。体验，即在内部行走，能够看到内部的纹理，能够感知到那纹理的粗糙、闪亮和灰暗之处，这是纯粹的观察者所无法体会到的。他把自己在小小的竹林垄张家村生活的二十年作为思考和叙事的基本起点。作者毫不避讳自己的经验主义色彩，并且认为，人类文化活动是一种"活的类型"，只能靠经验的"类比"来完成。中国社会正处于急速变化的时期，每一个问题、每一种事物都面临着多样的和复杂的变化，此时，经验主义反而更具有有效性。打开《土地的黄昏》，土地、原野、植物携带着时间、空间和历史的气息扑面而来。在这敞开的空间内部，我们看到了各种已经遗失于时间之中的家具、农具、玩具、食物、服装。它们栩栩如生，仍然在某个繁忙的农妇手中，在奔跑的小孩腿间，你几乎可以听到那小孩尖锐的呼喊和迎风而落的汗水。

《土地的黄昏》为我们建构了一个关于乡土中国的百科全书式的意义空间、生命空间和象征空间。在前六章中，作者从乡村的时间与空间特征开始，对乡村"器物"（家具、农具）、玩具、农民、食物等进行层层分析，深入阐释乡村的认知结构和基本来源。土地的、乡村的时间是一种怎样的时间？张柠对时间类型、时间数字、时间词语等进行详细的文化学意义的解析，把时间分为五类："生态时间"（自然的）、结构时间（实践的）、节日时间（反实践的）、机械时间（人为的）、心理时间（体验的）。"生态时间"是最初的时间类型，与自然的变化、季节的轮回、生命的循环周期相吻合；"结构时间"则是人类社会化程度不断提高的结果；"节日时间"是对"生态时间"的轮回性的一种绝望的救赎，通过仪式化的时间记忆让时间凝固并缓解焦虑，最终形成相对应的"心理时间"；等等。同时，作者把乡村空间分为"地理空间和血

261

缘空间""私人空间和公共空间""神圣空间和世俗空间"三组相对应的概念，并认为"在中国传统的乡土社会中，内部空间最稳固、最和谐的状况，就是纯粹地理空间与血缘宗族空间的重叠"。作者以符号学的方法对每一重空间中的符码进行了甄别、剖析和抽象，如对"祠堂""晒场""田头""墓地"的分析都非常新颖、独到，富于启发性。

值得注意的是，作者并没有把这些文化学意义的分析作为已经凝固了的"时间"和"空间"来书写，他敏锐地察觉到，在现代性观念的冲击下，乡村时间感发生了非常大的变化。他在书中举了一个非常有意味的例子："我"回到空虚、破败的村庄，正在打麻将的"族叔"不同于以往的热情接待，而是出现了激烈的姿态矛盾，即在"站立待客"和"坐下摸牌"之间出现了冲突。在这样的身体姿态和表情姿态下，作者意识到了"麻将时间"在乡村的蔓延和控制性，"在麻将（赌博）时间面前，自然时间和生态时间全部都消失了，历史和祖先的记忆时间也消失了……它意味着劳动情感和土地情感的终止。"而乡村的空间也由于处于闲置状态而被抽空意义，变成了抽象的空无内容的空间，"如果土地丧失了增值、保值能力和抵押价值，如果生产丧失持续性，如果空间丧失可再生性，如果共同认可的生产价值准则破裂，乡村便会变成一盘散沙——身体活动与土地空间脱节，意图与实践活动脱节，存在与经验脱节。这就是'家园'即将丧失的征兆。"的确，在现代性的轴心中，乡村的土地已经失去了其本真的存在价值——植物性和生产性，它正被抽离并变为城市资本的一部分。具有生命力的乡村空间正在丧失，它也是我们的"家园"丧失的物理体现和心理体现。

时间和空间是乡村和大地得以在人类文明史和心灵史中存在的总体性图景，而真正使生活得以呈现的是由人而产生的各种"器物"。"它是农民个体器官的延伸部分"，但同时它又不是被动的工具，当它被制造、被使用，并在经过时间的洗礼之后，它反过来又"对农民的行为方式进行控制、规训和改造"。从第四章到第七章，作者详尽地讨论了乡村器物与农民的实践和乡土文化的关系。读这几章，一个已被遗忘了的，但又无比丰富芜杂的完整世界慢慢浮出历史地表，堂屋的长条形香几，香几正中央供奉的祖先灵牌，土地神、观音、菩萨、毛泽东像，坛、缸、仓、八仙桌、马桶、火桶、镰刀、锄头、耙、犁，还有牛、马、驴等"移动的器物"；还有，小孩的铁环、飞镖、弹弓、陀螺等五花八门的玩具；等等等等。几乎相当于一本博物志。张柠在乡村大地上寻寻觅觅，把丢弃于无名角落的每一个细小的物品都捡拾起来，细细打量，寻找时间和意义。

器物并不只是器物，它承载着的是农民的文化方式和生活方式，也承载着不同的时间感和精神存在。作者从对农具的形状、力学原则分析看到农民的节约原则和在场原则，而现代化工具却因为便捷和集约而导致了污染和破坏。同样，乡下孩子的玩具往往自己亲手制作，并最终成为他个性和生命的一部分，每一个玩具、每一种游戏都有自己的性别、气质，并且，它背后蕴含着泥土意象、粪便意象和植物意象，蕴含着一个小孩的荣誉、幻想和生命成长；而城里孩子的玩具则是可复制的，仅仅是一种单纯的消费行为，玩具的独特性和生命性则被取消。

从第八章开始，作者从时空、器物（人的存在的延伸和

263

背景），进入到人的内部研究和社会史的研究，作者花费了七个章节对农民性格、心理，乡村的婚姻、爱情和乡村社会结构进行阐释。在这些章节里，作者从大的层面对乡村的权力结构（如族长制度和权威的生成）、乡村秩序的建构，及其与现代国家价值体系的差异层层剖解。这些与费孝通《乡土中国》的论题有所相同，但张柠选取了完全不同的进入方式。他并没有进行直接的理论表述，以自己的经验观察、体会权力的诞生和表现方式，如在对家乡的几位族长和族长式老人进行考察之后，他认为："族长的力量、智慧和威严不是人为强加的，而是铭刻着宗族、时间和记忆因素的。年纪大的族长都有女性和男性的双重特征，他应该同时具备男性的'力量''智慧''经验'，以及女性特有的'守护''养育''亲近'等要素。"而现代"平等"观念的强行介入，瓦解了中国农民传统的"平等"观念和意识。作者认为，乡村传统公共领域的萎缩乃至消亡，决定了他们传统的平等观念的消亡。而这些传统，恰恰是建构乡村社会最基本的观念。它们的消失也意味着中国自身所曾经拥有的文化空间的消失。

与此同时，作者从微观层面对乡村各类人物进行准确、精辟又生动的描述和界定。从农民的身体学、姿态学、表情学细致入微地观察、思考他们的性格生成、心理期许、历史逻辑及文化样态。譬如理发匠、郎中等这种乡间边缘人物，张柠认为，这些人之所以一直是被歧视、被嘲笑的对象，与他们的流动性、不确定性及与身体的接触性相关，而造成这一现象的原因又来自于乡土秩序的深层模式，那些"与身体相关的职业，会消解传统社会的禁忌，破坏稳定的秩序"。

而乡村的"二流子"之所以能够在乡村获得某种程度的宽容，恰恰是因为他在替整个宗族执行"代理休闲"，他实现了其他人也渴望的奢望。他的存在本身显示了乡土社会的整体压抑。譬如"相好"，这一词语在乡村本身就是暧昧的称呼，未婚或已婚男女、私奔通奸的都可以称为"相好"。在乡村，"相好"几乎是公开的秘密，大家既可以在背后批判、嘲笑他们，但在实际生活中又给予充分的包容。他们的存在样态都体现了中国农村观念中的某种宽松，概念的游离实际上是某种经验的游离。阅读《土地的黄昏》这一部分，你会感觉到，那长期游走于乡村边缘，并被各种话语所遮蔽的人重又从充满泥污的历史中站立起来，他们的面庞重又清晰，他们的眼睛重又睁开，深刻、富于意味。

在今天，大地、乡村和农民有越来越被简单化和问题化的倾向，他们的"黄昏"属性，那植物的、神秘的、温热的，代表着某种时空感和文明方式的属性正在被遗忘。现代都市的迅速发展和乡村的被遗弃都使得这些经验、记忆面临着被遗忘的境地，其意义和价值也随之丧失。但是，这样一种完整的经验世界和象征世界，这诸多在时间长河中闪闪发光的、承载着生命和历史的器物，这乡村种种复杂的人生和人格，是否就此失去了存在的空间和必要性？在此意义上，《土地的黄昏》通过对复杂图案的"发现"和"重构"来对抗这种丧失和遗忘。

读《土地的黄昏》，你会时时为作者知识的博杂、理论的繁多、记忆打捞能力和研究方法的繁多所惊叹。作者以知识考古学进入，把关于"乡土中国"的概念重新感性化，并进行新的分类、归纳和叙事；以符号学为基本方法，对乡

265

村"器物"和乡村各类人等进行最详尽的阐释和描述，高度具体，又高度抽象。它包含着大量的社会学、人类学和心理学的方法，譬如对农民姿态的分析就可以说是心理学的完美实证，对族长权威生成则很恰当地使用了社会学、人类学的分析方法，"器物"的那几章则是人类学、文化学、符号学和物理学的交叉结合。但是，张柠看重的不是一种"以数据为基础的理性的事实"，而是"一种经验变化的事实"。他特别欣赏涂尔干的话，研究社会事实的准则："既不包括任何形而上的思想，又不包括任何关于存在的本质的思辨，它只求社会学家保持物理学家、化学家和生物学家在他们的学科开辟新的研究领域时，所具有的那种精神状态。社会学家应该在进入社会世界时，意识到自己进入了一个未知世界；他们应该认识到，他们所要处理的事实的规律，和生物学尚未形成以前生命的规律一样是不可猜测的；他们应该随时准备去做会使他们惊讶和困惑的发现。"以面对一个"未知世界"的心态回到即将成为"过去和记忆"的世界，这需要作者清空那些已经成为碎片的记忆和被顽固占领的"现代性"头脑，需要以赤子之心回到大地上，并试图保持历史的连续性和生命的温度。这样，才能使司空见惯的风景重新陌生并产生真正的惊讶和困惑。

在西方人类学史上，列维·斯特劳斯是一位富于诗性的人类学家，他的《忧郁的热带》《野性的思维》都因其诗性思维而使得他能够进入研究对象的生命深处，并以此发掘生命背后的思维逻辑和象征性结构。他的作品不只是人类学的，也是文化学的和文学的。中国人类学家林耀华的《金翼》也具备这样的诗学特征。诗性是一种包含着强烈生命感和大地体验的叙事，但它并不排除理性和逻辑。就总体而言，《土地的黄昏》甚至可以说是一个象征性结构。它整体的结构——时间—空间—器物—人——已经把乡村世界作为一个大的意义体系和生命体系给呈现了出来；它的语言方式更是一种诗性的象征结构，用感性的语言达到理性的穿透，既是一种审美语言，也是一种象征语言和逻辑语言。

"农具记忆是一种缓慢而柔性的'肉体雕刻技术'，这是一种古老的身体记忆形式。在现代世界，它转换成战争、监狱、流放这些激烈的'肉体毁灭技术'。现代世界的日常书面记忆（阅读和教育）是一种记忆的假象，与传统的农民世界无关。……农具的历史就是惯例、习俗和经验，需要顺从和学习。农具的使用就是对肌肉的挑战和考验，需要支付和忍耐。只有肌肉的疼痛和疲劳才不会被人遗忘，这是古老的心理学原理。农具将记忆镌刻在一代又一代农民的肌肉上。使用农具在肌肉上产生的经验和记忆，是缓慢和恒久的。"这样精彩而富于意味的叙述和充满象征性、生命性、感性的理论表达，全书俯拾皆是。

张柠谙熟乡村的语言方式，顺口溜、打油诗、方言、俗语、乡村荤段子等这些散落在乡村生活缝隙中的小象征，被随手拿来，运用在文本各处，妥帖异常。作者常有出神入化的比拟，如在谈到"击壤老人"所唱的歌谣（日出而作，日入而息。凿井而饮，耕田而食。帝力于我何有哉！）时，张柠认为王充对老人的批评完全不对（不知道帝王姓名；年老还要玩泥巴），并把老人比作最早的"左翼批评家"。这几乎有嬉笑怒骂皆成文章的味道，正是这样敏慧而机智的比拟，使得《土地的黄昏》机锋不断，引人入胜。书中很多章节的标题本身就让人浮想联翩，"镶牙者或毁容大师""配种者或叫春应急中心""二流子：替代性休闲者"等等，读起来风趣、幽默，把抽象的理念和思索化入形象的故事中，但又直中核心。每一节既是某一概念的具象分析，同时，又是一个小故事。你拿起书，掀开任何一页，都会很快被吸引。

在学科归属上，《土地的黄昏》的确是一个异数。如作者所言，这本书在社会学和文学之间流浪了许多年，却始终两不靠，作者本人宣称"一开始就没有打算为某一学科写作"，它是一次自由写作，是一本"充满情感的理智"的矛盾之书。它丰沛、庞杂的气息，多种学科的反复交叉，感性和理性、具象和抽象并在，的确很难用某一学科或某一命名来界定。

但是，试图命名总是理论者的冲动，我想，如果一定要为它寻找一个恰切的叙事伦理的话，那不妨就称之为"黄昏叙事"和一本"文化伦理学"著作。只有拥有对黄昏事物的敏锐体验，只有能够深深地沉浸于黑暗降临大地前那柔和而暧昧的氛围，只有拥有对大地人生深深的爱与理解（那是一种基于自我和本源的爱），才能够有如此庞杂而多义的思绪，才能够对其中的每一种形态给予精确而微妙的叙述。

张柠有自己的野心，他在前言中对中西方人类学、社会学，甚至历史学相关方面的论述进行仔细解剖，并认为，现代以来，中国尽管出现了如《乡土中国》《江村经济》这样的人类学著作，也有相当多的"三农"问题研究专著，但却始终没有一部"农民哲学""农民心理学"的文化史学著作，没有对农民日常生活和行为方式及其相互关系的全景研究的著作。他希望能够以自己的努力弥补这方面的缺憾。的确，《土地的黄昏》绕过抽象研究和问题式研究，从时间、空间进入大地，从大地到器物，从器物到人，从人到文化心理，再到乡村文化场域的建构，以一种全景式的图案再现了中国乡村生活的微观存在，而这一微观存在是以具象和抽象共在方式呈现的。它们把你带回到乡村现场，一个繁茂异常、生机勃勃的世界。你看到你自己从时间和大地深处跑过来，在你身后，一整个世界都慢慢浮现出来，山、河、树、草，房屋、床、缸，锄头、铁锹、耙子，那个仍然威严的族长，仍然在村口骂街的妇女，那个容易脸红的细白的裁缝，每样事物都携带着时间、记忆和历史的痕迹，你熟悉其中的一草一木，熟悉他们的行为方式。

在此意义上，我们可以说，《土地的黄昏》是一部关于乡土中国农民日常生活的文化伦理学著作。这里的"伦理"，是就广泛意义而言的。它不只是指农民、乡土的道德秩序，也指由时间、空间、器物和人交织在一起形成的那样一个井然有序、相互生成又各自自由的乡土世界，里面包含着中国一整套的生活经验、历史记忆和生命形态。并且，现代世界愈迫近，它的象征性、完整性和对中国生活的伦理意义就愈发清晰地呈现出来。

个体乌托邦的追求与困境

认识刘剑梅之前，就买了她的《革命与情爱：二十世纪中国小说史中的女性身体与主题重述》（*Revolution plus love：Literary History，Women's Bodies，and Thematic Repetition in Twentieth-Century Chinese Fiction*），深为作者理论的宽阔度、论述之细腻和思辨性语言所吸引，尤其是其中对女作家作品的分析，敏锐犀利，灵性四溢，颇具启发性。看简历后方知，她北京大学中文系毕业就去了美国，先是在科罗拉多大学东亚系读硕士，接着在哥伦比亚大学东亚系读博士，之后在马里兰大学教书，《革命与情爱》是她的博士论文，全书用英文写就。

后来在一次会议中认识刘剑梅，且有机会深聊，聊家庭、孩子、女性、聊学术、理论和文学，颇为投缘。刘剑梅豁达、温厚，充满热情，思维非常开阔，而我感觉最为突出的是，在她身上，有非常自觉的"回转"意识。西学背景当然给她带来宽广的交叉视野和自如的纵横能力，但是，她并没有把此作为本源的学术思维，而是试图重回中国文化、哲学内部，从历史中去思考文学、文化及知识分子命运。在她身上，你反而更深地感觉到传统的"在"，不是方法论，不是角度，而是一种本源的"在"——生活方式、精神特征和思想逻辑——这一"在"仍然存在并影响着一代代中国人的生活和精神。她的热情、敏锐，她对学术思想的热爱、对中国知识分子生活和精神的探索都与这一"在"相关。这一点，不能不说受她父亲刘再复先生的影响。她和她的父亲是亦师亦友的关系，既有传承、教诲，也有对话、碰撞；既是几千年文脉和知识分子精神相传的彰显，也有作为平等的两代知识分子之间的相互辩证和补充。《共悟人间：父女两地书》和《共悟红楼》就是这样的传承和对话的结晶。这种纯粹精神的熏陶和传承，在中国当代家庭，包括知识分子家庭中，越来越少了。能在这样一种氛围中成长、思考，这是刘剑梅的福气，也是一种启示。

正是在这样的精神传承和学术逻辑下，刘剑梅开始写作《庄子的现代命运》一书，"选择中国知识分子对待庄子的态度作为研究课题，因为庄子在现代中国经历了一个和现代知识分子、现代作家大体相同的命运。在我看来，庄子精神的核心就是突出个体、张扬个性、解放自我的精神。……庄子在现代中国的命运，正是中国个体存在、个体自由、个体精神的命运。庄子的命运在很大程度上，折射着中国文学在二十世纪的起落浮沉，以及中国知识分子复杂的思想变迁和坎坷的心路历程"。在此意义上，《庄子的现代命运》所要处理的不只是庄子哲学本源问题，而是一个历史性问题，即中国现代知识分子在面对家、国、自我和政治之间的矛盾时，如何思考庄子，并为自己寻找支撑？他的路径是什么？反过来，庄子精神又如何渗透入现代知识人灵魂里面，成为一种集体无意识，影响着他们的思想和创作？

沿着这一线索，我们必须重返二十世纪初期中国社会的大场域，并重新面对一些基本问题：何谓"现代性"？在中国社会政治转型、五四新文化运动、国共之争和新的政治意识形态建构的历史变迁语境中，"现代性"追求给个人带来了怎样的解放、矛盾和悲剧？当国家和个人、革命和情爱、民族和自我之间的"现代性"有所冲突时，知识分子做了怎样的选择？这一选择背后有着怎样的哲学和思想源头？"庄子"的"复活""厄运"或"回归"反映出怎样的时代精神倾向和内在需求？反过来，"现代性"、民族国家建立的本身又包含着怎样的矛盾？个体自由独立精神如何以"变形""压抑""背离"的方式出现于知识分子的社会实践和文本实践中？等等。这些问题都是在探讨中国现当代知识分子精神史和思想史时必须思考的问题，也是《庄子的现代命运》一书所探讨的基本问题。

可以说，《庄子的现代命运》既是一部中国古典思想的变迁史，也是一部中国现当代知识分子的命运史。通过对郭沫若、胡适、鲁迅、周作人、废名、汪曾祺、韩少功、阎连科和高行健等十几位几乎贯穿百年中国历史的知识分子"庄子态度"的分析，作者给我们描述了一个类似于"草蛇灰线"似的思想河流，它的流动方式、流动时间及遭遇到的阻隔和限制，既显现了河流的空间形态，同时，也为我们勾画出了那时那刻的复杂历史样貌。郭沫若对庄子的态度为何前恭后倨？他对庄子的解释和塑造体现了当时怎样的社会文化状况？体现了"知识话语结构的权力和控制"怎样的"内在紧张感"？从浮夸的浪漫化庄子——把庄子作为"反抗宗教的、迷信的、他律的"个性解放的最早实践者，到苦闷时期——对庄子相对客观的学术性把握，再到匡济时期——对庄子功利的政治性颠覆，这前后迥异的"庄子态度"的变化显示了郭沫若对传统文化和哲学思想的功利性理解。但是，如果把郭沫若所面临的政治境遇结合在一起，我们也可以看到"中国现代知识分子在政治环境的压力下个性逐渐走向毁灭的悲剧"。作者分析郭沫若的变化，并不为了否定郭沫若，而是试图分析知识分子在"国家语境"和"现代性语境"冲突中所面临的困境。

这样一种对哲学思想的"历史化"研究为我们提供了一个很好的学术范式。"庄子"并非只是"庄子"，他本身就是一个被"历史化"了的存在。从刘剑梅对长达百年的知识分子精神史的分析中，我们看到各种各样的"庄子"，也看到了隐藏在"庄子"背后的不同的知识分子的脸，当然，还有各张脸背后复杂的政治谱系、精神倾向和时代需求。

但是，必须注意的是，《庄子的现代命运》并非一部纯粹的知识分子精神史，它更是一部独具个性的文学史。作者跨了几个层面，以中国古典哲学精神为原点，以庄子形象的"历史化"为切口，以一百年来知识分子与"庄子"的关系为纲，最终呈现出来的却是中国现当代文学的发展史。因为，中国现当代知识分子对"庄子精神"的实践并非直接以行动体现，而是通过文学。文学既是一个自足的审美世界，同时又是作家和知识分子本人精神状态的体现。或者不如说，庄子思想并非只是一种哲学思想，而早已化为审美精神塑造着中国文学的形态，从古典文学时期的竹林七贤、陶渊明、王维、曹雪芹到现代的鲁迅、周作人、林语堂、废名等作家，无不因庄子精神（哲学与文学）而创造出一个独特的美学世界。就当代作家而言，如汪曾祺、阿城、阎连科、高行健等人的小说，也在不自觉中汲取庄子之魂，进而塑造出富于自由、叛逆与批判精神的文学意象。

从庄子入手，这些作家文学空间的丰富性、混杂性及独立性被充分体现出来。刘剑梅以这些作品的"庄子性"入手，找到了各种形态的"美学庄子"。在《庄子的回归》一章中，她认为"庄子不仅被汪曾祺市井化了"，同时，"市井也被他'自然化'和'艺术化'了"。批评者往往不愿意触及汪曾祺小说中的"市井气"，因为它无法处理作品中同时出现的"逍遥"与"世俗"，这两者很难找到一个理由并存。但是，如果把它放置于庄子的现代命运谱系中，就可以看到汪曾祺以庄子为核心的市井叙事，恰恰是想为我们重塑一个具有朴素的自由精神的世俗生活世界。在这里，"庄子"并非只是文本的一种美学装饰，文章试图让它作为本源性精神在中国生活中更加内化和合法化。在分析阎连科的长篇小说《受活》时，刘剑梅富于创造性地把受活庄里的畸人和庄子在《人间世》中描写的"支离疏者"相比拟，这为理解这部备受争议的小说找到了精神谱系和新的切入口。她认为，《受活》描写了集体庄子和现代性话语的冲突，在这背后，也显示了乌托邦的建构与个人权力之间的矛盾，在此意义上，阎连科把古老乌托邦拉下了神坛，"阎连科戏剧性地转换了鲁迅疗治'国民性'的角度。……鲁迅的乌托邦激情建立在塑造现代性的历史意识之上，和启蒙者的主体紧密相连……阎连科的乌托邦激情在于回归质朴的过去，而不在于寻求表面荣华的未来"。

从郭沫若的"前恭后倨"、胡适的"进化论"包装、鲁迅的拒绝庄子，到汪曾祺的市井庄子、阿城的自在庄子，再到阎连科"集体庄子的困境"、高行健的"现代"逍遥，刘剑梅为我们呈现了百年文学精神的嬗变轨迹。而如果从单篇来看，每一篇又是独立的文学批评。以文化和哲学进入文本世界，又从文本进入作家本体研究，这一方法拓宽了文学批评的边界，同时，也使略显沉闷的当代文学批评焕发出一种新鲜的活力。

刘剑梅留学多年，接受了一整套的西方叙事理论、修辞理论和治学方法，并且，能够非常熟练地用来阐释和理解中国现代文学。但是，作为一个关注中国精神生活、中国文学的学者，究竟该如何放置西学理论？换句话说，在哪一种意义上，西学理论能够帮助我们打开中国生活与历史的内部空间，而不是遮蔽，或仅仅只是华而不实的大帽子？在这一角度，刘剑梅对中国思想脉络和文化哲学的熟悉发挥了很大作用。她能够让两者融会贯通，以"从内到外"、而不是"从外到内"的视野去理解当代的思想来源。这使得她的论述少了二元对立的判断，多了对其复杂性的思辨。20世纪80年代刘小枫的《拯救与逍遥》名声大噪，他的基督教立场及对"绝对精神"的提倡在当时非常新鲜，也影响了一代学人。但是，刘剑梅对此却有质疑，并尖锐地指出，不能把"拯救"与"逍遥"，即把信仰价值与自由价值绝对对立起来，这样的对立不亚于对庄子及中国古典自由精神进行一场"宗教裁判"。"中国本有儒家思想体系，但它毕竟是重群体、重秩序、重教化，缺少个人发展的空间，而庄子的逍遥精神强调的是重个体、重自由、重自然。这恰恰可以提供给个人赢得从群体关系中跳出来的哲学理由，所以才构成对儒家的补充和调节"。刘剑梅注意到中国文化语境带给中国知识分子特殊的对"自由"和"生命"的体验。上帝缺席，但并不意味着中国知识分子对信仰就没有认知和实践。这恰恰是西方视野下对中国文化所做出的判断。这一自觉的文化本位意识和历史意识可以说是刘剑梅学术思维中非常重要的一点。正如刘再复先生所言："刘剑梅不仅把'逍遥'看成是一种充当'局外人'的消极自由的存在形式，而且看成是审美创造的一种积极自由的存在形式。两者的正常关系不应是'非此即彼'，而应是'亦此亦彼'。"如果不是拥有中西互照的眼光，我想，刘剑梅也很难意识到语境本身对中国精神的局限和塑造性。

刘剑梅一直关注中国现代知识分子内部的精神分裂及这一分裂与现代性追求之间的关系。在《庄子的现代命运》中，我们可以看到，中国知识分子如何竭尽全力描绘一个更富强、更现代的中国的乌托邦梦想，并且因此陷入"困境"——个体与集体、政治与梦想、幸福与乌托邦的困境。这既是中国知识分子在现代性之初的自我矛盾性的设定，也是他们无法统一自己命运的内部原因。

早在《革命与情爱》中，她就被知识分子这一"分裂的个性和矛盾的现代意识所震动"。现代知识分子希望在集体神话与个人理想、政治与审美、革命与爱情之间寻求一致性和统一性，但最后却被这些词语内部本源的矛盾所控制，由此形成了复杂的文本实践和精神行为。"'革命加恋爱'主题的发展，最大限度地表达了变化着的'现代'的意义。如果个人的自由和幸福的意识被当作现代性概念中最重要的前提之一，那么，这个主题记录了这样的自我意识是如何被集体的现代理想所激励或压抑的过程"。在这部史料翔实又犀利敏锐的论著中，刘剑梅以福柯知识考古学、权力话语、来源于奥斯汀的说话行为理论的"表演性"（Performative）和女性主义理论为主要方法，重回左翼文学的历史语境，对"现代性""革命""恋爱""阶级"等词语进行了发生学的梳理和辨析，从中考察政治与性别、革命与情欲之间的复杂关系及在文学中的暧昧存在。多年的西学训练使她拥有一个开阔的学术视野，能够重新打开历史空间，得出许多极富启发性的观点。如在分析左翼文学时期作家个人情爱与革命激情的关系时，刘剑梅觉察到这一写作模式内在的分裂性："'革命加恋爱'的文学写作公式，是一个强调双重人格的特殊的文学类型，以此来挑战把现代意识看成是一个象征性的整体的传统观点。虽然那些左翼作家带着明确的目标来憧憬与追求进步、自由和乌托邦社会，他们同时也忍受着一种如同精神分裂般的症状，在这一症状中，他们作为一个个体对乌托邦与现实之间的差距感到巨大的困惑。"

在对众多左翼作家作品中的"新女性"进行分析之后，刘剑梅觉察到，"对女人身体解放的赞美并非是自然形成的，而是通过左翼作家的凝视，通过革命话语与中国父权制的协商，通过对可视的物化对象的替换和再造而产生的。"但是，也正是"这些被西方物质文化所塑造的性感的物化的身体缠绕、妨碍，甚至颠覆了革命话语"。进而，她考察女作家如何通过"表演性行为"在复杂的左翼意识形态的文化背景中建立和质疑"新女性"的形象。由此，刘剑梅看到了白薇"歇斯底里式的写作"背后所蕴含的"身体的真相"，"身体就是她的现实，身体就是她的希望与绝望"，"这一饱受病痛与恋情折磨的身体，是她的情人杨骚所无法编造与篡改的，也是男性作家所无法模仿的，更是任何意识形态所无法控制的"。

刘剑梅对庐隐以好友石评梅为原型所写作的长篇小说《象牙戒指》和石评梅作品及人的分析更为独到和富于启发性。她认为《象牙戒指》中的"革命加恋爱"虽然带有典型的那个时代的感伤主义和革命浪漫相结合的特点，但是，"《象牙戒指》中的爱情和死亡话语却不带有明确的政治转向。庐隐似乎在相同的感伤主义的情绪中反复地诉说，这种感伤主义深深地得益于中国的情爱——浪漫传统，这是由曹雪芹的《红楼梦》、魏子安的《花月痕》、徐枕亚的《玉梨魂》所建构的"。这完全是现代文学的另一个传统，这一结论无疑很有启发性。刘剑梅特别注意到《象牙戒指》所展示的女性友谊和自我身份认同，"这部小说可以说是女性主义写作的先驱。小说中的女性友谊和女性意识的叙述形式，是属于庐隐自己的一种性别表演性语言，在革命文学的语境中具有特殊的意义；而且，那种与死亡和毁灭性的感伤主义紧密相关的叙述语言，给'革命加恋爱'的主题写作带来了极其不同的声音"。同时，作者也看到石评梅身上一种"表演"的气质，通过"表演"，石评梅按照自己独特的女性主义观点重新定义了"新女性"，"她宁愿将自己的生命变得悲剧化，宁愿自己是一出悲剧的女主角，宁愿伤痕累累，宁愿沉浸在残泪寒梦中，也不愿意接受由男性话语控制的逻各斯中心社会所界定的女性位置"。毫无疑问，这从另一角度解释了现代文学时期女性作家身上普遍存在的、似乎有些夸张的悲剧气质和作品中的感伤情调。庐隐、白薇、石评梅的作品都有着非常典型的"死亡、颓废、浪漫、自恋"色彩，以这种方式，她们"颠覆并替代了男性的欲望和认同"，同时，也使得当时的"革命加恋爱"小说变得复杂和多向。

在《革命与情爱》中，刘剑梅已经显示了对中国传统知识资源的把握和使用能力，可以说，《庄子的现代命运》是她自觉的学术"回转"。从西方回到中国，在一个更开阔的视野中重新回到源起，回到传统之中。这使得她拥有多重的空间和精神资源。

实际上，理解与阅读《庄子的现代命运》，需要有充分的思想储备和知识谱系，你得对中国古典哲学、知识分子的精神史、政治生活史、文学发展史等有所了解。也因此，在阅读过程中，我会不断地放下书，重新找出庄子、孔子的论著和一些近现代思想史著作来读。但这是一种很愉快的停顿和具有互文性的思考。这本书的论述确实能够激发读者再次回到原典的兴趣，回到原典，既是为了更好理解作者的论述，也是希图能够更好地理解自己身处的这条历史的河流。在某种意义上，刘剑梅为古典哲学精神在文学研究空间的重新打开提供了充分的可能性。文学研究如何与历史、哲学、现实接通，拓宽自己的内部空间，并为解释文学作品和生活找到恰切的途径，这始终是一个大的课题。《庄子的现代命运》为我们提供了一种富于启发性的方法和宽阔的路径。

"煦"之痛

那个时刻，少年的鲁敏站在父亲身边，那个神一般的、只在春节光临的男性，她以全部的身心感受他。父亲，那是一个令她紧张的、无法理解的称呼。

有一次，写到"春风和煦×××"，他问前来取对联的小个子男人，指着第四个字："认得？""不，怎么可能认识呢。"矮小的邻居高高兴兴地摇头。"你呢？"父亲问我。

三年级的我紧张起来，父亲从来没问我的成绩，我考的许多一百分他从不知道，"三好生"等许多的荣誉……我常常感到分享的人很少。可是，这个字偏巧我不认识。父亲没作声，继续写，也不教我，邻居打招呼走了他也没停。那整个半天我快快不乐。我其实并不真想在父亲面前显得多么出色，但我生气他如此没有道理的考验。这种随心所欲，让我感到莫大的生疏。

我一直记得那个半草的"煦"字，大红的纸、黑墨。我到现在都不喜欢这个字。

那个无法认出的"煦"，使得鲁敏无法走近父亲，不能通往温暖和光的所在。她不喜欢这个字，不喜欢这个字散发出的气息，但她又向往着，希望在那一刻能够大声念出它，父亲欣悦的眼神必定投向她，霎时，煦光普照，幸福无比。这成为她心灵的某种象征。向往与厌弃、温暖与冷静、渴望与背离，矛盾纠结着，一天天发酵，变成一个永远新鲜的伤疤，不断生长出新的认识和存在。正是那永远的伤痛，使她走进人性的深处，终达文学的殿堂。在《以父之名》中，我认出了鲁敏，她的来处和去处。有一天，她会成为作家。

　　一个作家的精神节点在哪里？有一个疤永远不能结上，他终其一生都在倾诉、寻找、探查与怀疑，由此也成为写作的源泉。卡夫卡的父亲是卡夫卡的绝望之源，里尔克对恐惧的敏感使他能够赋予世间万物以生命，莫言对饥饿的体验使他拥有一个巨人般的胃。鲁敏，"以父之名"，寻找父，我们的父，至上的父，人之父。那谜一样的父亲，是她永远也走不过去的时光，她停滞、徘徊在当年，那个期待父亲表扬的十岁少年，她等待着。当时，她还不清楚，她将一生都在书写这次等待。所有的细节，都被反复咀嚼，它们变为那个遥远的东坝，变为《墙上的父亲》《取景器》《以父之名》《六人晚餐》和她以后的无数次写作。即使当小说已经成为鲁敏自觉的追求，她能够以更加理性、更加深刻的思想去阐释、分析人性和社会时，当初的那个情感节点依然处处闪现。它使得鲁敏小说总有一种让人怦然心动的光芒。时间停顿和破碎之处，万种色彩交错。本雅明把它称之为"灵光"。"什么是灵光？时空的奇异纠缠，遥远之物的独一显现，虽远，犹如近在眼前。静歇在夏日正午，沿着地平线那方山的弧线，或顺着投影在观者身上的一截树枝，直到'此时此刻'成为显像的一部分——这就是在呼吸那远山、那树

281

枝的灵光。""灵光",对人的至深探索,对存在的某种领悟,各种事物和人生共存,并非全然谐致,但却永恒。

我想,在鲁敏的小说里,把这一光芒称为"煦"更为合适。"煦",《说文解字》:"煦,温润也。"汉字的意味太过微妙,也太过美妙,哪一时刻、哪一种状态可以称之为"煦"?日出时的霞光,初阳上升,是一种和柔的、温暖的环绕,布满整个空间,但并不强烈。所有的事物——灰尘、微生物,颓败树叶上的脉络,脱了壳的小虫,人的一个表情,咀嚼时的嘴巴,挂在墙上的遗像——光华的、灰败的、绚丽的、黑暗的,纤毫毕现,没有尊卑、主次之分,万物错落而有序,有某种内在的秩序的庄严。无论是东坝系列的《思无邪》《纸醉》,描写城市暗疾的系列小说《死迷藏》《铁血信鸽》,还是从家庭微场景进入人性内部的《墙上的父亲》《六人晚餐》,都有这样的秩序感和庄严感。这既是作品的均衡结构所产生的基本意识,更是作家对生活和人性细微之处的体察,是作者对世界的看法。

因为这"煦"之温润和普照,鲁敏敏锐,能够捕捉到人性最初的哪怕是最弱的善意,对事物在空间的弥散感有强烈的感知。她的作品常常贯穿着一种深远的温暖。《思无邪》《离歌》《纸醉》叙述的是"田园诗"般的东坝生活,有爱和温暖流动,生老病死如此自然,又如此庄严,和大地、河流融为一体,它传达出乡村生活最朴素的情感与包容力,它高贵、纯粹,没有城市文明的夸耀与修饰。这正是民族文化中最有魅力的一部分。弥漫在"我们东坝"的气息淡远,《思无邪》中的蓝小和来宝让人心疼,《燕子笺》中的束校长、伊老师为东坝小学的厕所而种田,让人有撼树之难,但同时又无比庄严。那怜悯不是因为他们的贫穷、狭小，而是他们太过卑微，但又是如许的让人觉得珍贵。卑微到无知的情感，也是世间最重要的东西。三十七岁的痴子蓝小是幸福的，被厕所之难所困的束校长也是幸福的，因为他们有自己的爱和信，并且相信这世间的爱和信。

这是鲁敏性格中非常明显的一部分。渴望幸福，对人间所有的事物都满怀情感，她爱这人间，这人间的每一个人和每一种生活。这人间是自然界的一部分，遵守着秩序，恪守着各自的本分。"我们东坝，有一个狭长的水塘，夏天变得大一些，丰满了似的；冬季就瘦一些，略有点荒凉。它具有水塘的一切基本要素，像一张脸上长着恰当的五官。鱼，田螺，泥鳅，鸭子，芦苇和竹，洗澡的水牛。小孩子扔下去的石子。冬天里的枯树，河里白白的冰块儿。""东坝"是鲁敏的"桃花源"，她把对人性的寄托、对自然的感知都放在这个小小的东坝中了。"东坝"的文字干净清澈，有着南方的秀丽与湿润。

东坝里的鲁敏是轻柔的，她怕惊动东坝的梦，惊动来宝和蓝小混沌的爱情，怕惊动隔河相望的彭老人和三爷的谈话。那是来自大地深处的喃喃自语。

其实，和鲁敏只见过几面。一个善良、温柔，有着良好教养和自制力的女孩。微笑的时候，嘴角的弧线弯起，羞涩而甜蜜。懂得人情世故，但又不利用人情世故，有非常明确的分寸感和尊严感。她说话语速很快，像炮弹一样，向人展示着她的善意、热情和对事物足够的理解力。谈起文学，非常亢奋，和她娇小、腼腆的外表完全不符合，语速更加快了起来，仿佛句子正排在她嘴边，争着抢着要出来。但是，在目光对接的一刹那，在某个突然停顿的句子背后，你会感觉到她的力量、她内在的怀疑和不确定。

2011年的一次会议，我又遇到鲁敏。那次发言，她很紧张，有点语无伦次。在被突然推到舞台上时，这样的紧张和张口结舌我非常熟悉。我记得我朝她笑了笑，似乎是安慰，更是理解。会后，我们走在路上，她和我聊起梁庄，聊起我书里面所写的个人家庭，我的二姐的病。她说她的妹妹也生了一场大病，她束手无策，不能理解命运的无常，有一天她从地铁出来，忽然特别绝望。我们谈起家庭内部的依存感。并且，越是艰难，这种相互依存和彼此造就的感觉就越强烈。在那时，我特别想拥抱她，虽然只是第二次见面，但我们已经息息相通。艰难、失爱、贫穷，并非只是抽象的概念，它是一天天的生活，一个个非常具体的，甚至是让人恐怖的细节，是那碗"如果加了豆腐，那简直就完美"的菜叶汤，是在听到某个关于父亲不好传言后的瞬间的坍塌感，看到母亲为了生活而搞"暧昧"的强烈的羞耻感，那种欣悦、辛酸和天塌地陷的无所归依并非一个词语所能替代。父亲死后，她、母亲、妹妹三个女性如何生活？如何相依为命又厌倦异常，如何亲密无间又彼此伤害？生活就是命运，就是性格。

那个停留在冬天下午的温暖的"煦"字，以冰冷而潦草的姿态向鲁敏展示了人性的幽深难辨。它似乎只是一件微不足道的小事，却足以使湖面结冰，让人体验这生命中难以承受之痛。

鲁敏看到了家庭和人性之间的复杂关系，彼此之间如刀割般的相互伤害和相互依存。《墙上的父亲》写作于2007

年，初次触及自我。之前的写作似乎都是一种文字上的和情感上的准备，到这里，一种真正与作者血肉相连的写作开始了。凶猛的自我扑了上来，撕裂看似已经平复的内在的自我，幽暗之地一点点浮了出来，那里面盘根错节，无法找到开端和结尾，日复一日的反刍使得所有的关系、所有的成长都变得非常复杂。

在《墙上的父亲》中妹妹王薇的形象——那个永远也吃不饱并且有偷盗劣习的女孩子——让我们感受到伤害的难以平复，她不停地咀嚼恰是试图填充她内心的空虚及对爱的渴望。时光的消逝并不能解决一切，记忆如毒瘤般以变形的方式顽固地存留在体内，"偷盗"只是这毒瘤的病征。在《六人晚餐》中，"王薇"变为弟弟"晓白"，因为无所适从，因为恐慌而拼命地吃。他越胖大，他内心的脆弱和呼喊就越强烈。他的心脏一直受惊，找不到安稳的可以落下的地方。是的，生活的本质是一种关系的存在。彼此的关系造就了温情，也产生着伤害。它们是流动的，相互生长着的。

2012年，鲁敏的长篇小说《六人晚餐》让人惊喜。这是一个知道写作为何物，知道自己写作方向的作家。从《纸醉》《取景器》《墙上的父亲》到《铁血信鸽》《死迷藏》，我们可以看到，鲁敏的文学世界在不断清晰化和核心化，同时，也在不断地宽广和深入。

鲁敏特别关注"家庭"。"家庭"在她的笔下，既是一个单位，人和社会组织的基本生成单位，是一个象征性场景，能够隐喻出命运的某种气息，更是探查人性秘密和人性动态生长的最佳途径。她迷恋于"家庭"所透露出的复杂的、动态的、没有终点的，但又能够准确找出人的形象的功能。

《六人晚餐》写出了中国人的生活性格和情感方式：在沉默中牺牲和扭曲自己，成全别人，最终，却因这牺牲和扭曲而带来更大的误解和扭曲。苏琴因忠于已死的丈夫，因羞于面对自己的身体而不承认与丁伯刚的关系，这为这六人晚餐带上最初的复杂、暧昧与耻辱的色彩；晓白对母亲的偷偷摸摸迷茫而无助，他以吃来讨取众人的欢心并填补内心的空洞；晓蓝高傲而倔强，以逃离和牺牲爱情来成全母亲的目光；丁成功则以生命来换取晓蓝的稳定生活。他们共同的目标是要逃离和超越那"生而局限、胎记丑陋"的命运。每个人都在为此牺牲着自己，虽然明知这是一种虚妄的念想。

看似无情，却又有情；看似有情，却又无情。彼此关心着，却又如利刃一般相互伤害着，在牵扯不清的牺牲、奉献与从未生长完整的个人性、欲望之间，每个人都以失败、愤懑与沮丧的方式去对待一切，并塑造着各自的形状。正如小说结尾处黄昏的江色，那薄薄的雾蒙在这最普通的中国人的生活中，无法撕破，也很难突破。李敬泽把小说中这种执拗的牺牲和扭曲称为"福楼拜式的意志"，简洁、客观，同时具有内向化和主观化的特点，最关键的是，具有《包法利夫人》式的执着的迷茫。波德莱尔认为包法利夫人是全书的英雄，"她是声名狼藉的受害者，唯有她具有英雄的种种气度"。在《六人晚餐》中，几乎每个人都有包法利夫人式的英雄风度，丁伯刚的醉酒与"选择性失忆"，苏琴对身体欲望的顽强遮掩和突然的决绝，晓蓝对周边环境和爱情的"视而不见"，丁成功的成功自杀，珍珍的浑浑噩噩和黑皮的勇往直前，他们都英勇地和"自我"决绝，以走出这污浊的城乡接合部和无边无际的二甲苯、硫化氢等等过于"丰富、拥挤"的空气和味道。

鲁敏在书中提到梵·高的《吃土豆的人》，她特别着迷于那围在炉子边的人的孤独而沉默的神情，她在其他文章中反复提到这幅画，甚至多次提到"土豆"。《六人晚餐》是以一种漫长而细致的回溯方式去不断阐释两个家庭六人晚餐时各自的姿态、神情以及内部流淌的气息。"六人晚餐"在文中有很强的雕塑感，流动之中的瞬间凝固。这一凝固是静态的，但却蕴含着过去、现在和未来的所有命运。那餐桌上的咀嚼、吞咽和姿态是如此充满决心，又如此各藏心事，以至于我们不得不把目光停留在"晚餐"上，观察那餐桌上的食物，餐桌边的人物，餐桌外的楼房、厂区和流动在这屋内和屋外的气息。

在此过程中，中国"家庭"的内景被呈现出来，这内景的气氛和孕育虽然来自于外部，来自于污浊的工厂、让人窒息的空气、丑陋的楼群，但是，最终决定他们命运的却是对别人的诉求，以及这诉求的不可能完成性。因此，作者所着力的又是每个人的"内景"，一种客观的、全景式的，却又喃喃自语式的、朝向内心的叙述。

整部书的结构为一个环形，命运始于六人晚餐，也终于六人晚餐。鲁敏用一种剥笋式的手法，让读者跟她一起去剥开、找寻命运的奥秘，去跟随那一声爆炸，一缕空气去寻找往日的时光，找寻塑造如今这形态的丝丝缕缕和牵牵绊绊。每个人的叙述都指向那同一场景，从此开始，找寻自己。一层层，每层都紧裹着另一层，最后指向"根部"（鲁敏在文中用"指向根部的鱼刺"来形容这一叙事方式），它们之间相互依存，富于意味。虽然最终的结果仍然是那一瓣瓣相同的存在，是毫无意义的虚空，但那八十次的晚餐，八十次的同床，八十次的"同一场景，各怀心事"，却又并非毫无意义。它们在以渐次聚集的能量摧毁，或建构，或形成着那如巨环般的人生。

　　偶然的爆炸是全书的引子，也是命运的引子，只是加速了某个或以为是结果的结局，但这结局是或早或晚要来的，正如丁成功玻璃屋的倒塌。爆炸为他失败的爱情（虽然在另一个意义上也可以说是坚守着的爱情）找到一个可以平衡的答案。那透明的玻璃屋终究是一个太过显眼的标志，它对爱情的向往及一眼就可看透的本质不适合这混沌的、各怀心事又满怀期待的中国式生活。它只能倒塌，并借此机会掩盖丁成功的自杀，"它们形成一个晶亮的巨大洞穴，把他深深地埋葬，与外面完全隔绝。他没有听到外面兵荒马乱，以为这只是属于他一个人的逃逸与暴动"。

　　作家毕飞宇在推荐鲁敏的《六人晚餐》时，用了一个词："中国式晚餐"。的确，不只是六个人，还有鲁敏、你、我，我们每一个人都坐在这张餐桌前。这中国式的晚餐，是我们在这世界面前所呈现的姿态、神情和命运。

　　如果时光可以重新来过，那么，鲁敏，这个对人性、人生和人世情感已有充分体察的女子，是希望父亲走过去抚摸着她的头，告诉她那个"煦"字的读音。"煦"："xu，去声。""和煦"，春天的阳光正在上扬，轻清，涨满天地，包容万物，就是那样的感觉——幸福。那是鲁敏永远也不能拥有的完整性；还是父和女，就那样对望着、等待着，形成如今这样深渊般的、永恒的鸿沟？

288

"我心里始终有一块冷静的去处，那是结了冰的湖面"。也许正是这片"结了冰的湖面"，造就了今天的作为作家的鲁敏，使她在生与死、善与恶之间获得审视的距离和空间，她发现了那片灰色的开阔地。这是父亲对她的补偿。但是，鲁敏，亲爱的，我仍愿意有一天"煦"光能够照耀你，作为那个渴望父亲的少年的你，冰雪解冻，把那坚固的"冷静"融化掉，化为一片温润而荡漾的湖水。

花街的"耶路撒冷"

"总体小说"

　　《耶路撒冷》以一群出生于1970年代年轻人的逃离与重返故乡之路为核心，探寻当代复杂的现实与精神生活，构筑出"一代人的心灵史"。它具有略萨所言的"总体小说"的特征，文体的交叉互补和语言的变化多端形成叙事空间的多重性，嵌套、并置、残缺、互补，它们在一起构成一张蛛网，随着人物的归乡、出走、逃亡，蛛网上的节点越来越多，它们自我编织和衍生，虚构、记忆、真实交织在一起，裹挟着复杂多义的经验，最终形成一个包罗万象但又精确无比的虚构的总体世界。

　　什么是蛛网？它是一个平行组织，由一个个结点形成，这结点是自我蔓延的和生长的，每个结点既是原因，但同时又是结果，不断生长出新的方向和结构。小说中每个人都在不断地回到故乡，从初平阳回去开始，所有人物都先后经历了"出走—回归—出走"，这是一个不断来回拉扯的过程，就像人在不断伸展的蛛丝马迹，无始无终。回到故乡也是不断地在向精神内部发掘自我，这是一种向心的能力，是不断挖掘记忆、生活和自我精神存在的能力。在这本书中，景天赐并不是重要人物，但却起着纲举目张的作用。他是这个蛛网式结构的中心点，或者说他就是花街上的那只蜘蛛，以那道闪电突然带来的光亮和死亡而成为命运的原点，潜行于每个人的灵魂中。初平阳、易长安和秦福小内心的所有丝线都因他而起，虽然他已经淹没在岁月和记忆的深处。他是一个人最深最痛的神经末梢，每个人都有这样的末梢，它制约着我们的精神走向和情感方式，但我们却把它遗忘在记忆深处，无从知道它与我们内部精神的联系。只是在不断向内挖掘的过程当中，这根末梢才越来越清晰，才越来越进到岁月和精神内部最深的地方。这种以蔓生形式的生长和攀爬，蓬勃、复杂，无所定向，它需要作家有更高的能力。因为生活是外部的、可见的存在，精神却是无限广的东西，每个人的精神都是无限广的。

在看《耶路撒冷》的过程中，我不断想起波拉尼奥的《2666》。两者之间似乎有某些相似的气质和结构。在气质上，都是对智性生活和内心精神的探讨，这里的"智性"不是指智慧，而是你对世界的看法的出发点。波拉尼奥试图对存在、生活进行百科全书式的书写，对各个方面，如人的精神存在、生存层面、社会问题和时代总体特征，都要进行解释。但这种解释不是巴尔扎克或托尔斯泰式的解释，用资本或道德来给予原因或结果，也不是卡夫卡纯粹抽象式的解释，而是展示出无边无际的精神与生活的结点和坍塌。《耶路撒冷》的蛛网式结构，那种自我衍生和编织的能力使我们意识到，今天的时代和生活很难用一种中心来解释，你没有办法找到中心思想和价值，每个人都是非常重要的一个点，但同时因为个个重要，个个又都无足轻重。这是一个无法明晰确认自我价值的时代。这既是世界的结构，也是世界的内容。作家如何通过一种结构式的存在来展示这种无限宽广又无限虚无、无限重又无限轻的存在，如何在庞杂的生活中找到意义又消解意义（因为无意义就是你写作的意义），可能是一个非常重要的问题。《耶路撒冷》的结构很有启发性。

小说通过嵌套、并置，及嵌套、并置所带来的意义衍生和自我编织特性来完成这一点。比如小说中的"专栏"部分，专栏不仅仅在小说中起评价这个世界的功能，作者也通过专栏把每个人内心的隐秘，把沉淀在岁月内部的、模糊的思想通过一种理论的方式清晰地表现出来，它和小说其他部分关于生活的游走、怀疑形成呼应和互文，相互解释，又互相矛盾，呈现出多元状态。

还有就是并置结构。小说中的四个主要人物有一个共同的动作——奔向故乡，但其路径和思想倾向、精神气质却完全不同。这就像一个抛物线，手中抛出，形成曲线，偶然而神秘，但最终却都要回来。而如何把那个看似相同却又千差万别的曲线描述出来，是作家唯一重要的任务。要去耶路撒冷读博士的初平阳回到故乡，他要卖掉花街的房子；易长安逃亡的路线几乎就是自投罗网的路线，他试图离故乡越来越远，因为他知道那里有警察等着他，但故乡却不断拉扯着他，脚不由自主地带他回去；景天赐的姐姐秦福小和杨杰在外漂泊的过程，也是不断走回故乡的过程，并且走得越远，故乡越发清晰。这四个人物的线索完全是并置的状态，各不相干，又互相联系。但他们都要回到一个点，这个点就是他们世界的出发点，是花街，是精神的原点，重要的是，它也是他们要面向未来的原点。作者在这样一个庞杂的生活的总体状态下，通过花街这样一个中心，像蜘蛛一样不断向外吐丝，寻找结点，再吐丝，最后形成这无边无际的、潮水一样的生活状态。

《耶路撒冷》的结构方式本身就是其内容之一。一种写法就是一种文学观和世界观。这样一种无中心的平行书写和繁复、多层次、碎片化的叙事就是这个时代的生活形态和精神形式。它的抛物线性、被淹没感、无根感、破碎感与大海潮水的汹涌相一致，无边无际，却也周而复始，不断退去，又不断来到，最终成为一种力量。

花街、耶路撒冷与世界

"耶路撒冷"这个词会让我们联想到具有象征意义的宗教、信仰，但在小说中，它又非常具体，甚至也许就是花街。这个词不是以宗教面目出现的，而是从花街内部诞生的。它不仅是一个向外的词语，也是向内的词语，它是我们生活的当下，是我们脚下的这片土地。所有的人物只有回到花街，回到消失在记忆深处的时间和岁月，才会发现"耶路撒冷"，也即，世界。

花街和花街上的人物构成一个复杂、混沌的中国生活图景：能够预感各种事故的傻瓜，作为巫婆的母亲，相信自己医术的父亲，运河边的苦闷青年，信基督的奶奶，迷恋情欲但又颓废的地方艺术家，等等。科学与巫术、文明与自然、西方与东方，大家各行其是，安然相处。它是一种奇怪的和谐并存状态，作者通过细密而又风趣的叙述给我们展示了这种并存的可能性。作者着力于个体生命的挣扎，所有的社会背景，花街拆迁、人物命运转换、卖房子、家庭矛盾、出走等等，都被放置于个体心灵后面。推在前台的是个人史，个人的视野、情感和痛苦。其实，在我们的文学里，一直有一个潜在的观念，就是对大的社会生活的表达要大于对个人性的表达。这一观念会影响作家的创作。而恰恰是在这一点上，徐则臣展现出他的独异性，在《耶路撒冷》中，个人是渗透于，或者置于社会生活之上的，作家描述社会生活只是为了呈现个人生活的一种状态。他写的是个人精神史，是"向心"的，社会生活只是起一个参与作用，不是决定性作用。

通过这样"向心"的书写，作者把人内心的无限性书写出来。像潮水一般的叙事，一波一波不断涌来，记忆不断向你自己涌来，你寻找自己，不断发现自己内心精神的缺憾、遗失和记忆，在这个过程当中，你发现了你自己。比如景天赐的姐姐秦福小。在一段漫长时光里，她唯一的愿望就是逃离花街，她也从来没有去探究自己的内心。从表面看来，这是一起普通的逃离。逃离乡村，来到都市，在中国，这几乎是每个乡村、小镇或小城青年的共同路线，但是，就像我在上面所说的抛物线一样，其内部的轨迹一定是千差万别的。于是，在心灵的指引之下，她又回到花街，站在被拆得几近"废墟"的花街上，她突然回想起奶奶在某一个夜晚所说的"耶路撒冷"，这个词语，它仿佛一道光亮，携带着痛苦、悲伤和少年的眼泪，出现在她的面前，直抵灵魂。那个雨夜，矮小的奶奶因害怕暴雨淋湿十字架而以肉身去背，最后，神秘地跌倒在一个水沟里。这一场景仿佛一种象征：背负、忏悔、赎罪，以沉重的肉身去救赎坠落的灵魂，并获得一种平静。最终，秦福小留在了花街。而在秦福小流浪的那些年，她不记得花街的教堂，不知道奶奶的十字架，更不明白那对她的精神会产生什么影响。但是，在她不断漂泊的过程中，在不断寻找生活的当中，她慢慢意识到，原来她的根、她命运的启发点，就在花街。其实，早在童年、少年的时候，她的世界已经在慢慢地形成。只不过我们不知道，我们把它遗失在时间和记忆深处了。

《耶路撒冷》重新定义了写作中的经验问题，尤其是经验与虚构的关系。经验并非完全指向个人的亲历性，也并不是指与宏大历史发生关系的可能性，而是对内心世界的无限挖掘。世界就存在于记忆的褶皱之中，隐秘、曲折、无限，它们汇集在一起形成所谓的"经验"，进而汇集成一个时代的某一空间。从这个角度上，社会学意义或政治学意义的"时代"只是一种外部的参考，甚至是必须反对的事物，因为它限定了你思考的方向和精神的倾向。一个作家所要奋力搏斗的就是这种规定性，要对抗它，并最终超越它。

可以说，《耶路撒冷》是一部背叛、遗忘与重新追寻、敞开的书，它让我们看到历史与自我的多重关系，在平庸、破碎和物欲的时代背后，个体痛苦而隐秘的挣扎成为最纯真的力量，冲破现实与时间的障碍，并最终承担着救赎自我的功能。徐则臣进入到这一挣扎的内部空间，进入到时间和记忆的长河，对这一挣扎的来源、气息及所携带的精神性进行考古学式的追根溯源，以一种潮水般汹涌的复杂叙事给我们展现出一个非常中国的经验：在摧枯拉朽般的发展、规约和惩罚中，我们正在永远失去自我和故乡。

"到世界去"并非是一个外向的行动的词语，并非指向西方、金钱、城市、现代、耶路撒冷等等，它也可以是内向的、静谧的，指向对故乡的重返，指向童年、心灵、记忆与时间。救赎之地并不在耶路撒冷，而在你的故乡，你的心中。

回到花街，不只是为了寻找过去，而是为了清楚地知道自己立于世界的何处，以什么样的姿态站立；也不是为了寻找安宁、安顿或某个桃花源般的乌托邦之地，而是为了重新开始。

个人经验与历史意识

当历史不再宏大，没有大的集体事件被迫卷入某种生活，没有节日、狂欢，没有革命、激情与理想，所有成人仪式中所应有的象征性大事件都没有——而这些似乎是一个作家天然的优势和必然的前提时，作家该怎样与历史发生关系？个体之间的距离变得无机、无序、无必然联系，个体的存在和社会的总体生活之间暧昧不清，文学该如何书写？这也恰恰是"70后"作家所面临的状况。

"70后"是循规蹈矩的一代，没有经过中华人民共和国成立、"反右""大跃进""文化大革命"等等一系列当代政治史上的大事件，跟历史是一种非常微妙的脱节状态。大的历史处于坍塌之际，"70后"才刚刚成长。"秩序"恢复，"惩罚"与"规则"开始。在一种强力的规则、惩罚和某种规定性中长大的一代人，很难找到精神的突破点。做任何事都会被规训，因为你受到的监管非常严格，有学校监管、家长监管、自我监管，各种各样的规则监管，长久之后，逐渐内化为某种人格和精神惯性，很难在自身与世界之间找到一种恰当的联系方式。这是这一代人的问题。但从另一角度看，历史坍塌之际，个人精神反而慢慢凸现，反而能摆脱具体的历史阶段性的眼光，去寻找新的空间。历史与个人的联系通过"自我"生成，而不是通过"集体化"的大事件来完成，在这一意义上，个人话语更能够体现这样一个历史的面目。"历史面目""历史规律"并非都通过大事件呈现出来，它也可能来自个人生活，来自个人生活的呈现状态。在这一点上，"70后"的"不及物性"反而使个体能够有机会凸现出其重要意义。

在此意义上，"70后"在历史空间的模糊和暧昧状态恰恰是一种新型的自我与历史的关系，没有被大的集体话语所裹挟，一开始就站在历史的废墟之上，不管是无所归依的沉默还是稳重的沉默，他们都只能以自己的方式与历史对话。《耶路撒冷》有一种特别的新质，就是作者对它的感性成分和经验性特别倚重，作者在谈到为什么使用"耶路撒冷"这个题目时说道："很多年里我都在想，一定要写一部题为《耶路撒冷》的小说，因为我对这个城市、对这城市名字的汉语字形和发音十分喜欢，很小的时候就着迷。这些小说中都借着主人公初平阳之口说出来了。你也会有这样的经历，会莫名其妙地喜欢一些字词和名字，即使你对这些字词的含义一无所知。对小说里的人物来说，耶路撒冷意味着信仰、救赎，意味着自我安妥和从容放松，意味着精神和生活的返璞归真。没有这个耶路撒冷，小说就无法成立。"这或者是一种很好的状态——一个名字不仅仅是名字，它是一种情感，是对于某种世界的向往，可能它一直翻来覆去地折磨你，最终以强大的诱惑力驱使你去思考和写作。

本雅明在谈及20世纪的文学时说："真理的史诗部分已经结束，小说可书写的只是深刻的怀疑。"他所说的背景是一战之后欧洲的工业文明与两次世界大战所带来的灾难和蔓延的虚无情绪。文明破碎之后，人的被规定性突然呈现出来，那种破碎和虚无，无所归依，像巴尔扎克那种拥有整体世界观的自信已经没有了，人是被规定好的，是有限制的，小说家也是无力的，只能在有限视角下认识世界并书写，他所能展示的只是深刻的怀疑意识和存在的荒诞感。"70后"作家正是处于这样的命运之下。大的历史、宏大的历史话语和历史的场景已经过去，人站在历史的废墟上，只剩下自己，面对的只有废墟。如何从废墟当中找到自己并完成自我的追寻，这是特别大的课题。《耶路撒冷》这种无穷无尽的、没有中心的，但每个人又似乎非常重要的结构和写法，恰恰是世界给我们的感觉。这样的怀疑、游移和失重是我们面临世界的基本感受，这种"游移"在革命书写里面和集体话语书写里面很难找到，因为那背后有确定的信念支撑。在新的历史语境下，大的确定信念没有了，每个人都裸露着，你只有通过找到"自己"和"个人"这个中介才能找到社会、历史的存在。在这个意义上，这样一种不断绵延的、开放的，但又没有开始、没有结尾、循环式的写法，恰恰是我们今天所处的社会生活以及精神状态的一种征兆，或者一种表现。与我们惯常的宏大叙事相比，这是一种小叙事，但也是史诗，是关于个人心灵的史诗。

或许，《耶路撒冷》的出现意味着"70后"作家以一种新的姿态进入文学史和历史的空间之中。充满激情而又拥有足够的学识，野心勃勃又冷静缜密，心怀大地却也不乏书卷气和神秘感，深谙文学之趣味却不溺于这趣味，在虚无之泥淖中挣扎却又试图超拔，以一个"诚实的生活者"的态度，记录这虚无之形态和人类的内在秘密。

"塑造"乳房

那天清晨，我们从伦敦出发，坐火车去剑桥大学。

天空阴冷，乌云在地平线周边移动，每一朵云都是欧洲画家画中的云，灰色中带着充足的水分，水分中又携带着阳光的亮色。我们参观了国王学院的教堂、圣约翰学院的建筑、徐志摩笔下的康河。英国人崇古，几乎每一片土地都有过去的痕迹。可在这样的天气下，总感觉到过去的魂灵就在周边徘徊，似要拉你和他一起回去。不如归去，不如归去，人终究不过一抔黄土。

下午再回到伦敦，去莎士比亚剧场看戏。

圆形的露天剧场，依然保持着莎士比亚时代的构造。罗密欧和朱丽叶的故事正在上演。朱丽叶偷偷和罗密欧结了婚，可她的父亲一心想着让她嫁给他喜欢的贵族。朱丽叶的父亲喜气洋洋、迫不及待地安排着婚礼，漫不经心地让夫人去通知一下女儿，他以为这样就足够了。女儿听从父亲的安排，这是天经地义的事情，更何况，他视朱丽叶若珍宝。因此，当朱丽叶不同意出嫁时，他脱口而出，骂道："该死的小贱妇，不孝的畜生。"他愤怒之极，冲上去要打朱丽叶。台上的父亲去拉扯朱丽叶的头发，朱丽叶先用手去护头发，在拖拽的过程中，又急忙伸手护住胸部，任凭父亲把她从舞台的这边拉到另一边。

那一刻，我的心脏莫名抽紧了一下，一阵寒意陡然袭来。

天空下起小雨，风又起了一些。站在剧场中央空地上的观众，仍在出神地看戏。

等到去泰特美术馆，已经是下午三点钟了。在极度疲倦中，我们参观了约瑟夫·博伊斯（Joseph Beuys）著名的装置艺术"二十世纪的终结"、切尔多·梅蕾莱斯（Cildo Meireles）用不同年代的收音机装置而成的巴别塔（Babel），不同频道、不同声音混合在一起，通向无限的高空，有一种神秘的末世之感。也看到莫奈、梵·高、毕加索的经典画作。最后，才突然发现有法国画家波纳尔（Pierre Bonnard）和美国画家多萝西娅·坦宁（Dorothea Tanning）的特展。

在波纳尔繁复、绮丽的色彩中穿行，没完没了的裸女：逆光的，迎光的，背光的。恍惚迷离之中，我竟好像看到波纳尔沉重的眼皮扫过女性裸体时的溺宠和沉没。

突然看到这样一对乳房，坚挺、结实，它和身体的其他部分（明亮、饱满的脸庞，有着深凹人鱼线的肚子，光滑平坦的小腹，还有站立、远眺的姿势）自然地融为一体。那对乳房在邀请人们观看，但并非独立出来的傲然的美，而是作为身体器官的一部分存在。甚至，它对观众是冷漠的、不关心的，画家没有赋予它特别的性感，它和身体所有器官一起，构成一个性感的形象。这一性感是自足的，虽然它的胸部是敞开的。

画中的女士，沉浸在自己的世界里。她的身体挺拔、昂扬，和眼睛里的思想相一致：坚硬、充满力量，既为远方迷茫，又无所畏惧地期待远方。在她的身后、左边和右边，有多扇打开的门，通往不同的方向，这些方向围绕着画中女士，似在暗示，或者前方有无限可能。时间是开放的，未来是开放的，你可以拥有选择或不选择的自由，而非某种命定的归宿。

此时已经是晚上八点左右。在极度疲倦之中，我几乎忘记我已经进入了坦宁的展厅。她的画犹如一针强心剂，让我瞬间复活过来。

我突然想到在这之前刚刚看到的毕加索和波纳尔的画，他们也同样画了女性的乳房，但和坦宁所画的，又是多么不同啊——不是风格和派别的不同，而是他们在面对女性乳房时的内心意识和所使用手段的不同。你可以从中清晰地感受到某种隐约存在的危险和威胁，这一危险和威胁一直存在于文明和生活的内部。这正像坦宁的另外一幅画：一个女子坐在餐桌旁，餐桌下方是一位更矮的仆人，而在画的正上方，占据整个画面的是一个戴眼镜的男人，如果你不退后以整体视角来看的话，根本意识不到他的存在。他正威严地俯视着桌边的女子、食物和仆人。

毕加索赋予乳房一种不可阻挡的欲望和暴虐的力量。《奔跑在沙滩上的女人》，粗壮肥硕的身体和浑圆饱满的乳房向你扑过来，呼之欲出，一种鲜活的欲望的象征；《阿尔及尔女人（O版）》，乳房以夸张比例横陈于腹部，一个巨大的社会符号；在《裸体、绿叶和胸像》中，我们看到一斜躺着的女人，她的乳房呈现出一种柔软的沉重的丰满，是情爱之后某种激情的隐秘映射，据说这位女子是毕加索当时的情人。毕加索的画的确有某种性解放的意味，欲望以大胆、裸露的方式呈现出来，但是，你也隐约能感受到，画家在升

301

华女性情欲合理性的同时，也固化了女性作为情色对象的地位，一切都以性为前提安排和使用女性的身体，女性在其中只是被动的承受者。

在他著名的画作《梦》中［据说画的是当时他的情人玛丽–泰丽莎·沃特（Marie-Therese Walter）］，女人斜仰着脸，朝上的那半部分由一根阴茎组成，女性的脸成为一种欲望化的对象，粗暴、直接，碾碎观者的尊严和自我。实际上，在现实生活中，所有和毕加索在一起的女人最后都成为他的工具，而她们本人，没有获得任何的个性和独立的价值，或自杀，或抑郁，或被迫离开。她们自身的精神、生存和人性状态从来没有被关注，更没有被倾听。

2018年2月，《拿着花篮的女孩》，毕加索青年时期的一幅裸女画以7.3亿人民币成交。画中的女孩，乳房还没有充分发育，毕加索把它们画成一种怯生生的花蕾意味，女孩的整个身体呈现出少女的光滑，眼神却暗含着色情——一种在贫穷中渴望通过身体交易获得保证而男性又谙熟这一点的色情，有祈求、邀请，又有害怕和担心。有评论家认为，一个未成年少女的性欲暗示无疑更让人产生"心潮澎湃"的欲望。据说这个女孩在巴黎街头流浪，以性交易和卖花为生，为很多艺术家当过模特，包括莫迪利亚尼（Amedeo Modigliani）和梵东更（Kees van Dongen）。至于这个女孩最后流落到哪里去了，无人知晓。"女孩的命运最终如何"？对于艺术家而言，这到底是否是一个值得追究的问题，也许很难界定。但是，画家笔下所传达出来的信息却暴露了一种攫取式的掠夺，女孩内心的羞耻、困顿和未成年的身体最终被作为某种色情意味呈现出来。在那个女孩身上，他究竟要获得什么？他并没有关注女孩的灵魂，没有激发内心人性的某一部分，而只是玩味其中独特的情色倾向。也正是在这个意义上，有人发出追问："为什么对方一旦是艺术家，我们就乐意瞻仰这种残忍而荒谬的做法？"

艺术和人性观念之间究竟是怎样的关系？

我们一方面欣赏毕加索的反战巨作《格尔尼卡》，另一方面，我们又欣赏他充满暴力的、把女性严重物化的作品，是我们完全看不到后者中的暴虐吗？或者，在我们自己的观念意识里面，在艺术史里面，女性被物化是一件非常正常的事情，再往更广处推，在整个文明史里面，女性也一直处于被贬低被伤害的位置——这一位置以日常化的状态表现在生活和情感的方方面面，每一个人，包括女性，也都司空见惯，甚至，会忽略这其中其实也包含着自己的命运。毕加索的画带着一种摧毁性的力量，把女性的自我完全粉碎掉，变成他任意投射欲望的容器。女性，包括观众，被他赤裸、坦率而粗野的目光层层包裹，无法挣脱。与其说他的情人们是被他的魅力所吸引，倒不如说是被他的暴虐所震慑。

在当代艺术领域，先锋、变革的诞生几乎伴随着强烈的贬女症出现。安迪·沃霍尔的波普艺术中的女性，影像中的女性，无一不是带有强烈的观赏和商品性质，理查德·普林斯（Richard Prince）接续了这一贬女和厌女的传统，以粗暴形式对女性身体进行涂抹，直到达到他需要的性暗示和欲望化。

在真相尚未萌芽之际，我们往往被那些具有冲击性的事物所迷惑，并且为之摇旗呐喊。我们总是忽略内心某一瞬间的真挚及这一真挚的作用，最终，走向了自己的反面。这一真挚来自于人类最朴素的直觉，就像最初看毕加索《梦》的时候，总有一种微微的恶心之感，那应该不是爱情，而是绝对的占有欲，肆意的侵入，一种以爱为名义的黑暗暴力。

人性的幽深不可探触，爱的形式也万千各异，艺术可能确实是关于人类欲望的深层表达，在这一点而言，毕加索的确是一个伟大的画家。但是，当把单边的叙说和表达扩大到双边存在状态考察时，你便会发现很多谎言。譬如，《梦》所表达的是否只是欲望或爱的一种形式？如果一定要这样说的话，倒不如说是对女性的一种侵犯，这里面有赤裸裸的攫取、占有，是一种权力表达，用"爱的形式"这一说辞是解释不通的。

在很多时候，艺术就是这些谎言的装饰。

而更为可怖的是，我们甘愿充当这些装饰的鼓吹者。我们为艺术的诞生而欢欣鼓舞，却任由其吞噬我们的内心。

我们不单要看到他的伟大，欣赏其中的创造和意义，也应该看到其伟大背后的阴影部分，要有辨析，这样，才有可能对欲望及欲望背后的权力关系有基本的认知。

波纳尔画中的女性则充满镜像的意味。

这些画中女性，身体柔软、和谐，充满肉感。画家有点像对待天真而美好的事物，竭力观察、体会事物身上的每一丝变化并把它们描述出来，即使淫荡，也是天真的淫荡，带有某种原始的蒙昧。波纳尔的乳房最符合女性实际的情况，有褶皱、塌陷，有时空瘪瘪的，有时又因姿势的改变而呈现出不对称的感觉，乳房的色彩几乎是暗白色的，有光折射在上面，乳头略带粉红，整体而言，是一种粉红嫩白的基调。女性在一个私密的空间自我欣赏，自我注视，延宕着时间，和外部切割联系，构成一个完全封闭的世界。

波纳尔就好像一个有着金屋藏娇癖好的人，怀着最大的耐心欣赏着女人的自我沉溺。画中的女性是温柔的，在男性充满溺爱的注视下的温柔。他喜欢把女人放置于镜子中，女人注视着镜中的自己，而画家又注视着镜中人。镜子既是映射，也是隔离，把女性隔绝于现实生活和真实场景之外，从而满足了画家"造物"的欲望。在一幅《浴缸里的裸女》（*Nude in the Bath*）画中，女人躺在清澈、温柔的水中，肢体鲜嫩如初生婴儿，浴缸用淡白柔红的颜色轻勾出轮廓，作为背景的地砖用褐蓝色、灰蓝和粉金渐次涂染，没有丝毫坚硬的感觉，从整体来看，女人就好像躺在一个子宫里，被羊水、胎膜和柔软的母体所保护，她浑然地沉睡，丝毫没意识到自己的美丽。

这当然是一种爱：画家爱自己创造的理想之物。

但是，就画中女性而言，却缺乏内容，缺少一种智慧的对等和某种博弈。

相形之下，高更画中的女性，和大溪地的自然相一致，裸体、乳房融于自然的曲线之中，没有被突现出来，或者说，没有被隔离出来。所以，乳房或者饱满，但并没有毕加索画中的暴力和波纳尔的镜像，它们就是生活的一种样态。

中世纪以来的画，不管是宗教题材还是世俗题材，都有一种倾向，喜欢画露出一只乳房的女性，哺乳状态的，躺卧的少妇，站立的少女；等等。这些女性乳房光洁、饱满，有着粉红的乳晕，女性整个身体是肉感的、均衡的和适合生育的，几乎可以说是纯洁的象征，未来母性的象征。

这也是最容易被接受的女性形象。女性"被净化"——

或者说"被窄化"——为单一形象，所以，才有《阁楼上的疯女人》的诞生。女性那些愤怒的、张扬的和要求自我存在的希冀都被加以"疯癫"之名存放于"阁楼"之上，其实，它是一种强烈的示众和规训。

当坦宁的这幅画出来后，坦宁未来的丈夫、著名的超现实主义画家恩斯特说，"the title to mark her 'birth' as a surrealist artist."意即，这幅以《生日》命名的画作标志着坦宁作为一个超现实主义艺术家的诞生。他说的话固然没错，画中女士的前面是一个怒睁双眼的动物，前后左右开立的门意指过去、现在、未来，使得人物主体似立于无限时空之中，又拥有某种神秘力量。但是，如果你把眼光贯注于画中的女性主体，就会感觉到，所谓的超现实主义其实是画家本人极为强烈的自我力量所导向的效果。

因此，说它意味着坦宁作为超现实主义画家的诞生，毋宁说，它是坦宁自我意识（女性意识）的充分表达，女性的觉醒并非只局限于身体意识的觉醒，而是觉察到要重新定义女性和整个世界的联结方式，这里面包括与男人的关系。

在这幅画中，坦宁所使用的色彩主调是青铜和灰绿，衣服也是冷淡、高贵的紫色，整体清冽、刚硬，画中女郎脖子上的筋、乳房之间的阴影、肚子上的马甲线，包括肌肉，也都利落、分明，这些都昭示着：她是能够控制自己、拥有主体性的女人，她有自己的主意、自己的观念和期待，不依赖于任何人。她以这一姿态站立，眺望远方，期待未来，迎接走过来的男人或纷繁的世事。

男人看女人，或女人看男人，自会有差别，也不可避免有异性之间的情爱和欲望之眼光，男性画家笔下的女性有情欲意味也很正常，但这一差异不是抹杀其中暴力或不平等倾向的理由。我们容易把对其的辨析看作过于强调两性对立的观点，而忽略两性之间相互需要及其复杂的情感存在。这一理解过于简单化。在妇女解放历经一百多年之后的今天，关于"何种意义上的男女交往或表达是一种暴力"还是最基本的议题，当"metoo"运动中的女性勇敢地向公众叙说自己的遭遇时，首先被质疑的还是"你是不是也有诱惑之意"或"我以为你同意"，更有相关男性当事人反击女性也并不是"严肃之人"。在这里，有一个问题男性始终没有学会面对：女性的存在并非以你的感受为依据，而是以自己的感受为依据。进一步说，即使女性以为这是一种爱情，里面也可能包含着一种压迫关系——这一压迫关系可能来自于文明深处的性别关系，也来自于其他更古老的关系，如以各种形式呈现出来的权力关系，它往往和性别关系以同构的方式出现，就像《房思琪的初恋乐园》里面的女学生和老师之间的关系。

坦宁的另一幅画《树叶、头发和红色绑带》中，女人犹如森林女神，以发为叶，覆盖了半幅画面，但作者不是画一个与自然和谐存在的女性，这一女人眼神倔强，她的乳房被猩红的丝带紧紧捆绑，以至于失去其完整和优美，带着血腥和强烈冲击的意味。画中的隐喻元素相互冲突，彼此否定。它拒绝给予女性某一定性，或者说，拒绝那些女性被给予的一系列定义。

在泰特美术馆画展手册的首页，引用了坦宁自己的一句话，"I wanted to lead the eye into spaces that hid, revealed, transformed all at once and where there could be some never-before-seen-image."（"我想引导眼睛去看到被隐藏、暴露或被转移的

空间，在那里，可能有一些从未看到的景象。"）究竟有哪些被隐藏的空间？就女性而言，或者，关于身体的描述一直隐藏着被文明史所刻意忽略掉的另一文明发展史，在这一发展史中，女性被利用，被限定，它并非只是与男权有关，而是人类社会内部的结构性缺陷所致。它也并非只是毕加索、波纳尔的问题，而是在整个人类生活的默许下完成的。

从泰特美术馆出来，雨仍在下。泰晤士河水涨了，下午过来时还有人在河岸边玩耍，此刻水已经把阶梯淹没。

站在桥的中央，看河水浩浩荡荡，两岸高楼灯光点点，而圣保罗大教堂的圆顶仍然沉静肃穆，不由得想起下午的《罗密欧和朱丽叶》。当演员捂住乳房部位时，是朱丽叶的行为，还是演员的行为？一旦朱丽叶不是父亲的乖乖女，她就失去了父亲的宠爱和财产，她的身体、美丽的面庞和优美的曲线就不再具有价值，她就不能够再在父亲面前骄傲地挺起她的胸脯。她失去了宠爱，同时，她的身体也失去了价值。朱丽叶的乳房并不拥有独立存在的可能和空间。或者，在那一瞬间，女演员和朱丽叶合为一体，那刹那的惊慌和本能的举动是她们作为女性的历史反应，是历史中的女性和当代女性所共同面临的处境。

而作为观众的我，我的突然紧张，无意间呼应了她们的内心。几百年前的朱丽叶、当代的英国女演员和一位中国女性，尽管时空和文化背景完全不同，在那一刻，在英格兰阴郁的天空下，却同样感受到来自乳房的——我们身体和观念的一部分——呐喊。

沉默之海

这段时间脑子一直在翻腾。就像一条静止的大河被搅动，沉淀已久的东西一点点都浮出水面，我才发现，突然，它们就像待爆发的火山，里面蕴含着无穷的力量。不是死寂一片，从来不是。

我把能看到的所有关于"metoo"的帖子，亲历者陈述的，被举报者反驳的，法律界政治界的，不同理论角度探讨的，等等等等，存留下来，一遍遍地分析琢磨，感觉自己像接受了一次又一次洗礼。当年读博士的时候，正是女性主义在理论界兴起的时候，我也准备以此作为自己博士论文的起点。买了很多理论书，大多都认真研读过，觉得自己不算一个女性主义者，但还算对女性相关理论有较多了解的人。但是，今天，在面对一个个案例，面对那么多不同角度探讨的文章时，觉得自己还非常非常贫乏。这些文章在不断提醒你，事情还有另一面，还有另一面，还有另一面。每一面背后都有另一面。每一面都有对立面。这是多重要的时刻啊。我们的想法、观念，我们对权力结构、人性状态的认知被不断颠覆，不断涤荡。在反复涤荡的过程中，真正的思想才有可能出来。

我简直是胆战心惊地看着一篇又一篇文章出来。我感谢有生之年能够经历这样的时刻，能够有这样的机会，感受这场发自民间又蔓延至知识界、法律界和社会各个角落的思想运动。我害怕一些过于粗暴的声音，害怕那些二元对立式的、情绪化的话语，因为它们可能毁掉刚刚生长出来、极为重要的空间。

我希望通过这场运动，万千个细小声音都能够浮出历史地表，它们相互碰撞，甚至互相抵触，形成一个众声喧哗的场景。如果最终能够在社会层面产生一个个空间，女性，或者，每一个人，可以在广场里面表达自己，能够把自己对事情的理解开诚布公地表达出来并进行呼吁，那将是非常好的事情。因为，能够拥有一个广场，并不是那么容易的事情。

在不断学习的过程中，我也在不断想起一些事情。

是的，我想到了小黑女，我在《出梁庄记》里面写的那个被性侵的女孩子（小黑女是化名，里面涉及村庄和人物关系的都是化名）。我一直在想她。我曾经和她及她奶奶相处两天时间，陪她去县城，找医生，看病，取证，找警察，和她奶奶商量怎么办。现在，我还保存有她的录音，她检查身体时的录像，医生的诊断；等等。有一次，我无意打开电脑里的录像存档，翻到采访小黑女的那一段，我又一次听到录像里我抑制不住的哭声。那一刻，我正问对面的小黑女，为什么那个邻居老人第一次对她那样做时她没告诉奶奶，小黑女说，因为她怕她奶奶伤心，因为她奶奶已经很累了。我又一次忍不住流了泪。

实际上，小黑女的事情一直是我的心病，如书中所言，最后，这件事不了了之。可我知道，事情不该是这样的，不该是这样的。

这么多年，我努力和她相忘于江湖。我从来没有去看过她，哪怕回老家从她村庄旁边路过。我甚至暗示自己，那不是她的村庄，我要真的忘掉她。为什么我要这样做这样想？我不想再见她。暗地里我希望，她能完全忘掉我，忘掉这件事，像什么也没发生过一样，健健康康地生活，谈恋爱。我甚至觉得我的存在也是她的污点，因为我知道了她的事情。

和小黑女、她的奶奶相处的两天，是我极为痛苦、煎熬的两天。事情不断回到原点。奶奶一会儿说要去报警，一会儿又揪着头发说对不起自己的儿子儿媳，把头往墙上撞，不如死了算了，再或者，就是把头低到腿上，默默地哭。奶奶心里是怯懦的，她其实不敢报警，她怕和邻居撕破脸，她怕人家倒打一耙，怕事情被人知道孙女将来找不到婆家，怕在村里、亲戚那里丢人。我打电话给做警察的朋友，警察说这种事情最后受伤害的肯定是女孩子，医生也叹息着摇头，说这样的事情太多，很少有报警的。小黑女自己看大人伤心，也伤心一会儿，可很快又忘掉，看着自己的相片，还天真而开心地笑。可这更让人想哭。

就像一堵无形的墙，一张密密的网，把小黑女网了进去，把我们所有人也网了进去，越挣扎，它就越紧。那一刻，我深深感到这网的密不透风，这网的沉重和可怕。

我想讲的是，在具体生活中，受伤害的人和家人内心所遭受到的煎熬是再有同情心的人也无法感受到的。在乡村，性侵事件、性骚扰事件太多太多了，大部分都永远被留在黑暗中了，留在其中的还有那个家庭和那个女孩子。直到现在我还清晰记得，我小时候的一位伙伴在去上学的路上被性侵之后，全村人那副怪怪的模样。幸亏，她的父亲在外地有工作，她很早离开了村庄。即使这样，偶尔谈起来人们还是那

311

副情不自禁的怪样子。我的另一位同学也因为这样的事件而被传说了好久好久，她天天低着头走路，一个人独来独往。几乎每一天，我们都能够从新闻里看到乡村的性侵事件。这些只是被曝光的一部分。那里是一片沉默的海，有太多太多的人被埋在其中。

如果"metoo"运动真的有可能形成一个空间，言说的空间，表达的空间，那么，我内心希望的是，这一空间能不断扩大，直至广大的乡村，让那里的万千女性、万千家庭也能意识到：是的，这不是你的错，没有那么耻辱。耻辱的是那些人。

如果这场"metoo"运动能够持续而广泛地讨论，坚决而耐心地推进，一直成为整个社会——制度层面、性别层面、人性层面——的基本共识，它成为每个人的基本常识，也许有一天，小黑女就不必被我相忘于江湖，我可以找她聊天，探讨这件事情，小黑女的奶奶也不必如此深重地自责、羞耻。

我敬佩那些实名举报的女孩子，敬佩那些从法律上权益上帮助她们的人，敬佩那些能够从理论上进行思辨、给别人提供思考，甚至是靶子的人，只有这样，这场运动才有可能更理性地行进。一场社会思潮，并非是单向度的摧枯拉朽式的，它应该是一个多向教育、多向澄清，就像我们在讨论"metoo"网络举报时同时考虑到法理，讨论女性勇敢发声时同时讨论如何辨析事实，讨论人与人的界限时也讨论哪些是适度的分寸。这些可能会使狂飙意义的行进慢些，但它一定在长远意义上对男人女人、对社会观念的真正改变有好处。

观念的改变是最为艰难的事情，几千年来，在世界文明史上，女性在相当长的时间里都处于被物化、矮化的地位，这一观念已经在每个人（不只是男人，女人也是一样，制度、权力也一样）的潜意识深处，要想有真正的改动，不是一朝一夕的事情。这也是这场运动的伟大之处。我们要有奋斗、呼吁，也要有争论。既在争论中前行，也要在争论中修正自己。这是一种能力，每个人都需要学习。

一个社会运动能被推动多远多深，知识分子的参与非常重要。他们的讨论、辨析、发声会形成强大的社会舆论和思辨力量推动着事情往前走，引发行为层面的改变，然后，才有可能形成普遍的社会观念，影响延伸至社会的最底层。

我渴望"metoo"走远，一直走，走下去，走到广阔的乡村大地。那里，还有无数女性在等着。

性别意识是一种基本的社会意识

　　女性议题的兴起往往是重大社会变革的前兆，或者，就是其内容之一。第一个提出女性应当有继承权的人是先驱者，它奠定了现代文明的基础，第一个提出放足的人是一个伟大的人，他让女性可以自由地行走，男女平等不再只是观念和口号中的存在，而是实实在在和你并肩走在大地上。

　　在21世纪的今天，女性议题早已不是选举权、天足权、婚姻自主权、继承权等一些非常显著的话题了，它变得非常隐性，消解于日常生活之中。2017年的"metoo"运动可以说是一次爆发，一个看似意外和偶然的事件牵带出背后的必然性和某些本质的存在。历史向来如此。

　　在运动发展之初，我曾经很乐观。

　　我以为一个伟大的时代即将来临。

　　这一伟大并不局限于男女关系的再次改革和改善上，而是从整个文明史上而言，它可以称之为一场新的"启蒙运动"。文艺复兴以来，"人"的存在被赋予价值和尊严，但是，如果细究，这一"人"更多地指的是男性，在东方，女性连抛头露面的机会都没有，而在西方，女性也是20世纪才获得财产继承权和选票权，就更不用说女性在家庭中的位置了。20世纪以来的女性解放运动一直在如火如荼地进行，到21世纪初，女性好像已经获得了充分的地位，工作权、生育权、家庭权，有许多人甚至哀号，女性在家庭中的地位已经远远超过男性，但是，当"metoo"运动开始在全球范围内发酵、扩大之后，人们才突然发现，在权力结构的深处，女性地位并没有真的得到提高。这一权力结构包括男女之间的权力结构、社会制度设计中的隐性权力结构、文化缝隙深处根深蒂固的不平等等等，几乎涵盖了生活、文化和政治的方方面面。在此意义上，我认为，如果"metoo"运动能够真的深入下去，那么，将发生的社会变革决不仅限于男女关系层面的变革，而是对深层文化偏见的动摇，对权力结构的重新设计都会产生巨大影响。它是人类文明发展的又一次契机。

但是，让人失望的是，在中国，"metoo"运动似乎没有机会得到真正的、相对健康的发展。人们仍然抱着一种猎奇的心理去围观那些当事人，情绪性的、谩骂式的发言远远多于理性的发言。而彼此之间的纷争更远远大于共识。其实，纷争并不可怕，可怕的是纷争过程中非理性思维的蔓延，它会动摇并且摧毁这场运动。一位学者发表了一篇关于"metoo"相对理性的文章，被各方人士围追堵截，对其的仇恨甚至远远超过了对"metoo"中的性侵犯者，这样一种围攻很容易把一场社会思潮引向夭折。而当事人诉苦式的故事被听多了之后，就像围观"奇观"一样，当失去新鲜感之后，就会很快被遗弃掉。

时至今日，"遗忘"已经开始了。非但"遗忘"开始，并且，事情好像在走向反面。现在，大家几乎闻"metoo"色变。那些被公众关注有极大启发意义的事件悄无声息，媒体不关心后来的发展，反而是一些负面事件，譬如：随

315

意指控，被广泛报道且加以倾向性评价，似乎以此来证明"metoo"的非正义性，认为其不过是女性公报私仇的工具。在这样的语境中，那些勇敢举报的女孩也被贬低，试图冲破沉重壁垒的勇气变为公开的被羞辱和被示众。

其实，负面事件的出现是一个大的社会运动过程中必然的现象，沉渣泛起，各种人性借此机会寻求滋生之地。我们所需要做的是不断地厘清，不断地思辨，在厘清和思辨过程中使问题更清晰和准确，而不是借此否定事件本身，进而成为对女性进一步污名化的手段。

历史再次走了一个圆圈，以闭合之态回到原点。

有一点特别值得关注：当"metoo"出现一些负面例子时，民众的轻侮之意特别明显，色情的、调笑的、耻辱性的，集中体现在对女性身体的想象性贬低上。那些本来是重要社会议题的话语变为一种茶余饭后的窃窃私语、暧昧的眼神交流和突然爆发的哈哈大笑——这是几千年来在我们思维中流淌的最黑暗的血液，它一直在回旋，发力，毒害每一个人的思维。在这样的窃窃私语和哈哈大笑中，那些实名举报的女孩子，那些认真思考这场运动并提供思考路径的人，那些有可能形成的新的社会观念，统统被消解掉。

这也是我看重张莉这次性别调查的原因。这是一种独特形式的参与，通过学术性调查，存留下所谓"个人"心中最鲜活的想法，让我们看到各种思维的路径和众多样态。多年之后，当我们再重新思考这一时期的"metoo"运动或性别观念时，这肯定是一份不可忽略的报告。

这次性别观调查所设计的题目具有高度的专业性和开阔

316

性。题目既有对个人性别意识和创作心理的考察，也有关于作家与社会思潮呼应程度的问询；既有对个人经验与公共经验关系的考察，也有对普遍文学概念的思辨。作家的观念意识一定会在作品中反映出来，有什么样的女性观、社会观，你的作品其实是藏不住秘密的，这也是作家为什么要厘清自我性别观念的原因之一。

"metoo"运动并不止于性侵，它其实是性别意识在日常生活中的极端投射。作为多年来一直研究女性主义文学的学者，张莉看到了这一运动背后所涵盖的大的社会问题，它应该被给予更广阔层面的理解。因此，她所设计的问题大多是日常化的甚至是操作性的问题，譬如："你是否愿意被称为女作家？"关于这一问题的答案可能多是否定的，但是，当每个女性作家在分析自己这一心理背后的形成原因时，就可以看到它与整个社会意识之间的联系。譬如，问男性作家"在书写女性形象时，所遭遇的最大问题是性别吗"，这一问题也不单单是作家创作的心理问题，而是作家在面对人物时的思维向度问题。男性在面对女性时（哪怕是在故事中），究竟以何种方式想象和建构女性，这一想象的原因是什么，这本身就是一个包容性很强的问题。

张莉把男性作家和女性作家放置于一起，就一个问题进行探讨，男女作家不同的回答可以看出微妙的社会心理和创作心理的不同，从这样一种自然的差异能够看到彼此认知的不同和相互的理解程度。

我特别理解调查问卷中作家对某些问题的回避。

有一个现实的难题就是：对性别观和性别问题的讨论极容易二元对立化，作家们会认为"我最好不要蹚这趟浑水"。这说明两个问题：一、性别话题到今天还没有成为一种日常意识，它仍然是一个"特殊"话题；二、作家可能也没意识到，性别意识并非只是性别意识的问题，它的话语生成和内部逻辑，其实是整个人类文明内部思维的源头，也是我们语言的基本起点。如果不对此有基本思考，可能就很难在语言上、思维上有更深刻的突破。

性别问题不是男人和女人之间的问题，不是"男人是否尊重女人"之类的问题，它是一个社会问题和文明问题。这一社会问题不像其他社会问题一样，以显性的、事件性和突发性的方式存在，它是以最常态的方式消融于我们的生活内部，除非你有足够的敏感度，否则很难有辨别能力。

性别意识是作为一个文明社会状态中每个人都应该有的基本意识，是基本素养，是一个社会文明状态的体现。

我们对生物意义的性别都有基本认知，但是，对社会性别的认知却颇为匮乏。社会性别更多指性别的文化建构，它不只是个人家庭、教育背景等个人因素塑造，更多地与你整个生存共同体的文化样态相关。从更大意义上讲，它与整个父权制社会中的隐秘性别意识相关。譬如：人们总说女人偏感性，男人相对理性，这从生理性别来说，也许有道理。但是，在整个文明传统中，感性、情感多被与混乱、无序相关联，而理性、控制则代表着更高一层的智慧。这样一种高下之分，不但对"感性"和"理性"进行优劣界定，更重要的是，它同比得出女性天生不如男性的结论，与此相对应的，则是私人领域与公共领域、自然与文化等二元对立的划分。这些都存在于我们话语和观念的方方面面，会影响到一个人性别观念的形成。

男权中心社会是几千年的文化现实和生存现实，简单地回避其实是对这一现实的视而不见，进而，我们会忽略很多相关的现实。这样的匮乏和空白对于作家而言是非常致命的。没有性别意识，作家也会写出好作品，但拥有性别意识会使你对人性关系、两性关系及社会权力的微妙之处有深刻的把握。正如贺桂梅在对话中所言，好的写作是"你既有基于个人经验的对性别关系的复杂体验，同时也有对性别问题的自觉反思，但是你同时超越这两个，讲的是很具体的故事，但是那个故事里有无穷多的复杂性和可解读的可能"。

另一方面，性别意识并非是从理论上完成的，恰恰相反，它是在我们的日常生活中完成的。当有人在面色绯红窃窃私语时，你在想什么做什么？当"metoo"处于被围困，甚至要走向反面的时候，你内心是否有所辨析，能否感受到来自历史深处的久远压迫？这些也许都只是瞬息之间的思想，但其背后所牵涉的话语和时代精神却如地火奔突，携带着过往的无数信息。

在我的童年时代，常会看到乡村里的女性忙忙碌碌，在地里干完活，回家还要做饭，干各种家务，而男人则和朋友们聊天喝酒，并且，会呵斥那些不愿意伺候他们的女人，说她们什么也不懂。当时并没有意识到更深的东西，只是一种奇怪的印象：为什么女人那么忙？二十岁左右读萧红的《生死场》时，对我的震动特别大：女人怎么这么恨自己的身体？萧红几乎是带着切骨的痛去写女性身体，我感觉我能读出她内心激烈的愤怒和某种无能为力。而对性别观念有真正认识，还是在接触到一些女性主义理论作品之后，我慢慢明白，原来，很多事情并不是理所当然的，我们生活的世界是

319

被建构的一个世界，只有对这种建构有某种认知，才可能对我们社会中的话语构成和权力形成有更为清醒的意识。

不可否认，作家的写作常常会超出自己的设定和认知，丰满而鲜活的人物往往会携带超能量的神秘信息，在此意义上，即使一个对性别意识没有清晰认识的作家也可能塑造出一个拥有更深广存在的人物。但总体而言，性别意识是一种基本的社会意识，是活在目前我们的文明状态中必须面对的日常情形，如果对此没有一些认知，可能会使你对人物的理解缺少致命的元素，它会影响你的人物和故事的构建。《水浒传》中的"厌女症"其实就是这样的例子。我想，当年施耐庵在写作时肯定没有意识到他设定的女性有什么问题，因为那就是他的女性观，所以，虽然他写出了女性"豪杰""欲望"和"僭越"的一面，却只是把这些作为女人走向自毁的原因。

从另外的意义来讲，好的性别写作并不会造成一种意义的狭窄，不会形成两性二元对立之势。譬如阿特伍德《使女的故事》。某一天，女人只成为"子宫"，只为繁衍后代而存在，没有财产权，没有情感权，在这一社会模式里面，女人没有任何一丁点自由，只是工具。作者由此出发，讲述乌托邦的社会构建，讲述自由与反抗。一开始，我们会被作者的极端设置所震惊，但细想之下，阿特伍德只不过是把我们曾经和正在经历的一切高度抽象化。那些被性侵的女性为什么沉默，就像霍桑的《红字》一样，红字是由无数最普通的人的眼睛和行为烙制而成的，那些盛行的女德班，那些在求职过程中莫名的歧视，都有可能生产出更为严酷的性别关系，也有可能出现阿特伍德所设置的情况。最终，关于性别

320

的故事一定与权力、社会结构相关，使女是"子宫"，也是社会彰显其权力结构的主要工具，"身体只是权力争夺的一个具体的场域，一个具体的实践场"。

其实，中国作家们早就意识到，与西方作家相比，我们缺乏一种知识体系和观念体系，由此，缺乏思维的多元、思辨和宽阔。但是，这一知识体系和观念体系如何生成，可能却并没有真正思考。并不是我们阅读一些历史、哲学、美学作品，就完成了知识建构和思想建构。我们真正要思考的是：知识和观念在我们的时代以什么形态存在，它是如何影响我们的生活和思想的，进而，它是如何影响我们的行动、语言，包括我们的写作。

我以为，所谓性别意识也是在这个意义上有它的价值的。